Christmas
CRIMINAL

Christmas CRIMINAL

MENTIONS LÉGALES

Tous droits de reproduction, d'adaptation et de traduction, intégrale ou partielle réservés pour tous pays. L'auteur ou l'éditeur est seul propriétaire des droits et responsables du contenu de ce livre. Le Code de la propriété intellectuelle interdit les copies ou reproductions destinées à une utilisation collective. Toute représentation ou reproduction intégrale ou partielle faite par quelque procédé que ce soit, sans le consentement de l'auteur ou de ses ayants droit ou ayant cause, est illicite et constitue une contrefaçon, aux termes des articles L.335-2 et suivants du Code de la propriété intellectuelle

Titre : Christmas Criminal
Auteur : M. S. Line
Cover: Le royaume du mensonge
Mise en page : Le royaume du mensonge

© 2023, M. S. Line
Dépôt légal Juin 2023

ISBN : 9 7983 9578 5022

Christmas CRIMINAL

AVERTISSEMENTS

Cette histoire contient des scènes pouvant heurter la sensibilité de certains lecteurs. Elle touche des sujets particuliers et parfois sensibles comme ; tentative de viol, kidnapping, meurtre et violence. Et les rapports psychologiques qui en découlent ne sont pas à prendre à la légère.

Ce roman vise un public averti et ne convient pas aux mineurs. En dehors des pages d'un livre, ces actes sont tout sauf acceptables.

Si vous êtes victime de violence, que ce soit physique ou morale, ne restez pas dans le silence :

Parlez-en!

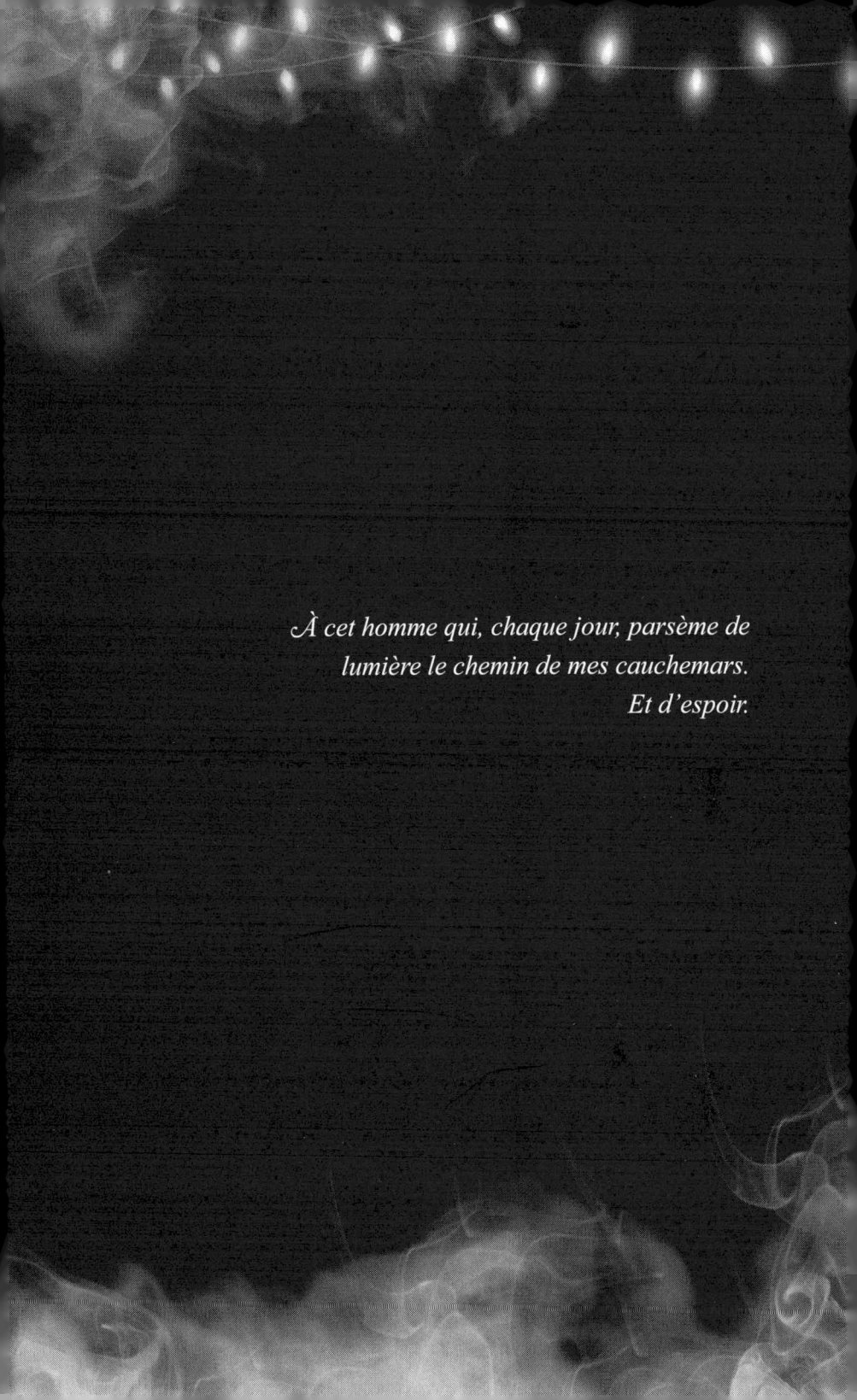

À cet homme qui, chaque jour, parsème de lumière le chemin de mes cauchemars.
Et d'espoir.

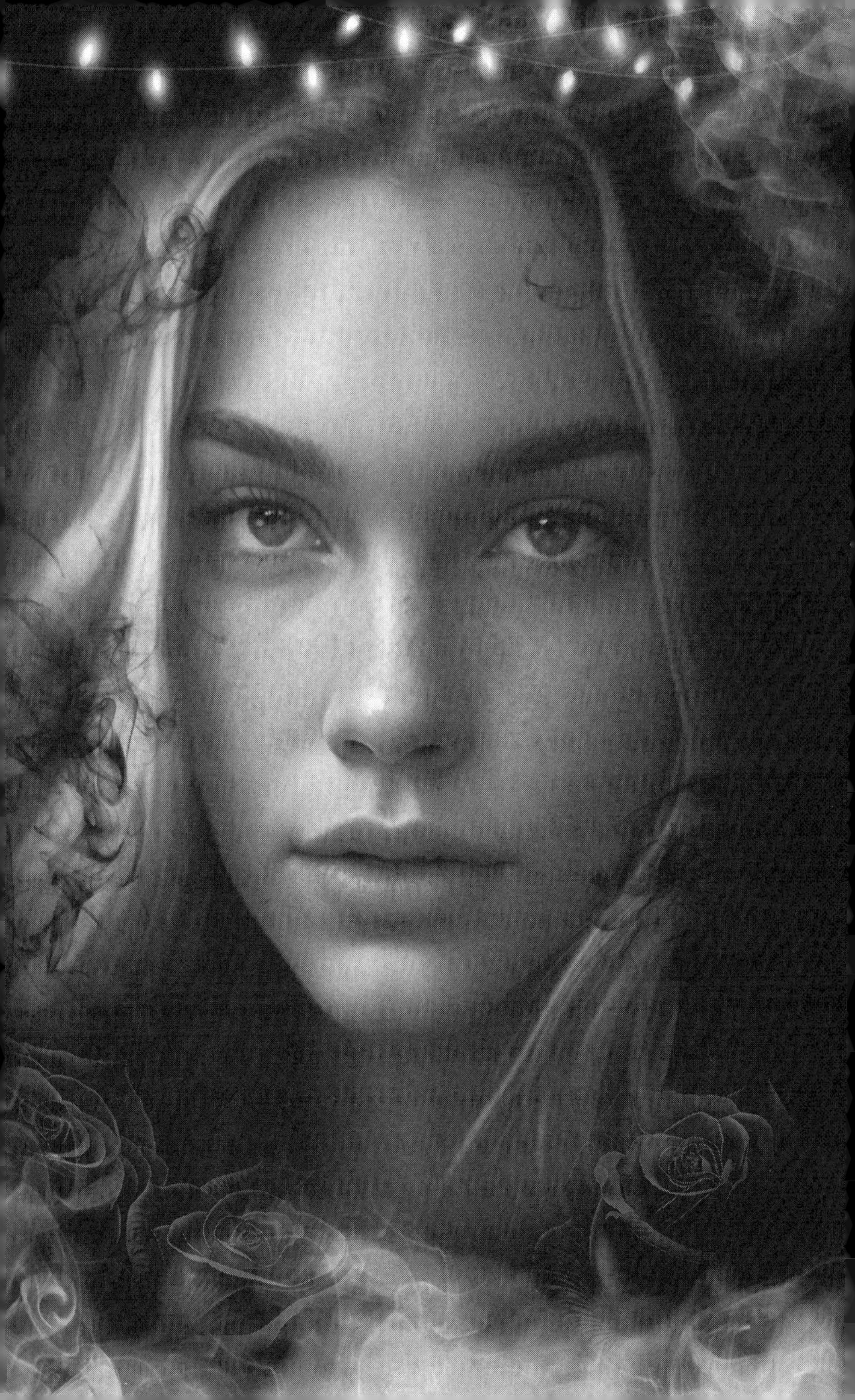

CHAPITRE . 1

Les mains crispées sur le volant, je tente de faire abstraction de Cindy. Depuis que nous avons quitté le poste, elle n'a pas arrêté à un seul instant de parler. Un week-end entier passé loin de la tornade qu'est ma coéquipière aurait presque eu raison de mon ambition à faire carrière dans la police de New York. Et ce, pour le restant de mes jours.

— Qu'en dis-tu, Angela ? me tire-t-elle de mes pensées.

— De quoi ?

— Demain soir. La soirée avec Bratt, c'est bon pour toi ?

Depuis des mois, elle ne me parle plus que de ça ; des sorties. Me proposant chaque semaine un nouveau mec déniché je ne sais où, toujours parfait pour moi d'après les dires de la blonde. Après un cinquième rendez-vous, qui a viré à la catastrophe, j'ai compris que ses talents d'entremetteuse n'avaient clairement pas le niveau de ses capacités d'enquêtrice.

— Et que dirais-tu d'arrêter d'essayer de me caser ? Ça ne me dérange pas d'être un peu seule, j'ai trop de travail en ce moment pour pouvoir accorder du temps à quelqu'un.

— Angela, pour l'amour du ciel ! C'est bientôt Noël. Tu ne vas pas passer une fois de plus les fêtes, seule, chez toi à te morfondre.

— À aucun moment, je ne me morfonds, tiqué-je,

nerveusement, face à ses accusations.

— C'est vrai, pardonne-moi. Tu passes le réveillon à boire de la bière bon marché et à engloutir des plats chinois nauséabonds depuis que tu as rompu avec Tyler, expose-t-elle en secouant la tête à côté de moi.

Sur le point de lui rétorquer qu'elle n'a pas besoin de se comporter comme une mère avec moi, je me fais sauver de cette conversation par les grésillements de notre radio.

— Bien reçu, on arrive sur les lieux dans cinq minutes, répond ma coéquipière alors que j'actionne les gyrophares et dépasse rapidement la dizaine de voitures devant nous.

Heureuse qu'elle se concentre à nouveau dans le travail, en abandonnant ma vie sentimentale.

L'ambiance dans la salle d'interrogatoire est tendue. Posée contre le mur du fond, j'écoute distraitement l'échange avec le suspect. La scène de crime sur laquelle nous avons atterri hier matin n'avait rien d'un simple pillage. Nous l'avons compris avec Cindy dès que nous avons inspecté un peu plus les lieux. La victime, paniquée, semblait elle-même peu convaincue que sa maison ait pu être la cible d'un cambriolage. À première vue, rien n'avait été volé. La personne qui s'était infiltrée dans la demeure avait seulement pris le soin de bien tout saccager. Peut-être dans le but de faire passer un message ?

— Un témoin a vu le suspect, filmé par les caméras de surveillance, monter dans votre voiture. Même si votre ami n'est pas identifiable, nous avons des clichés clairs de votre plaque ainsi que de votre visage. Alors, soit vous coopérez et nous pouvons glisser un mot pour vous au juge. Soit, votre refus de répondre vous portera préjudice, Monsieur Thomson. Nous avons des images qui suffiront largement devant n'importe quel tribunal à vous offrir un séjour pénitencier.

— Ne rêvez pas, je ne vous dirais rien ! La prison ne me fait pas peur. Je préfère être enfermé pour le restant de mes jours, que de parler.

— Si vous nous aidez, vous serez protégé, ne puis-je m'empêcher d'intervenir.

Jamais je ne comprendrais cette obstination qu'ont les malfrats à protéger leurs supérieurs. Ils n'hésiteraient pas à les sacrifier dans le sens inverse. L'homme attaché à la table ricane brutalement. Après ce qui me semble une éternité, il quitte finalement ma collègue du regard pour planter ses iris dans les miens. Ce que j'y lis me glace le sang. Il n'a pas simplement peur, il est terrifié par ce mystérieux inconnu.

— Personne n'échappe à ce gars. Alors, mettez-moi en prison tout de suite, si c'est ce que vous voulez. Mais je ne vous lâcherais rien, conclut-il en appuyant chacun des mots de sa dernière phrase.

Cindy se lève silencieusement. Sur le point d'aller détacher les menottes du détenu pour le reconduire en cellule, je la retiens.

— Vous êtes loyal à votre groupe, n'est-ce pas ? (Je n'escompte pas de réponse de l'homme qui tente d'étudier le sous-entendu de mes paroles.) Je suppose que vos collègues ou même vos patrons n'apprécieraient pas que vous ouvriez la bouche en communiquant des informations sensibles au sujet de votre organisation. Et ce, en échange de votre libération immédiate.

Le brun m'observe, froidement. Attendant avec impatience que je continue.

— Que penseraient-ils de vous, si on vous laissait partir, sans aucune peine, dans les prochaines minutes qui suivent ? Après tout, il y a plusieurs témoins qui ont vu votre visage. Rien n'est en votre faveur pour être relâché. Cela serait très étrange que vous soyez dehors dès ce soir, finis-je par expliquer innocemment en haussant les épaules.

— Ils me tueront. Vous le savez pertinemment.

— Alors, tâchez de prendre la bonne décision si vous souhaitez passer les fêtes de fin d'année autre part que dans un cercueil.

Sur ces mots, je laisse ma collègue avec lui dans la salle d'interrogatoire. La menace n'a jamais été quelque chose qui me plaît. Pourtant avec les années, j'ai appris que c'était la seule chose qui fonctionnait avec ce type d'individu. Ils s'élèvent dans la peur, la guerre et le meurtre. Et ils ne comprennent aucun autre langage. En intégrant la police de New York, je n'avais pour objectif que d'assurer la sécurité des citoyens. Le crime n'a jamais été aussi important ces dernières années. Plus on met de criminels en prison, plus d'autres s'infiltrent dans les rues de notre ville. À force d'assister à toutes sortes de scènes horribles, on finit par se forger une carapace. Indestructible et immuable.

Pourtant, s'il y a une chose qui me met hors de moi encore aujourd'hui, c'est tout ce qui s'approche, de près ou de loin de cette foutue Costa Nostra.

Et Cindy possède une sacrée obsession pour les enquêtes qui tournent autour des familles de la mafia américaine. Elle ne rate jamais une affaire et cherche, coûte que coûte, à faire tomber leurs réseaux dès qu'elle le peut. But très honorable et qui devrait me rendre fière d'avoir une collègue aussi dévouée. Pourtant, je ne peux m'empêcher de penser que tous ceux qui s'en mêlent finissent, toujours, par disparaître de la pire des façons.

— Tu as un véritable don pour délier les langues, Felton. Dommage que tu ne l'emploies pas davantage sur les hommes que je te présente. Ça ferait longtemps que tu ne serais plus célibataire, revient à la charge Cindy sans crier gare alors que je complète le dossier d'arrestation.

— Il a donné des informations utiles ? la questionné-je en ignorant sciemment la deuxième partie de sa remarque.

— Pas grand-chose, on lui a juste ordonné de suivre ce mec. Ils avaient pour objectif de tuer le propriétaire de la maison. Mais il n'était pas présent sur les lieux quand ils sont arrivés.

— Et son collègue, il a un nom ?

— Il se fait appeler « The Candyman » et serait apparemment un allié de la Outfit Chicago.

— Ces criminels n'ont vraiment plus aucune créativité, soufflé-je, exaspérée.

— C'est une opportunité incroyable ! Il faut mettre la main sur ce type. Tu imagines toutes les informations qu'il doit avoir sur la Costa Nostra ? Il pourrait probablement nous permettre de démanteler pas mal de réseaux sur lesquels on enquête, Angela !

Devant la joie qui déborde de la blonde, j'ai du mal à refréner mon énervement. Pense-t-elle vraiment que ce mec trahirait une aussi grosse organisation, uniquement car on lui demande gentiment ? Qu'il suffit de faire les beaux yeux à un homme pour qu'il nous livre tous ses secrets ? C'est une chose de faire parler un simple petit braqueur de pacotille. S'en est une autre de forcer l'un des associés de ces cafards, à coopérer.

On n'a aucune chance.

— Écoute Cindy, tu sais très bien que c'est à la Criminelle de gérer ce genre d'enquête. Remplis le dossier et envoie-leur. Je refuse de mettre les pieds là-dedans. Ça nous dépasse et on a d'autres choses à faire que de courir après des fantômes.

J'entends la blonde s'affaler sur sa chaise en expirant de déception alors qu'elle attrape le dossier que je lui tends pour le compléter. C'est certain, il y a des jours où elle doit regretter d'avoir hérité d'une coéquipière aussi rabat-joie. C'est sans aucun doute ce qui fait que notre duo fonctionne aussi bien. Cindy est la face intrépide et volcanique, alors que moi, je suis le petit glaçon qui vient refroidir le cœur de la tempête pour éviter les cyclones. C'est fascinant. Comment des individus peuvent-ils être à l'exact opposé de leur tempérament quand ils sont au travail ? Pour avoir passé plusieurs soirées chez elle, avec sa famille, j'ai parfois l'impression que c'est une autre personne devant moi. Elle se montre d'une patience incroyable avec sa fille et son mari. Même le timbre de sa voix est à mille lieues de celui qu'elle empreinte une fois les portes de la brigade atteintes.

Le tintement de l'ascenseur me sort de ma rêverie. Au moment où je lève les yeux vers celui-ci, je manque de m'étouffer avec ma propre salive. Tyler vient de faire irruption dans l'open-space en compagnie de notre chef. Profitant du fait que celui-ci est en grande conversation, je me laisse tomber de ma chaise pour me cacher derrière ma table. Interpellée par ma légère panique, Cindy se penche vers le côté de mon bureau, de façon à m'observer sans attirer l'attention.

— Qu'est-ce que tu nous fais au juste là ?
— Je n'ai pas envie de croiser tu-sais-qui ! insisté-je à voix basse en relevant légèrement la tête pour juger où est la cible à éviter.
— D'accord, mais ça ne m'explique pas pourquoi tu te caches. Je dois te remémorer qu'il travaille avec nous ?
— Chut, tais-toi, il arrive par ici !

Les bruits de pas se rapprochent légèrement de notre bureau. M'attendant au pire, je prie intérieurement pour que ma meilleure amie me couvre. Et ce, en espérant qu'aucun des deux n'ait la stupide idée de faire le tour.

— Lieutenant West, pourriez-vous me dire où se trouve votre coéquipière ? Nous aurions besoin d'informations supplémentaires quant à l'un de ses rapports.
— Aucune idée, mon commandant. Ce que je sais en tout cas, c'est qu'elle ne se trouve absolument pas sous son bureau, répond la blonde d'un ton parfaitement sérieux.

Je me retiens, difficilement, de sortir de mon trou pour lui envoyer une tape dans l'épaule et l'incendier de son idiotie. Consciente qu'elle se venge de moi pour les bâtons que je lui mets dans les roues concernant son obsession suicidaire.

— Eh bien quand elle revient, dites-lui de passer

me voir dans mon bureau. Je vous souhaite une excellente journée Montano, sur ces paroles j'entends ses pas s'éloigner.

J'attends quelques minutes avant de mettre le nez dehors, malgré le silence de Cindy. Au moment où je me lève, je manque de retomber sur mes fesses en voyant mon ex-compagnon à côté de la blonde.

— Oh mince, Angela ! Qu'est-ce que tu faisais là-dessous ? me questionne-t-elle, innocemment, agrémentée de son plus beau jeu d'actrice.

Les deux agents me jaugent du regard et l'espace d'un instant, je me dis que j'aurais mieux fait de proposer à la traîtresse d'aller opérer une patrouille en quête de ses démons. En tentant de faire bonne figure, je tousse légèrement en me justifiant auprès de l'homme.

— Pardon, j'ai fait tomber mon crayon.

Tu parles d'une excuse de merde. Bravo, Angela.

Devant ma mine déconfite, il préfère garder le silence et disparaître un peu plus loin dans l'open-space. À peine partie, je fusille du regard Cindy, qui lève les yeux au ciel comme si elle ne comprenait pas pourquoi je suis irritée. Je me promets de lui rendre la pareille et d'être encore plus insupportable que je ne l'étais déjà avec elle.

— Tu ne pouvais pas me faire savoir qu'il n'avait pas bougé ? la questionné-je en rassemblant mes affaires sur le bureau.

— Et manquer l'opportunité de te voir aussi mal à l'aise ? Sûrement pas ! ricane la blonde face à moi.

— Tu es vraiment puéril quand tu t'y mets, j'omettrais presque que c'est toi l'aînée entre nous, répliqué-je avant d'attraper ma veste sur le dossier de mon siège. N'ayant qu'une envie, rentrer chez moi et me goinfrer de sandwiches au beurre de cacahuète.

— N'oublie pas que tu dois aller voir le chef, ça avait l'air important.

Sur le point de partir, je me retourne vers mon office en jurant. Je dépose le sac que je venais tout juste de prendre,

souffle un coup pour me redonner un peu de contenance, — et pars en direction du bureau de notre capitaine.
Faites que cette journée se finisse rapidement.

CHAPITRE . 2

Le seul endroit où il nous faut chercher le bonheur, c'est au fond de nous-mêmes. Le bonheur ne doit jamais dépendre de quelqu'un d'autre que soi. À force de me complaire dans ma solitude, j'ai compris que je me suffisais à moi-même. Que je n'avais pas besoin de faire semblant d'aimer les longs repas de famille soporifiques ! Ou encore, que j'avais une révulsion profonde envers les mecs qui passe leurs dimanches avachit sur le canapé devant un match de foot. Oubliant toute relation physique autre que celle qu'ils finissent tous par entretenir avec leur canette de bière. Depuis le temps, j'ai pris plaisir à rentrer chez moi et à ne pas me torturer l'esprit pour savoir ce que j'allais bien pouvoir faire à manger. Seule chez moi, je prends plaisir à me balader à moitié nue en chantant des chansons ringardes tout en faisant le ménage. Ménage que je suis seule à m'imposer, sans m'inquiéter de laisser des miettes traîner sur la table pendant plusieurs jours. En somme, je ne trouve aucune raison qui me pousse à me retrouver devant ce cinéma ce soir. Si ce n'est faire plaisir à ma coéquipière, Cindy.

Après avoir insisté plusieurs jours, j'ai fini par craquer et accepter cette soirée. Cela fait des semaines qu'elle essaie de me concocter un rendez-vous avec ce fameux Bratt. Même si physiquement, il n'a rien de repoussant. Le peu qu'elle m'a décrit sur son caractère m'ennuie déjà. De plus, le peu qui est sorti de sa bouche pendant tout le trajet en voiture n'avait rien de très intelligent.

Alors qu'on aurait pu aller au restaurant ou même juste prendre un verre dans un bar. Histoire de faire connaissance et d'échanger un peu, c'est tout l'inverse qui est au programme. Assise à côté de lui, je regarde ma montre depuis plus de quarante minutes. Le film qui tourne sur le grand écran n'a rien de très passionnant et ce fameux rencard est plus concentré sur le sachet de pop-corn que sur le fait de m'accorder un peu d'importance. Je ne vois décemment pas comment une quelconque alchimie peut opérer ou même me donner l'envie de le rappeler.

On aurait très bien pu nous rendre au bar d'à côté avant. Ou même juste s'arrêter à un stand de hot-dog pour déguster un peu de street-food avant la séance, mais non. Une fois arrivé chez moi pour m'accompagner, il nous a directement amené ici et a pris la première séance qui débutait. Les seules paroles que nous avons échangées une fois au cinéma étaient pour savoir si je préférais du pepsi ou bien une autre boisson gazeuse. Et à vrai dire, les seuls moments où j'apprécie qu'un homme soit silencieux : c'est au lit. En dehors de ça, un homme effrayé par la conversation ne trouve aucun intérêt à mes yeux.

Difficilement, j'essaie de me souvenir de son nom qui s'est déjà dissipé de ma tête. Et alors que la séance touche à sa fin, il me propose de me ramener jusque chez moi. Pressée de fuir sa compagnie, je décline gentiment sa proposition en lui indiquant que je vais rejoindre une amie.

Qui prévoit une sortie entre filles alors qu'elle a un rencard d'organisé ? Personne. Et pourtant, ça n'a pas du tout l'air de le déranger ou même de lui faire se poser des questions.

En traînant des pieds à travers Baltic et l'Atlantic avenue, je me maudis d'avoir enfilé des chaussures à talons. Il aurait sans doute été plus intelligent, également, de venir en moto ou bien même en voiture. En sachant pertinemment que mon caractère me mènerait à ce genre de situation. Marcher une vingtaine de minutes en quête de la première station de métro n'est clairement pas ce que j'espérais en faisant plaisir à Cindy.

Tandis que le bruit de mes chaussures claque durement sur le trottoir en béton, je fouille les poches de ma veste à la recherche de mon téléphone. Une fois attrapé, je m'empresse d'envoyer un message vénéneux à la blonde. Sans oublier de lui rappeler de m'oublier pour ses prochains coups foireux. Est-ce qu'elle m'a prise pour une baby-sitter ou bien est-ce encore une de ses vengeances voilées ?

À force de fixer l'écran qui s'allume à chaque notification, j'ai l'impression de m'être légèrement perdue. Tout en activant le GPS sur l'application de google map, je me rends compte que je me dirige depuis le début dans le mauvais sens. Fonçant droit en direction de Red Hook. Légèrement stressée, j'expire bruyamment avant de faire demi-tour sans pouvoir m'empêcher de serrer un peu plus fort mon téléphone entre mes doigts. Inconsciemment, le fait de savoir que je suis aussi proche de ce quartier rend tout plus effrayant autour de moi. La façon, presque imperceptible, qu'ont les lampadaires de clignoter. Ou encore les papiers jetés au sol qui se font pousser à travers la rue par les bourrasques de vent. Instinctivement, je porte ma main à ma taille. Oubliant qu'évidemment, je n'ai pas mon arme de service avec moi. Du bout des doigts, je tente de commander rapidement un taxi sans pour autant rester où je suis. Plus il y a de distance entre moi et cette zone industrielle, mieux je me sentirais.

Autant, je n'ai aucun problème à me rendre dans cette partie de la ville en plein jour. Les gens y sont, pour la plupart, très accueillants et d'une gentillesse incomparable. Quand j'ai rejoint la police de New York, c'était régulièrement qu'on m'envoyait ici avec mon binôme de l'époque. La plupart du temps, c'était pour régler de simples altercations entre deux citoyens. Les cas les plus graves étaient des tentatives de vol à l'étalage par des adolescentes un peu trop rebelles. Et après avoir été promu Lieutenant, c'est une autre vision de Red Hook qui s'est présenté à moi. Les trafics de drogue ou bien d'armes devenaient de plus en plus nombreux dans le vieux port et je ne compte plus le nombre de fois où la simple présence de mon arme m'a sauvé la vie. C'est totalement stupide, je le concède. Mais désormais quand elle n'est pas avec moi, je me sens totalement démunie et fragile.

Le silence pesant de la nuit se fait rompre par le ronronnement du moteur d'une voiture un peu plus loin. Au moment où elle s'arrête à côté de moi et que la vitre passagère se baisse, l'homme caché derrière ses lunettes et un masque chirurgical me demande si c'est moi qui ai commandé le taxi. Soulagée, je secoue la tête dans un oui énergétique et monte rapidement à l'arrière de la Mustang noire. Assise et à l'abri, je souffle enfin de soulagement.

— La soirée a été longue ? Me questionne le chauffeur alors qu'il prend la direction du centre-ville.

— On peut dire ça comme ça, me contenté-je de répondre, peu enclin à parler de ma vie privée avec un parfait inconnu.

Un vrombissement dans ma poche me sort de ma rêverie alors que j'observe les lumières de la ville à travers la fenêtre. De la main, j'attrape mon téléphone qui refuse de s'allumer. Un coup d'œil sur le GPS de la voiture m'indique que nous ne sommes plus qu'à cinq minutes de mon appartement. Considérant qu'il est inutile de demander un chargeur à mon conducteur pour le peu de distance qu'ils nous restent, je me rassoie au fond de mon siège. Une pression étrange alourdit l'atmosphère dans l'habitacle. Et alors que je lance un regard à l'homme, j'aperçois que celui-ci m'observe à travers son rétro. Ses yeux sont partiellement cachés par la couleur presque opaque des verres de ses lunettes. Ne rien pouvoir déceler de ses traits me procure un léger malaise, alors qu'il détourne finalement le regard au moment où l'ordinateur de bord lui indique de tourner à gauche. Je n'ai pas plus le temps de m'épancher sur le physique glauque et peu rassurant de mon compagnon de route que, déjà, la voiture s'arrête devant mon immeuble. Sans plus attendre, je sors promptement de la voiture en souhaitant une bonne soirée à l'homme qui ne redémarre pas de suite.

À aucun moment, je ne me retourne pour voir le moment où la mustang reprendra la route. La soirée m'a mise dans des états de psychose trop intense. Il est fort probable qu'il patiente en attendant une nouvelle course. En arrivant dans mon appartement, je me déshabille rapidement avant de brancher mon smartphone dans le salon. Fatiguée, je me laisse retomber sur l'épaisseur des coussins en me demandant bien ce que me réserve la journée de demain. Il me reste un peu moins de huit heures de sommeil avant de devoir me lever pour me préparer. Attendre ce week-end aurait été une meilleure idée pour un rendez-vous, mais je préférais avoir l'excuse du travail le lendemain au cas ou il fallait que je me fasse la malle. À peu de chose près, ce que j'ai dû faire, au final.

L'écran de mon téléphone se rallume quelques minutes plus tard, m'arrachant à la contemplation du vide devant moi. Alors que je tape mon code pin pour déverrouiller l'appareil, ma respiration se bloque dans mes poumons à la vu des notifications.

Pas moins de sept messages sur l'application d'Uber pour me demander où je me trouve exactement. En inspectant les informations du chauffeur, je remarque les photos de la voiture. Et aucune ne montre une mustang d'un noir aussi brillant que la nuit. Je cours vers ma fenêtre, espérant que celle-ci se trouve toujours au bas de l'immeuble pour chopper le numéro de plaque. Mais la rue est totalement vide. Soudainement, la question la plus terrifiante de cette histoire me saute aux yeux. Comment connaissait-il mon adresse si ce n'était pas le chauffeur que j'avais commandé ? D'un pas précipité, je me rends face à ma porte d'entrée que je ferme à double tour et fixe la chaîne de sécurité. Consciente que si cette personne avait voulu me faire du mal, il l'aurait fait au lieu de me reconduire chez moi. Je passe plusieurs heures à me questionner quant au fait qu'il existe probablement une réponse logique à la situation. Qu'il s'agit probablement d'un problème avec l'application. Peut-être des chauffeurs Uber qui ont accepté en même temps ma course, et seulement un des deux, est apparu sur mon écran ? Je n'en ai aucune idée. Alors que mon réveil m'indique qu'il ne me reste que trois à quatre heures de sommeil, je décide d'arrêter de me prendre la tête. Il sera encore temps de téléphoner au service client demain pour me rassurer.

La porte de mon casier refermée, je suis fin prête pour démarrer cette nouvelle journée. Après un appel ce matin de la plate-forme pour s'excuser de la gêne occasionnée, l'inquiétude m'a totalement désertée. Jusqu'à l'arrivée de Cindy, j'ai ignoré ses messages concernant mon rendez-vous soporifique. Si je m'attendais à la voir débouler sur moi dès que mes pieds ont foulé l'open-space, c'est une grande déception. Aucune trace de la blonde ce matin.

— Matthew ? Interpellé-je l'un de mes collègues qui passe à côté les bras chargés de documents. Tu sais pourquoi le bureau du Capitaine est fermé ?

L'homme se tourner un instant vers ledit bureau, avant de s'approcher de moi comme pour ne pas se faire entendre.

— Il paraît que ta coéquipière a encore fait des siennes. J'ai entendu dire qu'elle allait être convoquée par le Chef de la police prochainement, m'explique-t-il avant de hausser les épaules et de me souhaiter bon courage.

Bordel, Cindy !

Un soupir d'exaspération s'échappe d'entre mes lippes. Cette femme va vraiment finir par se foutre dans une merde sans nom. Si ce n'est pas déjà fait. Du bout des doigts, j'attrape mon portable qui repose au fond de ma poche. Je tapote rapidement sur les touches tactiles du portable pour lui demander ce qu'elle a encore pu faire. Au bout d'une dizaine de minutes, toujours aucune réponse. Ce serait un mensonge de dire que ça ne me rend pas nerveuse. Il y a peu de situations pour lesquelles nous écopons d'une convocation du chef de la police. Soit c'est pour se faire virer, soit c'est, car on a fait une énorme connerie. Du genre de celle que ma meilleure amie a un peu trop envie de faire en ce moment. Savoir qu'elle a rendez-vous là-bas prochainement a tendance à me mettre les nerfs à rude épreuve.

Devant mon ordinateur, impossible de me concentrer sur les comptes rendus que je dois clôturer. Avec la blonde, on a pris pas mal de retard cette semaine et je donnerais n'importe quoi pour qu'elle se concentre un peu plus dans la paperasse. En tendant la main vers ma trousse, j'ai un moment d'arrêt en y trouvant un petit sucre d'orge. Non mécontente de recevoir de petits cadeaux de Noël de la part de mes collègues, je ne peux m'empêcher de me demander de qui ça vient. Nerveuse, j'attrape le bâton rouge et blanc, le déballe et le porte à ma bouche. L'arrière-goût aromatisé à la cannelle vient caresser mes papilles et inconsciemment la douceur du sucre m'aide à me calmer.

C'est certain, je ne suis qu'une goinfre dont les émotions sont régies par son estomac.

Et tout le monde ici l'a bien compris.

ANGELA

CHAPITRE . 3

— Tu comptes me dire pour quelle raison tu as encore été convoquée ? Ou bien vas-tu encore une fois me faire croire que le Capitaine a juste une dent contre toi ? Questionné-je mon amie qui se tortille sur le tabouret qu'elle finit par délaisser pour se diriger vers le frigo qu'elle ouvre en grand.

— Tu préfères un pepsi ou un fanta ? Ah, sinon j'ai du thé glacé qu'on a préparé hier avec Daphné.

— Cindy, bordel ! Quand est-ce que tu vas comprendre que tu vas nous mettre toutes les deux dans la merde ?!

Face à mon timbre plus sérieux qu'à l'accoutumée, elle referme la porte du frigidaire et s'accoude sur le marbre de l'îlot central. La tête reposée contre ses mains jointes, elle fixe un point invisible sur la pierre. Réellement songeuse, je la vois batailler avec elle-même pour s'empêcher de dire quoique ce soit de fâcheux.

— Il ne veut rien entendre. Il préfère me mettre des blâmes que m'aider à mettre ces foutus criminels en prison, Angela, souffle-t-elle réellement impacté par la discussion.

— Tu te trompes. Il cherche juste à te protéger. Toi ainsi que ta carrière.

— À quoi ça sert d'être flic si on doit abandonner chaque enquête qui touche à ces fils de… (elle se retient de jurer).

— Le FBI, la criminelle, eux sont là pour ça, Cindy.

Notre devoir à nous, c'est de protéger les citoyens.

Un rire amer s'échappe de sa gorge. Je sais pertinemment qu'elle n'approuve pas mon discours et qu'elle n'est pas prête à abandonner. J'aimerais croire que c'est aussi simple que ce qu'elle décrit : avoir le nom des grands méchants, attraper les grands méchants. Enfermer les grands méchants.

Mais rien n'est jamais simple dans ce travail. Et c'est la première chose qu'on nous dit en arrivant en formation.

La voix guillerette de Daphné, qui vient de se réveiller de sa sieste, clôt définitivement cette conversation. Et alors que je suis mon amie au salon qui rejoint sa fille, je ne peux m'empêcher de me sentir coupable. De compatir à la torture que cela doit être pour elle de se sentir impuissante face à tous les obstacles qui entravent le but de se carrière. Le visage de la lieutenante n'est plus présent, celui-ci a disparu sous le sourire et le regard pleins d'admiration de la mère. Imprégnant un peu plus un sentiment de malaise au fond de mon palpitant.

Des pinces fantaisistes pleins les cheveux, je laisse la fille de Cindy me faire une beauté comme tous les mercredis. Depuis des années maintenant, notre petit rituel n'a pas changé. La seule variante dans ces après-midi étant les ustensiles de Daphné, — ainsi que les noms sur la liste de prétendants que sa mère veut me présenter. Si elle n'était pas mariée et aussi comblée dans sa vie sentimentale, j'aurais de sérieux doutes sur son style de vie. Le répertoire de cette femme est plus fourni que les pages jaunes ou que n'importe quelles applications de rencontre.

Légèrement agacée, comme à mon habitude, après cette dernière soirée catastrophique ; j'écoute davantage les miaulements de leur chat grassouillet que les plaintes de mon amie concernant Bratt. La boule de poil repose non loin de nous, profondément endormie. Et à en juger par la position très peu élégante qu'il a, il est parfaitement paisible de surcroît. Il m'arrive parfois de m'imaginer à quel point ce serait agréable d'être un chat. Aucune responsabilité. Aucune obligation. Aucun problème. Et de la nourriture gratuite à volonté dès que je le réclame.

Oui, il n'y a rien à ajouter : ce chat a une vie de rêve.

— Tata, c'est parce que tu n'as personne pour jouer au papa et à la maman que tu es ronchonne ? Me questionne la petite en m'arrachant une grimace alors que sa mère rigole comme une idiote face à nous.

Je fusille Cindy du regard qui n'arrive pas à se reprendre. Aucun doute sur leurs parentés à ces deux-là. La même délicatesse, la même tignasse blonde.

— Non ma chérie, c'est parce que maman veut me trouver un compagnon de jeu. Mais moi je refuse, parce qu'après je n'aurais plus de temps pour jouer avec toi.

— Maman, je ne veux pas ! Tata elle doit jouer rien qu'avec moi ! se met-elle à brailler en me serrant aussi fort qu'elle le peut dans ses petits bras.

— Oui maman ! On ne veut pas de ça nous, imité-je Daphné en continuant de fusiller Cindy du regard, tout en rendant son étreinte à l'enfant.

Avant qu'elle ne se décolle de moi, j'appuie mes lèvres humides tout contre sa joue. Ce petit bisou, légèrement baveux, lui arrache un rire contagieux. Elle se débat dans mes bras en tentant de fuir alors que je la chatouille sans la laisser partir.

C'est sur des notes aussi légères que nous terminons l'après-midi ensemble avant qu'il ne soit l'heure pour moi de partir. C'est l'un des seuls endroits où il m'arrive de ne pas prendre la voiture ou bien la moto pour venir. Située en plein centre de New York, c'est une véritable galère pour se rendre jusqu'à leur maison. Je ne sais comment fait mon amie pour faire le trajet tous les matins à l'heure de pointe, alors qu'en dehors : c'est déjà l'enfer.

L'air frais m'oblige à resserrer un peu plus l'épaisse

écharpe qui pend autour de mon cou. Il serait sans doute plus intelligent de troquer ma veste en cuir contre une bonne grosse doudoune bien chaude. Mais le peu de sensibilité à la mode que j'ai s'y refuse. Machinalement, je remonte la capuche de mon sweat-shirt sur ma tête. Je serais prête à n'importe quoi pour une paire de cache-oreilles. Quand la température s'est-elle aussi fortement dégradée ? Il y a encore quelques jours à peine, il faisait presque bon. Ce n'était pas désagréable de sortir avec une simple blouse à longue manche et voilà que ce soir ; on frôle les moins quarante en ressenti.

Bercée par les douces odeurs des stands à hot-dog de la grande avenue, je m'arrête à l'un des stands et en commande un. La chaleur qui se dégage des grilles qui sont là pour cuir les saucisses me réchauffe légèrement les mains. J'attrape un billet dans mon portefeuille que je tends à l'homme, alors qu'il finit de badigeonner mon pain de moutarde bien jaune.

— Gardez la monnaie, intimé-je gentiment au vieil homme qui me remercie d'un signe de tête. Ça ne vous dérange pas si je reste un peu tout près de votre stand pour me réchauffer le temps que je mange ?

— Aucunement ma petite dame, allez-y !

Je n'attends pas plus pour prendre une bouchée du sandwich et régaler mes papilles qui étaient prêtes à crier famine. C'est un pur délice.

Alors que j'essaie de prendre mon temps pour manger, mon regard se perd sur les décorations accrochées ci et là dans l'avenue. Toutes les façades sont copieusement habillées. Chaque loupiote vient se refléter contre les dalles faites de béton sur le sol ou bien encore contre les vitres des voitures garées devant. Si je n'avais pas une légère aversion pour cette saison, froide et hostile, je m'extasierais probablement sur ce spectacle. Chaque jour un peu plus fournis, à mesure que d'autres habitants préparent leur habitation pour les fêtes. Ont-ils fait un concours pour savoir qui aurait la maison la plus lumineuse ? Très certainement. Est-ce de mauvais goût

? Bien évidemment.
Suis-je rabat-joie ? Sans commentaire.
Mon semblant de repas fini, je fais un signe à l'homme en lui souhaitant une bonne soirée. Entre deux clients, il me souhaite quant à lui de joyeuses fêtes et je repars comme je suis arrivée, la tête dans les nuages.

Pour une fois, j'arrive au travail bien reposée.
Nous avons réussi à caler une séance d'entraînement avec Cindy et je suis plus que ravie de pouvoir m'y rendre au lieu d'être enfermée dans l'open-space pour remplir tout un tas de paperasses. Un sourire sur le visage, je salue chaleureusement Dave qui me tend le formulaire d'enregistrement. Rapidement, j'y inscris toutes les informations demandées, paraphe et pars dans l'armurerie. Devant le mur où sont accrochées plusieurs armes à feu. Je laisse mes doigts glisser sur le métal froid de plusieurs, avant d'attraper l'un des Sig Sauer. Le même que je me suis offert une fois mon permis de port d'arme passé.

Dans ma main, je soupèse le poids de l'arme. Celle-ci est déchargée et ne doit pas peser plus de sept-cent-cinquante grammes. Sa carcasse est faite dans un mélange d'aluminium et d'acier inoxydable, tandis que les plaquettes de la crosse de ce modèle sont faites de plastique. Ce léger détail me dérange. Habituellement, je préfère celles faites en bois. Plus dur, mais plus agréable au niveau de la prise en main.

Sans plus d'inspection, j'attrape deux chargeurs et pars vers les stands de tir. Il n'y a pas beaucoup de monde aujourd'hui, c'est plutôt calme. Pour ne pas commencer sans Cindy, je me contente d'observer l'entraînement des autres agents présents. Certains sont là par obligation, car en plein apprentissage. D'autres simplement pour se perfectionner ou bien se défouler. On ne nous apprend pas vraiment à être de bon tireur en intégrant l'académie de police. On le devient avec le temps, avec la pratique. En gardant toujours en tête :

qu'un seul tir suffit à ôter la vie. Innocents ou criminels, nos sentiments face à ce geste de dernier recours doivent rester les mêmes. Sans plaisir, sans hésitation.

Sans fierté d'avoir visé juste.

Il est pourtant évident que certains jubilent à la simple idée de voir un homme à terre. Pour ma conscience, ils sont simplement des criminels refoulés qui ont décidé de s'habiller du bon uniforme. Pour assouvir leurs pulsions en toute impunité.

— Désolée pour le retard ! crie un peu plus fort ma blonde préférée en arrivant dans l'espace d'entraînement, son équipement déjà en main.

— Ce n'est rien, je ne suis pas là depuis très longtemps.

Sans plus de discussion, Cindy se place dans la cabine à côté de la mienne. Tout comme moi, c'est un moment qu'elle ne néglige pas. Nous sommes ici pour travailler, pas pour nous amuser. Le casque antibruit correctement installé sur mes oreilles, j'enfile mes lunettes de protection et me concentre sur la cible face à moi plusieurs mètres plus loin. Enfin placée correctement, je m'autorise à charger l'arme que j'ai choisie. Le poids est plus imposant, pourtant il ne me dérange aucunement. J'inspire et expire à plusieurs reprises avant d'affirmer ma prise sur la crosse. Le bruit des ventilations au-dessus de nos têtes ne me parvient plus. Les déflagrations des tirs à côté de moi sont beaucoup trop lointaines et à part les battements de mon palpitant, plus rien ne franchit la barrière de ma conscience.

Après toutes ces années, je connais parfaitement ma marge de relâchement au moment de l'actionnement de la gâchette. Alors, instinctivement, je ne cherche pas à ce que mes instruments de visée pointent en plein centre de ma cible. Légèrement supérieure au premier cercle, je me concentre à peine une seconde avant que le premier tir ne parte. Et comme si un deuxième projectile s'apprêtait à sortir du canon, je reste campée sur ma position. Atténuant la déviation de l'arme au maximum. L'impact contre la cible faite de papier se fait net, précise.

En plein centre.

Après plus d'une demi-heure, une dernière douille tombe au sol dans un tintement imperceptible.

Cette journée ne pouvait se terminer que d'une seule façon : Cindy et moi assises en tailleur sur mon canapé. Chacune un morceau de pizza en main. Nos tête-à-tête en dehors du travail sont devenus de plus en plus rares avec le temps. Pas qu'on se voit moins, mais avec la promotion que son homme a gagnée l'année dernière, elle doit plus souvent être chez elle à s'occuper de sa fille. Du coup, c'est bien souvent moi qui me retrouve là-bas, avec elles deux. Ce qui ne me dérange pas du tout, bien au contraire. J'aime cette petite tête blonde autant que si c'était ma propre petite sœur. Avoir hérité du titre de « tata » me rend des plus fière et heureuse.

— Bon c'est quand que tu te trouves un bon plan cul, là ? lâche Cindy sans aucune délicatesse, me faisant m'étouffer avec mon morceau de pizza.

— Bordel, tu as fini avec tes conneries ?!

— Ben quoi ? Au moins, tu seras un peu moins tendue, Chérie. J'ai l'impression que tu pourrais exploser à n'importe quel moment.

— Peut-être parce que je dois passer mon temps à couvrir tes bêtises et empêcher notre Capitaine de te virer ? l'incendié-je en attrapant une canette de bière sur la table.

L'amertume du houblon dans ma gorge me fait légèrement frissonner. Ce n'est que la troisième, mais je sens que, déjà, les effets de l'alcool sont présents. Mes joues sont chaudes et une légère barre commence à me rayer le front.

— Mouais, je pense juste que tu as vraiment besoin de baiser un coup, maugrée-t-elle en me fixant droit dans les yeux.

Sans même répondre à sa tirade, j'attrape le coussin derrière mon dos pour lui balancer en pleine figure.

— T'es qu'une idiote, West !

Ni une ni deux, on se lance toutes les deux dans une bataille de coussins.

L'espace d'une soirée, on oublie que nous sommes adultes, que nous sommes Lieutenantes ou bien que de quelconques responsabilités nous incombent.

Il n'y a plus que l'amusement, la paresse et le plus important.

Notre amitié indestructible.

CHAPITRE . 4

— West, Felton. Pourriez-vous m'expliquer pourquoi j'ai la fâcheuse impression de vous voir constamment dans mon bureau ? nous questionne notre capitaine, visiblement irrité par notre présence forcée et clairement non désiré.

— Car vous aimez notre chaleureuse compagnie. Sans oublier que vos journées seraient vachement tristes sans nous, réplique la blonde à côté de moi, alors que je la somme de se taire d'un coup de coude dans les côtes.

— Je serais vous, West, je me tiendrais à carreaux ! C'est la cinquième plainte que je reçois à votre encontre ce mois-ci. La cinquième ! Et nous ne sommes même pas le dix du mois !

— Monsieur, si je peux me permettre… tenté-je d'en placer une pour défendre ma collègue indéfendable.

— Justement, non ! Vous êtes tout autant responsable qu'elle. Combien de fois vais-je devoir vous dire d'arrêter vos enquêtes sur la Cosa Nostra ?! hurle-t-il à l'attention de ma coéquipière, balayant totalement ma présence ici.

Cindy et notre supérieur se renvoient dangereusement une bombe invisible depuis plus d'une demi-heure. S'il avait ne serait-ce que l'idée du nombre de fois où je sermonne la blonde lorsqu'elle tente de me tirer de force dans sa lubie mafieuse… Eh bien je ne serais certainement pas prise en otage dans ce bureau au moins une fois par semaine. Pour je ne sais quelle raison, ces familles l'obsèdent — et ce depuis aussi longtemps que nous travaillons ensemble. Il y a pourtant déjà bien trop de travail avec les criminels lambdas que pour marcher sur les plates-bandes de la Crime.

— Je vous préviens, c'est la dernière fois que je vous tire d'affaire. Outrepassez encore une fois mes ordres et c'est le conseil de discipline, ainsi que votre mise à pied immédiate !

Sur ces mots, notre supérieur nous congédie sans plus d'amabilité. À côté de moi, la blonde fulmine rageusement. La fin de notre service ayant déjà sonné, je tire mon amie par le bras jusqu'aux vestiaires. Une fois changées et nos affaires rangées, je lui propose de me suivre jusqu'au Tony's. Persuadée qu'un ou deux verres suffiront pour la détendre et lui faire oublier notre petite, grosse, réprimande de la journée.

La moitié du poste est déjà légèrement éméchée en cette fin de semaine. C'est presque devenu un rituel de se rejoindre dans ce bar après le travail. C'est un peu une façon de décompresser de notre quotidien et de tout ce qu'il comporte. Et même si notre session avait commencé plutôt calmement pour une fois. Ma blonde préférée a tout alourdi avec les problèmes qu'elle engendre.

— Angela, Cindy ! On vous attendait, vous vous joignez à nous ? Nous questionne un lieutenant, dont le nom m'échappe constamment.

Je n'ai pas le temps d'étudier la proposition que, déjà, il nous tire toutes les deux vers une des tables du fond. Avec effroi, je constate que Tyler se trouve avec eux. Tout aussi gêné que je le suis. Il détourne le regard au moment où je prends place sur la banquette face à lui. Sans prêter plus d'attention à mon ex-petit ami, j'écoute, distraite, la conversation passionnante de mon amie. S'il y a une chose que je regrette dans mon travail, c'est d'avoir craqué pour un collègue. Devoir être confrontée quotidiennement à cet homme, c'est compliqué au possible. On ne peut pas dire que notre rupture a été des plus calmes ou agréable. Et je suis parfaitement consciente que je suis la seule responsable.

Il n'avait qu'une envie : construire une vie de famille. Finir heureux le restant de ses jours avec sa femme et ses enfants. Ça m'a littéralement terrorisée. À aucun moment, il n'était question de ça. Alors quand il m'a demandé de l'épouser en plein repas de famille, j'ai fui. Au premier sens du terme.

Depuis des mois, ça n'allait plus de mon côté. Ça se ressentait. Cette monotonie dans notre couple m'ennuyait. L'impression de vivre avec un colocataire trop pot de colle, plutôt qu'avec ma moitié, était de plus en plus oppressante. Non pas que j'ai besoin de beaucoup pour supporter une relation... Mais comment continuer quand il n'y a plus de passion, plus de partage ou plus d'intimité ? Le jour où j'ai finalement ressenti de l'attirance et du désir pour un autre homme, j'ai compris que c'était définitivement fini. Le quitter était l'évidence et la meilleure des décisions à prendre.

En fin de compte, je ne suis retournée vers personne. Pendant un temps, j'ai bien essayé de subir les diners arrangés de Cindy. Mais au bout d'un moment, j'ai préféré décider qu'il me fallait, probablement, un peu de temps pour me retrouver avec moi-même. Cela fait un peu plus de deux ans maintenant, pourtant Tyler n'a toujours pas digéré la pilule. Du moins, si j'en juge le comportement qu'il adopte en ma présence.

Du bout des doigts, je joue avec la paille qui flotte dans mon verre. Il commence à se faire tard et je dois me rendre à l'évidence : l'ambiance de la soirée n'arrive pas à me transporter. Au bout d'une demi-heure et d'un nombre incalculable de boissons ingurgitées sans aucun entrain, je décide de rentrer chez moi. Non pas sans batailler avec Cindy qui finira sans aucun doute, encore une fois, fin ronde sur le canapé d'un de nos collègues de bureau.

— Je la raccompagne, s'excuse Tyler en se levant pour me rattraper.

Notre marche jusqu'au parking de la brigade se fait dans le plus grand des silences.

— Tu veux que je te reconduise ? proposé-je au brun, ennuyée par ce silence de plomb qu'il a instauré entre nous.

Dans un signe de tête, il accepte ma proposition. Et alors que nous rejoignons finalement ma voiture, il sort enfin de son mutisme.

— Je voulais te parler de quelque chose à propos du bal de Noël de la brigade.

— Uh, l'invité-je à continuer.

Ce n'est clairement pas responsable de ma part de prendre le volant après avoir bu. Mais je n'ai aucune envie de côtoyer la foule alcoolisée d'un vendredi soir, en plein cœur de New York.

Concentrée sur la route, je cache difficilement que je suis un peu réticente à entendre ce à quoi il fait référence.

— Eh bien, c'est un peu délicat, commence-t-il probablement tout aussi mal à l'aise que moi. J'ai prévu d'y emmener ma petite-amie. Ça va faire six mois qu'on est ensemble, mais je ne voudrais pas que ça crée un malaise à la soirée.

Merci mon dieu. Je m'attendais au pire.

— Tyler, c'est évident qu'il n'y a aucun problème. Tu ne devrais même pas te poser la question de savoir si tu peux l'inviter. Je suis heureuse pour toi, vraiment, lui signifié-je.

— Tu sais, je t'en ai voulu pendant un an. Mais finalement, je comprends pourquoi tu es partie.

Ai-je vraiment envie d'entamer une conversation avec mon ex à propos de notre rupture, — et ce à trois heures du matin ? Définitivement pas. Mais si ça lui permet de se sentir mieux dans ses baskets, ainsi qu'à améliorer l'ambiance au travail quand l'on est dans l'obligation de collaborer ?

Eh bien, allons-y.

— Tu n'y étais pour rien. On ne peut pas savoir si l'on correspond à quelqu'un avant de partager chaque aspect de sa vie avec l'autre.

Je hausse les épaules alors que les lumières de la ville défilent derrière le pare-brise.

— Je te souhaite de trouver quelqu'un qui te convient, Felton.

La porte de mon appartement enfin refermée, je jette mes clés dans le vide-poche de l'entrée. Mon chemisier me donne l'impression d'étouffer et il ne me faut pas plus d'une minute pour l'enlever. Et le laisser rejoindre la pile de vêtements qui traîne au sol. Cet endroit est d'une tristesse déprimante pour la saison. Même moi, je dois le reconnaître. Les fêtes de fin d'année ont le don de me mettre les nerfs à rude épreuve et je ne trouve pas le courage de faire l'achat de décorations. Tout ça pour suivre le mouvement de la ville entière. À quoi bon de toute façon ? Avec mon emploi du temps, je me trouve plus souvent au poste ou bien chez Cindy, que chez moi.

Le nez dans le réfrigérateur à la recherche d'une collation, j'attrape un pot de confiture de figue ainsi que le reste de mon beurre de cacahuète. La fin d'un sachet de crackers fera l'affaire pour accompagner les deux denrées. Il serait sans doute temps que je fasse les courses, histoire de me nourrir d'autre chose que de cette saleté. Pourtant la simple idée de devoir me rendre au milieu de la foule qui fourmille dans les magasins en ce moment, me tétanise. Donnez-moi des montagnes de cadavres : je les affronte sans problème. Par contre, pour ce qui est des ménagères prêtes à tuer pour une boite de marrons confits, — je n'ai aucune envie de m'y frotter ou de m'en approcher à moins de cinquante mètres.

Télécommande en main, je fais défiler les chaînes du téléviseur. Peu convaincue de trouver un quelconque programme intéressant à cette heure, je tente davantage de faire passer l'ennui. Au bout d'une demi-heure et d'une dizaine de cracottes englouties, j'éteins l'écran et m'allonge sur le canapé. La solitude ne m'aide pas à m'empêcher de ressasser la journée fatigante qu'on a eue. La fin de semaine rime souvent avec la clôture de toute la paperasse des jours précédents.

Inconsciemment, l'affaire du cambriolage me revient en tête. Ce nom « Candyman » fait penser à une mauvaise farce. Est-ce un malfrat qui se prend pour la version méchante du Père-Noël ? Ou bien juste un de ces crétins sans aucune personnalité, bon uniquement à tuer des gens. Jusqu'au jour où il finira derrière les barreaux ?

Ce serait mentir, que de dire que cette affaire n'a pas suscité mon intérêt. Mais je refuse de suivre la blonde dans sa folie. La Crime est plus apte que nous à mettre la main sur cet homme, ainsi que sur les informations qu'il possède sur la Cosa Nostra.

Cindy me remerciera un jour de constamment protéger ses fesses. Il y a déjà beaucoup trop de policier qui tombe contre cette vermine, qui prend de plus en plus de terrain dans les rues de New York. Alors, si je peux éviter qu'un de plus se retrouve sur cette liste noire et mortuaire. Je n'hésiterais pas à un seul instant.

Le moment n'est certainement pas bien choisi pour être piqué par la curiosité. Mais après avoir passé l'entièreté de la nuit ainsi que de ma journée de repos à tourner en rond dans mon salon, à lire encore et encore les messages de Cindy sur l'enquête. J'ai finalement enfilé un jeans noir ainsi qu'un pull tout aussi sombre. Dans le but de ne pas trop me faire remarquer. Avant de sortir, j'attrape les clés de ma moto qui se repose depuis quelques semaines dans le garage de mon immeuble. Il vaut mieux ne pas faire trop « flic » quand on se rend là où je me rends.

Avec la vitesse, le froid s'infiltre durement sous ma veste en cuir. Si je n'avais pas enfilé une paire épaisse de gants, j'aurais probablement les phalanges gelées depuis une dizaine de minutes.

Lorsque je me gare devant la vitrine du Long Island, une dizaine de personnes occupe déjà les lieux. Avec ma dégaine trop droite et mes vêtements qui couvrent une quantité décente de peau, je détonne énormément avec les autres femmes qui viennent ici. C'est seulement, une fois, à l'intérieur du bar que je retire mon casque. Accueillant avec joie la chaleur qui contraste avec l'extérieur. Quelques sifflements de vieux lourds déjà éméchés m'arrache une grimace que je peine à dissimuler. Mes pas me dirigent naturellement vers le bar derrière lequel se trouve Anderson.

— Eh bien en voilà une revenante ! Ça faisait un moment que je ne t'avais pas vu traîner dans les parages, Felton.

— Comment vas-tu depuis le temps ? questionné-je le grand barbu qui me tend une pinte de bière que je n'ose pas refuser au vu de l'heure.

Cet homme n'a rien d'un indic. Il est plus du genre à rendre des services à de vieux amis. Seule raison pour laquelle je me risque de temps à autre à aller le voir.

— Je doute que tu sois venue ici pour me demander comment je vais. Alors, rentre directement dans le vif du sujet, m'ordonne-t-il en s'affaissant légèrement sur le bar afin de ne pas avoir à parler trop fort.

Je ne peux m'empêcher de jeter un regard autour de nous. Hormis quelques visages qui ne s'attardent pas davantage dans notre direction. Personne ne semble nous prêter attention.

— Tu as entendu parler d'un certain Candyman ? Il est relié à une de mes affaires. On cherche à mettre la main dessus, murmuré-je à l'attention du barman qui fronce un sourcil au moment où je prononce le pseudonyme de notre délinquant en cavale.

— Angela, ne te lance pas à la recherche de cet homme. C'est l'un des messagers de la mort de la Cosa

Nostra, commence-t-il en appuyant ses grandes mains sur le bar légèrement abîmé par le temps. Dis-toi que tous les criminels que tu peux croiser ici, ce sont des enfants de chœur par rapport à ce type.

— Alors tu le connais, je me trompe ?! ne puis-je m'empêcher de le questionner davantage.

— Connaitre son nom et sa réputation, c'est une chose. Le connaitre personnellement et être toujours en vie, c'en est une autre. Personne ne peut se vanter de l'avoir croisé et d'être toujours là pour raconter quoique ce soit à son sujet, finit-il d'expliquer en refusant de s'attarder plus sur le sujet.

Légèrement irritée de cet échange frustrant, je me contente de boire en silence le verre que Anderson m'a servi en arrivant. L'ambiance de son bar n'a rien à voir avec le Tony's, qui est principalement visité par des lieutenants ou des agents. Il suffit d'un coup d'œil pour savoir que les groupes réunis ici n'ont rien de gentils citoyens droits dans leurs baskets. Au bout d'une heure, je finis par déposer un billet sur le comptoir avant de faire signe à l'homme et de me diriger vers la sortie.

Au moment où j'arrive chez moi, un mauvais pressentiment me comprime l'estomac. Est-ce, car j'ai enfreint mes propres règles ? Et ce, dans l'unique but de possiblement apporter des réponses à Cindy ? Je n'en ai aucune idée. Au moment où je referme la porte de mon appartement, une légère pression s'échappe de mes épaules. Il faut vraiment que je me repose avant de reprendre ma semaine de travail. Dans un mouvement las, je vide mes poches en déposant mes clés et mon portable sur la commode de l'entrée et enfile mes chaussons.

La lampe du plafonnier refuse de s'allumer alors que j'actionne l'interrupteur du salon. Et inconsciemment, je remercie cette foutue journée de se montrer si peu coopérative. Sans aucun repère, je tente de me diriger à tâtonnement en évitant de me cogner contre chaque angle de meuble. Une fois la table de salon atteinte, j'attrape l'interrupteur du petit luminaire qui repose dessus. La lumière m'aveugle quelques secondes alors que mes yeux tentent de s'habituer au changement d'ambiance.

— J'ai bien cru que j'allais devoir attendre ici toute la nuit, souffle l'homme affalé sur mon canapé.

Je retiens un cri de détresse tandis que celui-ci me pointe de son arme sans broncher. D'un signe de tête, il m'ordonne de m'asseoir. Le cerveau en ébullition pour trouver une échappatoire. Silencieusement, je prends place et m'assois sur la table basse, face à lui. Une fois fait, il se contente de m'observer sans ciller. Aucun son ne veut sortir de ma bouche, je me contente d'analyser les traits de l'homme face à moi. Bordel, les battements de mon cœur résonnent jusqu'à mes oreilles. Aucun doute sur le fait que je n'ai pas intérêt à énerver ce psychopathe.

— Alors comme ça, tu cherches à savoir qui je suis, Trésor ? me questionne-t-il sans vraiment le faire. Alors qu'il repose son arme à côté de lui sur le fauteuil, je l'observe un instant en me demandant le pourcentage de chance que j'ai de l'attraper avant qu'il ne me tue.

— Le fameux Candyman, je suppose ? me risqué-je finalement à lui demander pour confirmer mes craintes.

Il ne prend même pas la peine de me répondre et se contente d'un hochement de tête. Ses pupilles d'un bleu glacial traînent sur moi en m'arrachant quelques frissons de peur. C'était pourtant certain que j'allais m'attirer des emmerdes en allant au Long Island. Qu'ils arrivent si rapidement par contre, ça, ce n'était pas prévu.

— Que dirais-tu de faire comme si tu n'avais jamais entendu parler de moi et de retourner bien gentiment à ta vie d'avant ?

— C'est une blague ? pouffé-je sans pouvoir me retenir.

Me demande-t-il vraiment de fermer les yeux sur ce qu'il s'est passé la semaine dernière ?

— Vous êtes sérieusement en train de me demander de laisser un criminel errer dans la nature en fermant les yeux ?

Devant ma remarque, il se contente de hausser les épaules avant d'étendre davantage ses jambes devant lui. Emprisonnant les miennes au passage.

— La seule proposition que je te fais, Trésor. C'est de rester en vie, tonne-t-il d'une voix rauque beaucoup trop menaçante. Dis-toi que c'est un cadeau du père Noël avant l'heure.

Sur ces mots, il attrape l'arme que je continue de garder dans mon champ de vision et part en direction de la porte. Embrumée, j'ai du mal à comprendre ce qu'il vient de se passer. Mes pieds m'emportent à sa suite sans savoir ce que je peux bien faire pour l'arrêter. Il se retourne finalement vers moi, alors que je ne suis qu'à quelques décimètres de lui. Une onde froide vient me glacer le sang, tout en couvrant ma peau d'une chair de poule ; cet homme est terrifiant.

— Et conseil venant d'un ennemi. Tu ne devrais pas aller travailler demain, tu fais peur à voir. Tu ferais fuir n'importe quel criminel avec ta tête de déterrée, vient-il murmurer à mon oreille avant que la porte ne se referme derrière lui.

Je reste figée sur place, énervée, et l'égo meurtri. Mes poings sont douloureux à force de les serrer. Et je me jure intérieurement de faire en sorte que cet homme finisse sa vie derrière les barreaux.

CHAPITRE . 5

Il est dans la nature humaine de penser sagement, mais d'agir d'une tout autre façon. Aussi absurde cela soit-il. Affirmer un manifeste incompatible avec son opinion propre, c'est ainsi que les fous fonctionnent. C'est ainsi que j'ai moi-même fonctionné hier en me rendant dans ce bourg.

Après des semaines à rabâcher aux oreilles de Cindy de ne pas se jeter dans la chasse aux chimères pour ne pas finir sur liste noire. C'est à l'encre rouge que j'y ai, moi-même, inscrit mon nom. Depuis mon arrivée au bureau ce matin, il m'est impossible de me concentrer. Mes mains tremblent au moindre souvenir de la voix de cet homme alors qu'il me menaçait, indirectement. Mes doigts viennent s'agripper à mes cheveux sur le haut de mon crâne tandis que j'expire bruyamment pour tenter de reprendre un peu de contenance.

— Quelque chose ne va pas, Angela ? me questionne, visiblement inquiète, ma voisine de bureau.

Péniblement, je relève le regard vers elle pour lui signifier que tout va bien, que je suis simplement fatiguée. Devant sa moue perplexe, je lui offre un sourire qui se veut chaleureux. L'espace d'un instant, j'hésite à lui raconter ma rencontre de ce week-end. Tout comme j'ai hésité à informer mon supérieur de l'intrusion d'un criminel chez moi alors que j'étais absente. La petite voix dans ma tête m'en a vite dissuadé. Finalement, il m'a juste informée qu'il valait mieux pour moi que je me tienne à carreau. Il n'a pas vraiment menacé ma vie. Et je doute qu'en parler ait une autre utilité que de renforcer Cindy dans sa guérilla. Je ne souhaite pas être l'une des raisons qui la poussent un peu plus dans cette direction.

— Je sais ce qu'il nous faut à toutes les deux ! Une bonne patrouille loin de cette paperasse ! Allez, viens. On y va. C'est moi qui conduis, m'emporte la blonde sans même attendre que je lui réponde.

L'avantage d'être en équipe avec une amie, c'est que les heures creuses en pleine patrouille sont rarement un calvaire. Il est rare que l'on s'ennuie avec Cindy, et ce pour la simple et bonne raison qu'elle a une fâcheuse manie à enfreindre le règlement. Celui qui pense qu'un agent de police est forcément une figure de respect de l'ordre se trompe royalement.

Assise sur le siège passager, je dévore avec envie mon sandwich qui me fait des yeux depuis plusieurs heures déjà. Mon ventre accueille avec joie ce repas et ce petit moment de pause en cette journée totalement morne.

— Alors Tyler et toi ? lâche ma collègue telle une bombe.

— Je t'arrête tout de suite, il ne s'est absolument rien passé.

— Allez, tu ne vas pas me faire croire que l'alcool ne vous a pas un peu réconcilié ?

— Pas du tout. Il voulait juste savoir si je ne voyais pas d'objection au fait qu'il vienne accompagné au bal de Noël qu'organise la brigade.

— Tu lui as dit non, j'espère ?!

L'univers me donne parfois l'impression de vouloir m'aider en m'extirpant de chaque conversation désagréable qu'engage la blonde. Son téléphone se met à vibrer dans sa veste et j'en profite pour me replonger dans mon repas de fortune. L'excitation qui anime soudainement Cindy met le feu à mon sixième sens. Incessamment sous peu, et comme au moins dix fois par semaine, — je sens qu'elle s'apprête à nous mettre dans un pétrin pas possible. Que Dieu bénisse nos âmes, si sa folie ne nous tue pas... Ce sera notre capitaine.

Notre voiture s'arrête à quelques rues du point GPS enregistré dans l'ordinateur de bord. Le quartier malfamé dans lequel nous avançons est totalement hors de notre juridiction. Je ne peux m'empêcher de penser qu'on n'a rien à faire là. Et qu'il serait préférable de faire rapidement demi-tour.

Évidemment, ma collègue n'est pas de cet avis. L'un de ses indics lui a confié que ce foutu Candyman se cachait dans l'un des entrepôts de la zone. La proposition que je lui ai faite, c'est-à-dire : rentrer au poste pour organiser une descente là-bas avec les unités de la Crime, — ne devait probablement pas être à son goût. À peine le téléphone éteint, elle a rentré l'adresse et a foncé jusqu'ici. Prête à écraser n'importe quel piéton sur son passage pour ne pas perdre de temps.

Cette femme est une psychopathe.

Du coin de l'œil, je la vois sortir son arme de service avant de quitter le véhicule. Incapable de la laisser seule, même dans les pires merdes qu'elle crée elle-même. Je récupère au vol les clés toujours sur le contact et m'extirpe à mon tour de l'habitacle. L'idée d'avoir à nouveau affaire à cet homme me glace le sang, mais il m'est impossible de ne pas la suivre.

— Cindy ! Arrête tes conneries. C'est une mauvaise idée ! On n'a aucune information sur ce type ni sur ce qu'il peut bien trafiquer dans ce vieil entrepôt.

— Tu n'as qu'à m'attendre près de la voiture si tu as peur, Angela. Moi, j'y vais.

— Bordel, tu fais chier !

Difficilement, j'essaie de faire taire ma conscience qui me hurle qu'on saute tout droit dans la gueule du loup.

Que je devrais suivre son conseil et ne pas m'approcher de près ou de loin de sa personne. Mon amie fait le tour du bâtiment en tentant d'apercevoir une quelconque activité à l'intérieur. Au vu du nombre de fenêtres insensé qui recouvre les différentes faces de la bâtisse, j'ai du mal à croire qu'un criminel pourrait avoir l'idée absurde de se cacher ici. C'est beaucoup trop exposé. Au bout d'une dizaine de minutes, Cindy revient. Ce taudis est clairement vide et rien ne laisse à croire qu'une personne ait pu venir ici à un moment. Malgré l'aspect abandonné et en ruine, elle ne se débine pas et décide de forcer la porte d'entrée pour inspecter les lieux.

C'est à ce moment-là, seulement, que je l'aperçois. Cette voiture d'un noir mat qui reflète à peine les rayons du soleil au-dessus de nos têtes. Cette même voiture qui était stationnée devant mon immeuble dimanche soir. Cette même voiture dans laquelle je suis rentrée après mon rendez-vous désastreux avec Bratt. L'espace d'un instant, une faible lueur rougeâtre brille à travers la vitre côté conducteur. Ainsi que l'ombre d'un sourire sur le visage de l'homme, partiellement dissimulé.

Et soudainement, je comprends tout. Je n'ai pas le temps de me retourner pour tirer Cindy hors de l'embrasure de la porte, que déjà, je me fais projeter cinq mètres plus loin. Poussée par l'onde de choc de l'explosion.

Paralysée au sol, l'impression de me retrouver enfermée dans un bocal me comprime la tête. Ma respiration est douloureuse et il me faut plusieurs minutes avant de revenir à moi. Le bourdonnement dans mes oreilles semble ne pas vouloir faiblir alors que je perçois difficilement les gémissements d'agonie de Cindy. C'est finalement le crissement des pneus d'une voiture qui me donne la force de me relever. L'entrée du bâtiment est entièrement effondrée. À quelques endroits, des flammes s'étendent. Réduisant en cendre des restes de caisses en carton qui devaient encombrer les lieux. Devant l'état de ma collègue, j'attrape rapidement ma radio portable.

— Lieutenant Felton pour Central. Nous avons un agent à terre ! Envoyez tout de suite une ambulance à Red Hook ! tonné-je en tentant de calmer ma panique.

L'opérateur à l'autre bout m'informe qu'une équipe est déjà en route. Avant de me poser tout un tas de questions, auxquelles je peine à répondre.

— Il est hors de question que je la laisse seule pour me mettre à l'abri, hurlé-je à mon interlocuteur tandis qu'il m'informe que mes supérieurs ordonnent que je ne reste pas sur place sans savoir si le danger est écarté.

Des bruits de pas résonnent dans mon dos. Sans aucune hésitation, je sors mon arme en une fraction de seconde et vise l'homme désormais face à moi. Sous la colère et l'inquiétude, ma prise dessus est tremblante. De mon corps, je fais barrage entre l'individu et le corps meurtri de ma collègue. Faisant abstraction de l'arme plaquée contre mon front.

— Ce n'est pas très poli de menacer les gens avec une arme, ricane-t-il en abaissant légèrement ses lunettes de soleil pour me jauger du regard.

— Vous n'aviez pas le même discours hier soir. Je vous en prie, baissez la vôtre et je ferais de même.

Candyman émet un léger rire qui résonne durement à l'intérieur de ma tête. Avant même que je ne m'en rende compte, il m'arrache mon arme des mains et la range à l'arrière de son jeans. À aucun moment, je ne l'ai senti esquisser le moindre geste. La rapidité de ses mouvements me prend au dépourvu et me paralyse sur place.

— On n'a jamais appris à ta copine que c'était mal de fourrer son nez dans les affaires des grandes personnes ? me questionne-t-il sans vraiment attendre de réponse de ma part.

— Pourquoi faites-vous ça, bordel ?! craché-je, haineuse de le voir si peu impacté par ce qu'il vient de commettre, alors qu'il glisse un nouveau regard sur moi.

— Il me semblait t'avoir conseillé de rester bien sagement chez toi.

Impuissante, j'observe ce monstre sortir son téléphone avec lequel il prend une photo de la scène. Ou plutôt du corps de ma coéquipière. Une fois fait, il se tourne vers sa voiture. Les sirènes résonnent au loin et je retiens mon souffle, consciente que toute cette histoire n'est pas finie.

— Vous ne comptez pas me tuer ? Je connais votre visage, le numéro de plaque de votre voiture...

— Personne ne m'a payé pour que je m'occupe de toi, Trésor. Alors, écoute simplement mes conseils la prochaine fois et prie pour que nos chemins ne se recroisent pas.

Sur ces mots, il monte dans son véhicule tout en me faisant un signe de main. Comme si me dire au revoir était la chose la plus normale au monde. Pour finalement démarrer au quart de tour et disparaître au coin d'un entrepôt.

L'arrivée de l'ambulance me ramène violemment face à la réalité.

Lorsque je me retourne vers Cindy, je n'arrive plus à contenir cette panique dévorante. Avec beaucoup de mal, j'essaie de faire abstraction des brûlures sur le visage de la blonde. Elle ne réagit à aucun de mes appels et je n'arrive pas à sentir son pouls à travers sa peau noircie.

— Cindy, tiens bon ! Je t'interdis de m'abandonner, tu m'entends ?! Hurlé-je en tentant de capter le moindre signe, aussi faible soit-il, qui m'informerait qu'elle n'est pas morte.

Après avoir passé mes nerfs sur maintes infirmières aux urgences, qui tentaient simplement de me faire passer des examens. Je parviens enfin à attraper l'un des médecins qui ont pris Cindy en charge à notre arrivée. Celui-ci soutient difficilement mon regard alors qu'il parle d'une voix éteinte. Ai-je réellement besoin de plus pour comprendre ce qu'il essaie de m'expliquer en passant par plusieurs explications inutiles ? Non.

Tout devient flou autour de moi, j'ai du mal à y croire. Les couloirs blancs de l'hôpital semblent se remplir d'eau à mesure que j'entends sa voix, au loin, continuer son monologue. Derrière moi, plusieurs pas résonnent durement contre le carrelage immaculé des lieux. Je me retourne à peine pour apercevoir notre capitaine accompagné de plusieurs autres agents. Tyler est à sa droite, alors que le mari de Cindy est à sa gauche. Daphné, dans ses bras, ravagée par les pleurs.

J'ai arraché cette enfant à sa mère. Plus jamais elle ne la retrouvera. Et c'est uniquement de ma faute, tonne ma conscience.

La nuit est déjà tombée derrière les longs rideaux qui pendent dans ma chambre d'hôpital lorsque j'ouvre les yeux. Avec difficulté, je tente de faire abstraction des maux de tête, ainsi que des douleurs musculaires qui ont accompagné mon réveil. Sous la chemise blanche médicale, je remarque les perfusions plantées dans mes avant-bras. Je n'y avais pas prêté attention avant maintenant, mais mes bras sont couverts de bleus et d'entailles. Il me faut quelques instants pour remarquer la silhouette de Tyler, assis sur le siège à côté de mon lit. À cause des mouvements que je fais pour retirer les aiguilles, celui-ci finit par se réveiller de sa sieste. Sans attendre, il m'attrape par les épaules et me repousse dans le fond de mon lit en m'intimant de rester tranquille et de me reposer.

— Comment veux-tu que je reste tranquille avec ce qui s'est passé, murmuré-je, épuisée, sans pouvoir dissimuler la culpabilité qui coule sur mon visage.

— Rien de tout ça n'est de ta faute, Angela. Tu avais plus de chance de finir dans le même état qu'elle, que de réussir à la résonner.

Ces mots me rappellent durement que j'ai été incapable de sauver ma meilleure amie. Que j'ai échoué là où un autre aurait probablement réussi ! Pour la simple et bonne raison qu'au fond de moi, j'étais contente de la voir épanouie dans son travail. Et ce, à chaque fois qu'elle trouvait une nouvelle piste à explorer. Alors même si je n'en avais pas envie, je la suivais.

— Je l'ai vu, Tyler. L'homme qui a causé l'explosion. Je l'ai laissé s'en sortir au lieu de l'abattre sur place, directement ! pesté-je tout en serrant les poings pour retenir mes larmes, au point de faire blanchir mes phalanges.

— Ce n'est pas aussi facile de prendre la vie de quelqu'un, Angela. Personne n'a de reproche à te faire dans cette histoire, tente-t-il de me rassurer sans se douter, à un seul instant, que ses mots me font l'effet l'inverse.

— Ça n'avait pas l'air compliqué pour ce monstre. Il n'a pas quitté son putain de sourire à un seul instant !

— Ne te compare pas à ce psychopathe. C'est un tueur, rien de plus, rien de moins. Les gens comme lui n'ont plus rien d'humain, et ce depuis bien longtemps, m'explique-t-il les yeux perdus dans le vide.

La tête baissée, je ne réagis pas lorsque sa main vient frotter le haut de mon bras. Tout autour de nous me semblent gris et fade. Comme si un voile ténébreux s'était affaissé sur ma vie en un instant. Effaçant les reflets d'une aurore dont j'ai l'impression que plus jamais je ne verrai le soleil se lever. Secouée par plusieurs soubresauts, je ne dis rien alors que les bras du brun viennent m'entourer. Mes larmes bercées par les caresses amicales et réconfortantes de cet homme tentent d'emporter le désespoir qui remplit mes veines.

Après un peu plus de trois jours en observation, les médecins ont finalement donné leur accord pour que je rentre chez moi. Tyler a eu l'amabilité de venir me chercher pour me déposer chez moi, non sans avoir insisté pour que je vienne chez lui quelques jours.

Pourtant la seule chose que je désire, c'est me retrouver seule. Les images du corps de Cindy n'ont pas quitté ma tête depuis que je me suis réveillée à l'hôpital. Ni le visage empreint de tristesse de son mari lorsqu'il est arrivé avec mon capitaine. Il m'est impossible d'imaginer la peine et le désarroi qu'ils doivent ressentir. Je n'ai pas trouvé le courage de lui faire un message ou bien même de l'appeler, et ce, en sachant que l'enterrement a eu lieu ce matin. Il est hors de question que je m'y rende lorsque ma conscience me hurle que tout ceci est de ma faute. Que je suis celle qui a creusé la propre tombe de ma meilleure amie !

Je traîne des pieds jusqu'à mon canapé alors que mon corps est encore engourdi et endolori. Le moindre mouvement me fait un mal de chien et manque de me donner des envies de vomir. Il aurait sans doute été plus raisonnable d'accepter la proposition de mon ex-petit ami et de ne pas rester seule en cas de problème. Je m'allonge sur le moelleux des coussins et expire tout l'air de mes poumons pour me calmer. L'exercice ne réussit qu'à me tendre davantage au lieu d'extirper un peu de cette tension qui me comprime. Lorsque je tourne la tête en direction de la télévision, je remarque un sucre d'orge posé sur la table avec une petite note, cachée en dessous. Du bout des doigts, j'attrape le morceau de papier en retenant un froncement de sourcil.

« Au plaisir de te revoir, Trésor. N'abuse pas des sucreries, c'est mauvais pour la santé. —Candyman »

Rageusement, je froisse le mot entre mes mains et le balance à l'autre bout de la pièce avant d'en faire de même avec le bâton sucré. Combien de fois ce mec va-t-il s'infiltrer chez moi comme si de rien n'était ? Est-ce qu'il attend de me rendre folle pour, finalement, moi aussi, m'éliminer ? Ou bien cherche-t-il simplement un peu de distraction en venant me pourrir la vie ? Les nerfs en feu, je pars m'enfermer dans ma chambre avec mon téléphone. Et pousse, inutilement, ma commode devant la porte en guise de barrage en cas de visite nocturne. Soyons honnêtes, s'il souhaite me tuer, je doute qu'une porte bloquée le freine réellement dans sa lancée. Il a montré qu'il était prêt à tout et que personne ne pouvait l'arrêter ou l'attraper. Silencieusement, je prie pour que la Criminelle mette rapidement la main sur lui. Et qu'il paie enfin pour ses crimes.

Jamais, je n'ai de ma vie souhaité la mort de quelqu'un. Pourtant ce soir, j'espère que cette enflure finira sur la chaise électrique. Et que j'aurais le plaisir de plonger mes yeux dans les siens avant que son âme ne s'éteigne à tout jamais.

CHAPITRE . 6

Il y a une chose qui fait de New York, un endroit si particulier. Un endroit qui, à la fois, nous fait rêver et à la fois, nous donne envie de prendre le premier avion pour s'en échapper. Dès le matin, le cri d'un éboueur ou d'un chauffeur peut vous sortir de votre insomnie, et ce, au détriment de ce réveil que vous avez acheté. C'est une de ces villes qui ne dort jamais et qui ne vous laisse jamais réellement sombrer dans un sommeil profond et reposant. Et même si vous êtes seul au monde ; à New York, vous ne le serez jamais vraiment.

Du moins, c'est ce qu'on me répétait sans arrêt lorsque je suis arrivée ici. Après avoir réussi l'académie, j'avais hâte de m'installer sur cette île faite de fer et de ciment. Animée à chaque instant par les reflets des luminaires et des enseignes. Jamais silencieuse, mais jamais réellement bruyante. L'aire qui voyage à travers les avenues a constamment cette odeur délicieuse de hot-dog fraîchement préparé. Agrémenté de cette délicate onde poivrée qui émane de ce liquide jaune moutarde, trônant fièrement sur les étals à chaque coin de rue. Si elle n'est pas jaune, fuyez. Car après tout, sa couleur est la preuve d'un savoir-faire français que nous, américain, apprécions particulièrement dans ce petit plat rapide à déguster.

Je ne compte plus le nombre de fois où je me suis

arrêtée à ces échoppes avec Cindy, lors de mon intégration à la police de New York. Elle avait pour ambition de me faire goûter les meilleurs hot-dogs trouvables dans cette ville. Une ambition qui prenait plus de place que celle de correctement m'intégrer à cette nouvelle vie. Il n'y avait jamais rien qui pouvait attendre avec elle, tout devait toujours être fait de suite. Il ne fallait jamais rien remettre à demain. Et ce, même au détriment de notre sécurité. De sa sécurité.

    Il me faut quelques heures avant de trouver le courage de sortir ce matin. Techniquement, je n'ai pas reçu d'arrêt de travail pour rester cloîtrée à la maison. Et je ne suis pas certaine d'avoir envie de rester un jour de plus à me morfondre avec mes idées noires. Il faut absolument que j'informe mon supérieur de tout ce que je sais sur ce type qui m'a arraché ma meilleure amie. La liste n'est pas extrêmement longue. Mais peut-être qu'un portrait-robot, une description de sa voiture ainsi que son numéro de plaque serviront déjà énormément pour que la criminelle attrape ce monstre. Et ce, même s'il décide de me coller une cible dans le dos pour avoir ouvert la bouche.

    Avant de sortir, sans savoir pourquoi, j'attrape le petit mot ainsi que le sucre d'orge qui traîne sur le parquet du salon. Aucun doute que ce mec n'ait pas laissé d'empreintes, mais avec un peu de chance, l'univers me donnera un coup de pouce. J'expire un grand coup avant d'ouvrir la porte de mon appartement, prête à tomber nez à nez avec le criminel à chaque instant. Sur le trajet qui me mène à la brigade, je ne peux m'empêcher de donner quelques coups d'œil inquiet dans mes rétroviseurs. Cherchant le moindre véhicule suspect qui donnerait l'impression de me suivre. Mais rien. La folie va finir par me gagner totalement à force d'être autant sur la défensive.

    En arrivant au poste, je suis surprise par le silence glacial qui m'accueille. Les lieutenants présents se contentent de me dévisager alors que je m'approche de mon bureau pour y déposer mes affaires. En relevant légèrement la tête, je remarque les fleurs blanches déposées sur le bureau de ma collègue, ce qui bloque ma respiration dans ma trachée. Perturbée, j'essaie de m'interdire de craquer ici, maintenant. Des pas pressés me sortent de ma contemplation alors que Tyler s'approche rapidement de moi.

— Angela, qu'est-ce que tu fais là ? Dépêche-toi de rentrer chez toi, ce n'est pas le bon jour pour venir ici, m'intime-t-il en attrapant mon sac au vol ainsi que mon avant-bras.

— Qu'est-ce qui te prend, bon sang ? le questionné-je en me détachant de sa poigne trop serrée. Devant son air inquiet, je le questionne du regard, mais il n'a pas le temps d'en rajouter davantage que le chef de la police sort du bureau de notre capitaine en se dirigeant droit sur nous.

— Lieutenant Felton, merci de nous suivre immédiatement.

Confuse, j'observe à tour de rôle mon supérieur ainsi que mon ex-petit ami avant de reporter mon attention sur notre chef. Celui-ci n'a aucune sympathie dans le ton vibrant de sa voix, ce qui fait retentir mon alarme interne. Les épaules légèrement redressées pour garder bonne figure malgré mon état, je le suis jusqu'au bureau. Les stores fermés, j'ai l'impression d'être dans une cage d'où il m'est impossible de sortir. Derrière moi, Tyler ainsi que le Capitaine Khald referment la porte et se maintiennent droit à mes côtés, alors que je prends place assise sur l'un des sièges sous la demande du chef. L'ambiance est tendue, c'est impossible de ne pas s'en rendre compte. En silence, j'attends qu'il prenne la parole. Chose qu'il ne fait pas en se contentant de glisser une lettre devant moi en m'invitant à la lire.

Délicatement, j'attrape le bout de papier. L'écriture me saute directement aux yeux, mais je tente de garder ma surprise pour moi. À mesure que les lignes défilent dans ma tête, ma gorge se noue et mon corps entier se met à trembler.

Dites-moi que je suis en pleins cauchemars. Je vous en prie.

— Chef, bégayé-je en trouvant difficilement mes mots. Vous ne pouvez quand même pas croire une telle ineptie ?!

— Alors, expliquez-nous pour quelles autres raisons cet individu a été surpris à plusieurs reprises sortant de votre domicile, Lieutenant Felton ? me questionne-t-il sans aucune pitié dans sa voix en glissant plusieurs clichés devant moi.

— Je… Je n'ai rien à voir avec ça ! Ce criminel s'est introduit chez moi après que je me sois rendu au Long Island pour trouver des informations à son sujet ! À aucun moment je n'ai comploté avec cet homme ou qui que ce soi d'autre ! Vous m'accusez d'avoir délibérément organisé le meurtre de ma collègue, est-ce une blague ?! m'arraché-je les poumons sans plus pouvoir retenir les larmes qui tentaient de s'échapper depuis que je suis arrivé dans ce bureau.

La main de mon capitaine vient s'agripper à mon épaule, il n'y a rien d'agressif dans son geste. Il se veut presque paternel.

— Angela, si cet homme s'est introduit chez vous, pourquoi n'êtes-vous pas venus nous en parler ? me questionne le vieil homme alors que je lève les yeux vers lui.

— Je savais que si je venais à en parler, Cindy ne se retiendrait plus de poursuivre sa traque. Et il n'a rien fait à par m'intimer l'ordre de ne pas courir après lui.

— Vous ne verrez pas d'inconvénient à ce qu'on fouille vos effets personnels dans ce cas, Lieutenant ? demande soudainement le Chef de la police.

D'un hochement de tête, j'accepte. Sachant pertinemment que je n'ai rien à me reprocher dans cette histoire. Tyler disparaît quelques minutes et revient tout aussi rapidement avec mon sac. Il cherche mon accord visuel avant de l'ouvrir et d'en sortir mon téléphone qu'il me tend pour que je le déverrouille. Ce que je fais immédiatement, avant de le déposer devant moi. L'homme assis au bureau l'attrape et inspecte chaque conversation, chaque contact ainsi que mes mails supprimés ou encore mes appels. Évidemment, il n'y a rien. Alors que je pense que c'est presque fini, il ordonne à Tyler de vider le contenu de la besace sur la table. Agir ainsi lui coûte énormément, je le vois bien. Je le rassure d'un hochement de tête, consciente qu'il n'est pas d'accord avec les façons de faire de notre Chef.

Au moment où le contenu finit sur le bois, je retiens un juron. Le bout de papier ramassé ce matin repose en plein centre. Ma conscience me hurle de me jeter dessus et de l'avaler, mais je n'ai pas le temps d'esquisser le moindre mouvement qu'un des trois hommes l'attrape pour l'inspecter. Je baisse la tête pour trouver quoi leur dire. Mais rien ne me vient. Peu importe ce que je trouverais comme excuse, une enseigne lumineuse avec écris « coupable » vibre au-dessus de ma tête. Mon capitaine me demande des explications alors qu'il plaque le mot devant ma figure.

— Ce n'est pas ce que vous croyez... murmuré-je faiblement, anéantie par cette situation qui échappe totalement à mon contrôle. Le mot était sur ma table basse quand Tyler m'a ramené chez moi après l'hôpital.

— Angela ! Combien de fois ce mec s'est introduit chez toi, bordel ? Pourquoi tu ne m'as pas appelé ? me sermonne nerveusement le brun en question.

Aucun mot ne sort de ma bouche. La honte à pris possession de moi, mais pas pour les raisons qu'ils pensent. La simple et bonne raison pour laquelle je ne voulais rien dire, c'est que j'avais peur. Peur qu'un autre de mes proches ne finisse entre quatre planches de bois.

— J'en ai assez vu, la cour de justice de la police de New York délibérera sur votre sort. Dès lors et jusqu'à ce que votre culpabilité soit identifiée ou non, vous êtes relevé de vos fonctions Lieutenant Felton. Déposez votre insigne ainsi que votre arme. Je vous conseillerais d'engager un très bon avocat ainsi que de ne pas tenter de quitter le pays dans les prochains jours.

Choquée et prise au dépourvu, je relève rapidement la

tête face à l'homme. Je n'ai pas le temps de protester qu'il sort du bureau, mon capitaine à sa suite. Me laissant dans la pièce en compagnie de Tyler qui peine à trouver quoique ce soit à dire. La tension est horrible. Maintenant plus que jamais, j'aimerais être celle qui a péri dans cette putain d'explosion.

— Je t'en supplie, Ty'. Dis-moi que toi tu me crois, je n'arriverais pas à trouver la force de me battre dans le cas inverse, soufflé-je en pleure alors que la main de l'homme vient se poser, une fois de plus, sur mon épaule.

— Je te crois, Angela. J'ai confiance en toi, plus qu'en quiconque.

Au bout d'une dizaine de minutes, on trouve le courage de sortir. Le brun a attrapé le reste de mes affaires et m'accompagne au premier étage pour signer les papiers de dépôt d'armes. Jamais dans toute ma carrière, je n'avais fait quoique ce soit qui puisse me valoir un blâme. Alors un renvoie temporaire, car admettons-le, c'est ce que c'est. Ma conscience a encore du mal à y croire. Je devrais être en colère contre la hiérarchie, mes collègues ou encore contre cet imbécile de Candyman. Mais la seule personne contre qui je suis en colère, c'est moi-même. Pour ne pas avoir averti mes supérieurs. Pour ne pas avoir protégé Cindy. Pour avoir eu peur face aux menaces de ce monstre.

Après avoir passé une bonne partie de la journée en compagnie de Tyler, je trouve finalement le courage de rentrer chez moi. Avec les deniers jours que j'ai passés, il est normal que cette fin de soirée soit tout aussi horrible. À peine ai-je le temps de mettre les pieds dans mon salon, que la voix rugueuse de mes cauchemars résonne jusqu'à mes oreilles.

— La journée a été agréable ?

La colère s'empare de moi alors que je balance mon sac au sol. En un instant, je fonds sur lui et lui décroche une droite en plein visage qu'il n'a pas le temps d'esquiver. Le coup a davantage le mérite de me calmer qu'à ébranler l'homme devant moi. Rageusement, j'attends qu'il réplique. Pourtant, il n'en fait rien. Il se contente d'essuyer, de la pulpe de son pouce, le sang qui perle au coin de sa lèvre entrouverte. Et ce, sans quitter son sourire agaçant.

— On ne peut pas vous enlever le fait d'être courageuse, gamine. déclare-t-il à peine surpris par mon geste.

Son attitude me donne envie de réitérer celui-ci sans attendre. Mais la lucidité qu'il me reste est consciente que ça n'apportera rien d'autre à la situation.

— Que me voulez-vous à la fin ?!

— Qu'est-ce qui peut bien vous faire penser que je vous veux quoique ce soit ? me questionne-t-il en explorant les moindres recoins de mon salon.

Laissant traîner par la même occasion ses sales pattes gantées sur chacune des babioles posées sur mon étagère.

— Pourquoi ne pas avoir installé de décorations de Noël ?

Suis-je réellement en train de taper la discussion avec le meurtrier de ma meilleure amie ? Apparemment, oui. Devant mon manque de réponse, il me couve de son regard froid. Arrachant au passage quelques frissons d'inquiétude à mon corps.

— Je trouve cette fête sans intérêt, clamé-je finalement en prenant place sur le repose-pied au milieu du salon.

Ma réponse semble lui convenir alors que je le vois repartir de plus belle dans son analyse des lieux. Dos à moi, il n'a aucune visibilité sur mes faits et gestes. Discrètement, je me penche sur le côté pour attraper l'arme cachée sous le petit pouf.

Il y a plusieurs années maintenant que j'en ai caché une ici, priant pour n'avoir jamais à m'en servir. Ce qui était sans compter sur ce monstre un peu trop envahissant.

— C'est ça que tu cherches, Trésor ? me demande-t-il en me montrant l'arme sans même prendre le temps de se retourner.

Désespérément, je me jette sur lui pour tenter de l'attraper. Quitte à mourir, autant risquer le tout pour le tout. Je n'ai même pas le temps de toucher l'arme du bout des doigts, qu'il me plaque d'une main contre l'étagère. Non sans m'arracher un gémissement de douleur au moment où mon dos tape contre le bois.

— C'est mignon. On dirait un petit chiot qui veut affronter un ours, ricane-t-il en me jaugeant de bas en haut.

Sincèrement, je n'arrive pas à déterminer ce qui est le plus blessant. Qu'il m'insulte ouvertement ou bien qu'il agisse en me montrant que je ne suis qu'un moucheron. Qui ne représente aucun danger, même minime. Au bout d'une dizaine de minutes à me maintenir bloquée entre lui et le mobilier, il me relâche. Jugeant probablement que je vais me tenir tranquille.

— Vous avez prévu de jouer encore longtemps avec mes nerfs ou bien c'est mon appartement qui vous plaît autant ? n'arrivé-je pas à me retenir de mordre à cause de mon irritation.

Cet homme agit comme s'il était chez lui, en toute impunité.

— Je vous trouve plutôt divertissante à vrai dire, explique-t-il comme si ça n'avait rien de surprenant.

— Ma main dans ta gueule aussi ça va être divertissant, crétin, marmonné-je sans qu'il ne l'entende.

Les bras croisés sur ma poitrine, je lui bloque le chemin alors qu'il se dirige vers ma chambre. D'un coup d'épaule, il me dégage de sa trajectoire.

L'envie de commettre mon premier meurtre fait bouillir mon sang. La tentation de devenir moi-même une criminelle est relativement tentante. Et dans l'optique où je risque de finir en prison, autant que ce soi pour un crime que j'ai réellement commis. Et qui, par la même occasion, me procurera une bouffée de satisfaction immense. Aurais-je peut-être même droit à une médaille pour avoir libéré New

York d'une enflure telle que lui ?

Candyman attrape un sac noir posé sur le sol de ma chambre. Celui-ci ne m'appartient pas et je me demande, un instant, d'où il sort. Avant de comprendre qu'il lui appartient et qu'il n'a donc eu aucune gêne à fouiller ma chambre avant que je ne rentre. L'homme m'ordonne de le remplir avec le strict nécessaire. Et sans ménagement, je l'envoie royalement se faire foutre.

— Qu'on soit clair. Je préfère me faire égorger sur le champ que d'aller où que ce soi avec vous.

Il n'a pas l'air d'apprécier ma réponse, car une fois de plus, il en vient aux mains. D'une clé de bras, il me plaque violemment contre le matelas de mon lit, totalement défait. M'empêchant de remuer en appuyant davantage sa prise avec le poids de son corps. Je me débats comme je peux, mais ce mec est une véritable colonne de pierre.

— Écoute, Trésor. C'est par courtoisie que je t'invite à prendre des vêtements. On peut très bien faire sans et je me ferais un plaisir de te laisser crever de froid à poil dans ma cave, me menace-t-il en éclaircissant la situation.

— Vous pensez vraiment que je vais vous laisser me kidnapper sans broncher ?

Alors qu'il fait de nouveau chanter ses cordes vocales contre mon oreille, sa poigne est moins verrouillée sur mes membres. Je profite de cette lueur de relâchement pour lui donner un coup de coude violent dans le ventre. Si ça ne lui fait pas totalement lâcher sa prise, ça a le mérite de le déstabiliser légèrement. Du moins juste de quoi me laisser le temps de me retourner pour lui décrocher une nouvelle droite qui, cette fois-ci, atteint le plat de son nez. Le son caractéristique d'un os qui se brise résonne dans la pièce. Alors qu'il titube en arrière à cause de la douleur, je prends mes jambes à mon cou et saisis l'opportunité de m'enfuir en direction de la porte d'entrée.

La main à peine posée sur la poignée, un coup de feu retentit entre les murs. La détonation siffle jusqu'à mes oreilles alors que la balle se loge dans la porte. À quelques centimètres, à peine, de ma tête.

— La prochaine. C'est dans la jambe, déclare-t-il froidement le visage en sang.

CHAPITRE . 7

Parfois, il m'arrive de me demander ce que j'ai bien pu faire comme impair pour me retrouver dans des situations toujours plus tordues les unes des autres. Sans doute ai-je, dans une vie antérieure, détruit un temple en l'honneur d'un dieu grec. Ou bien ai-je pris plaisir à détruire une colonie de coccinelles alors que je n'étais qu'une enfant ?

Si c'est le cas, je n'en ai aucun souvenir. Pourtant, je me retrouve saucissonnée comme un poulet prêt pour l'abattoir. Savamment jetée à l'arrière de ce traîneau des enfers. Avec tant de bien que de mal, j'essaie de ne pas me casser la figure à chaque virage que le criminel prend. Ne parlons pas des panneaux de limitations de vitesse qui échappe totalement à sa vision. Étrangement, je suspecte qu'il le fasse exprès et ce, — dans l'unique but de se venger de son nez cassé, qui n'a pas cessé de saigner depuis que nous avons quitté mon appartement. La vision du criminel qui peste d'énervement m'arrache fièrement un sourire caché par l'énorme scotch plaqué sur mes lèvres. Il pianote maladroitement sur le clavier de son téléphone alors que celui-ci ne cesse de vibrer sur le siège passager. Sans pour autant ralentir la vitesse. Le danger ne semble pas alerter cet homme.

Au bout d'une demi-heure, la voiture s'arrête soudainement. M'envoyant valser contre le dossier des sièges avant. La chute me coupe la respiration alors qu'une douleur lancinante grandit contre mes côtes. La portière derrière moi s'ouvre à peine sur le monstre que déjà celui-ci m'attrape violemment par le bras. Sans me laisser le temps de reprendre mon souffle, il me tire hors du véhicule avant de me traîner jusqu'à l'intérieur de la maison. Sur le peu de choses que j'aperçois à l'extérieur, c'est une voiture similaire à la sienne qui me saute aux yeux.

Est-ce qu'il les collectionne, ma parole ?

La porte d'entrée ouverte, l'homme me balance sans ménagement sur le carrelage. Dans peu de temps, mon corps me promet d'être couvert de bleus, s'il continue ainsi.

— Quelle entrée, applaudit une voix à côté de nous.

— Toi, tu la fermes. Et tu me soignes ça rapidement, grogne mon bourreau en se tournant vers l'homme assis sur les escaliers.

Celui-ci se dirige vers son ami pour inspecter l'étendue des dégâts. Le linge qu'il maintenait contre son nez est désormais gluant et presque entièrement rougi par le sang. Alors que dans un craquement, il lui repositionne l'os correctement, je n'arrive pas à retenir ce qui ressemble de loin à un gloussement. Les deux hommes se retournent vers moi, l'un, énervé au plus haut point, qui me fusille du regard. L'autre une pointe d'admiration qui peine à ne pas gonfler ses fossettes.

— C'est cette petite chose qui t'a fait ça ? questionne le pseudo-médecin qui sort une compresse et une bouteille ambrée de sa besace.

Au moment où le liquide rentre en contact avec la plaie du criminel, il lâche un juron qui me fait d'autant plus sourire sous mon bâillon.

On se renvoie notre regard froid sans ciller. Et ce, pendant tout le temps qu'il faut à l'homme pour finir ses soins. J'observe Candyman qui inspecte ses traits devant l'un des miroirs de l'entrée avant de passer machinalement sa main dans ses mèches ébène. Alors que le médecin lui propose de s'occuper de moi, celui-ci le retient d'une main ferme.

— Laisse, je vais apprendre à ce petit chiot ce qui arrive quand on mord son maître, tonne-t-il de sa voix tranchante sans quitter à un seul instant mes yeux.

S'il y a une chose qu'on ne peut retirer à cet homme, c'est d'être doué avec les cordes. Habilement, il en a noué plusieurs qui maintiennent désormais mes chevilles aux pieds d'une chaise en plein milieu de la cuisine. Mes épaules ayant subi le même sort, j'ai l'impression d'être totalement offerte à l'homme devant moi. Je ne sais dire depuis combien de temps nous sommes là, à nous regarder l'un l'autre. Ma bouche n'est plus entravée par le scotch, qu'il a d'ailleurs pris plaisir à arracher sans ménagement. Pourtant, ma voix reste fermement cachée au fond de ma trachée.

Je l'observe faire le tour de l'îlot central alors qu'il fouille dans une armoire. Il en sort finalement un pot de beurre de cacahuète, qui fait instantanément vrombir mon estomac. Des années à me nourrir uniquement de sandwiches recouverts de ce met exquis et je me retrouve totalement démunie devant lui dès que la faim me tiraille un peu.

Quand ai-je mangé pour la dernière fois ?

— C'est quand même dommage. Vous vous seriez tenue à carreau un certain temps, j'aurais presque accepté de ne pas être violent avec vous, taquine le monstre sans même me regarder.

Du bout des doigts, il attrape une cuillère qui repose sur l'évier en pierre. Elle disparaît quelques secondes à l'intérieur du bocal avant d'en ressortir pleine. Sans arrêter sa tirade digne d'un roi prétentieux, il se contente de savourer son petit casse-croûte. Sans s'imaginer à un seul moment que son geste est davantage une torture que tout ce qu'il pourrait me faire subir. J'ai totalement perdu le fil de son monologue. Difficilement, je tente de me concentrer pour oublier que mon estomac est aussi vide que la tête de mon bourreau. Au bout de plusieurs longues minutes, celui-ci s'approche de moi. Il tend la cuillère à quelques millimètres de ma bouche et m'ordonne de la lécher. Et même si j'en meurs d'envie, je préfère encore mourir.

— C'est pour ça que vous kidnappez des femmes ? Pour qu'elles soient à terre à vous lécher les pieds et obéir à toutes vos envies salaces ? C'est ça qui vous fait fantasmer, vous, les criminels ? Craché-je au visage de l'homme en repoussant sa main d'un coup de tête.

— Trésor, mon péché mignon c'est le meurtre. Ça ne m'a jamais fait bander de baiser des gamines qui pleurent après leur mère, m'explique-t-il d'un ton détaché, mais néanmoins piqué à vif par l'idée que j'ai pu le traiter de violeur.

— Meurtrier ou violeur, quelle différence après tout. Vous êtes tous des pourritures qui méritez seulement de finir en tôle.

— Il est vrai que les agents de police sont des modèles de vertu et d'honnêteté. Sans aucun vice caché ni aucune perversité dérangeante comme fantasme.

Un sourcil arqué, mon regard reste ancré sur sa silhouette alors qu'il déguste à nouveau le contenu de sa cuillère. La façon dont il dit ça ne me plaît pas du tout. C'est certain, il n'y a pas que de bons flics. Mais tous nous faire passer pour des malades. C'est clairement de la bêtise !

La tête baissée, je tente de faire abstraction de la brûlure que me cause le cordage trop serré. Mes côtes me font toujours aussi mal et la fatigue commence à avoir raison de moi. Les paupières lourdes, j'ai l'impression, l'espace d'un instant, d'être tiré par les bras de Morphée accompagnés de ce silence de plomb. C'est finalement la pression qui se relâche sur mes mains qui me ramène rapidement à moi. Derrière la chaise, mon bourreau me détache soigneusement.

— Je croyais que le maître devait apprendre au chiot à rester sage ? soufflé-je consciente de mettre de l'huile sur le feu qui me menace.

Soudainement, la main de l'homme se referm sur ma gorge. Son odeur vient titiller mes narines tandis que ses lèvres frôlent mon lobe d'oreille.

— Si vous voulez être punis, vous pouvez simplement me le dire, souffle-t-il en laissant son parfum se diffuser autour de moi.

— Ce que je veux, c'est surtout que tu enlèves tes sales pattes de ma peau.

— Vous en oubliez déjà le vouvoiement… C'est adorable ce manque de respect pour ceux qui vous sont supérieurs.

— Mon respect il n'est pas pour les crétins sans cervelle, grogné-je, énervée, alors qu'il tire ma tête en arrière.

Ainsi tenus, nos visages sont proches l'un de l'autre. J'essaie de faire abstraction de la douleur musculaire qui s'étend dans ma nuque. Son souffle atterrit directement sur ma bouche, se mélange un instant avec le mien. Cet homme pue la perversion du crime. Tout chez lui résonne de façon dangereuse. Ses traits fins et anguleux, sa tignasse épaisse et d'un noir profond. Et pour finir, le bleu azur de ses yeux qui fait davantage penser à une mer glacée, qu'à un ciel en plein été.

— On vous a déjà dit que vous étiez pas très beau de près ?

Je mens, très clairement. Il n'a pas besoin de personne pour savoir que sa plastique est tout sauf repoussante. Preuve que le monde est parfois injuste. Beau à l'extérieur, mais semblable à un cadavre en putréfaction à l'intérieur. Ma réplique n'a de mérite qu'à lui arracher un sourire en coin qui m'insupporte. Finalement sans prendre la peine de me répondre, il appuie ses doigts un peu plus sur les points sensibles de ma gorge et m'oblige à me relever. Cette enfoirée a vraiment envie de me faire mal.

Il m'ordonne de le suivre tout en sortant l'arme qu'il m'a confisquée un peu plus tôt. Non sans m'avoir gentiment informée qu'il n'hésitera pas a me mettre une balle dans la tête si je tente quoique ce soit. J'ai beau lui avoir dit que je préférais mourir que d'être ici, ma témérité se fait vite violence à la vue du danger. Le canon tout contre mon dos, il nous guide à travers un dédale de couloirs. L'ambiance lugubre du sous-sol me pétrifie. Mon esprit ne cesse de se poser des questions ou de se jouer des scénarios, tous plus macabres les uns des autres. Plusieurs portes sur notre chemin attirent mon attention. Faites de fer, il n'y a aucun doute qu'elles ont comme fonction d'insonoriser ce qui se cache derrière.

— Ce n'est pas que je ne suis pas reconnaissante de votre hospitalité, mais un coussin dans une baignoire ça me suffit pour dormir. Je ne voudrais pas encombrer inutilement votre cave, déblatéré-je sans pouvoir m'arrêter en ignorant les rires étouffés du criminel derrière moi.

— Bienvenue dans votre palace cinq étoiles, tonne-t-il en ouvrant une des portes du fond par laquelle il me pousse sans retenue.

La pièce est plongée dans une pénombre angoissante. L'odeur qui imprègne l'atmosphère recèle un mélange de renfermés et probablement un fond de moisissure. L'idée même de toucher le sol me dégoûte et je ne pense même pas à l'idée de poser mes fesses sur le futon installé contre l'un des murs.

— Votre décorateur aussi vous l'avez tué ? le questionné-je nerveusement alors qu'il me pousse un peu plus dans la salle afin de refermer l'énorme porte en fer derrière moi.

Je ne trouve pas le courage de tambouriner contre celle-ci. Ça ne servirait clairement à rien. Hormis à épuiser le peu d'énergie qu'il me reste. Dans ce genre de situation, il vaut mieux s'économiser. Quelqu'un finira bien par partir à ma recherche. Du moins, je l'espère silencieusement.

Abandonnée à mon sort depuis hier après-midi, l'inquiétude a fait place à l'ennui. Le temps est devenu vachement long depuis que ce Candyman m'a enfermée ici. Peut-être aurais-je préféré être torturée que de me demander quand la morsure du froid viendra m'apporter la mort. À plusieurs reprises, j'ai tenté d'appeler le criminel. Mais rien n'y fait, soit il ne m'entend pas. Soit, il n'en a juste rien à foutre. Et étrangement si je devrais faire un choix, celui-ci pencherait pour le deuxième cas. Les gargouillis que mon ventre émet sont plus difficiles à supporter que la brûlure des bleus sur mon corps. Alors que je prie silencieusement Dieu de m'apporter quelques sandwiches, c'est le diable que je vois débarquer.

Derrière lui, il tire une chaise qu'il place devant moi. L'assiette fumante qu'il tient dans l'autre main dégage une odeur alléchante. Au point de presque me faire baver. Et alors que ma conscience le supplie du regard pour une simple bouchée, il enfourne la fourchette dans sa bouche. Un gémissement exagéré s'échappe du tréfonds de sa gorge, et ce dans l'unique but de me faire enrager.

— C'est vraiment dommage que vous n'ayez pas été sage… Ce steak est divinement bon, me titille-t-il un sourire fier et malicieux sur le visage.

Il me faut un self-contrôle d'enfer pour ne pas me retenir de lui cracher au visage. La seule chose qui a traversé mes lèvres depuis plus de vingt-quatre heures est les quelques gouttes d'eau qu'il a déposées dans ma prison lorsque je dormais. Du bout des doigts, il attrape une frite dans l'assiette qu'il pose par terre. Il s'approche et s'accroupit face à moi avant de me tendre le petit bâtonnet de pomme de terre. Le dos collé davantage contre le mur et la tête tournée pour ne pas croiser son regard, je refuse de manger cette foutue frite qu'il m'offre. Et ce, même si l'odeur de graisse et de sel vient torturer mon estomac vide. Son rire psychopathe vient chanter à mes oreilles alors qu'il attrape violemment ma mâchoire de sa main libre. Sans que je n'aie le temps de protester, il me fourre l'aliment entre les lèvres. À peine lâche-t-il mon visage, qu'il me donne une légère tape sur le haut de la tête.

— Gentille fille, obéis à ton maître ce sera plus agréable pour toi.

Révoltée et outrée par la façon dont il me parle, je me retiens de cracher à ses pieds. J'aurais préféré mourir de faim en souffrant comme un chien, que de servir d'esclave à ce type. Mon hébétement a le mérite d'amuser le criminel face à moi, si j'en crois son rictus scotché à son visage.

Son torse se lève durement sous son t-shirt. Je le soupçonne de se décider ce qu'il compte faire de moi. Au bout de ce qui me semble une éternité, il m'ordonne de le suivre en m'informant qu'à la moindre idée stupide : je finirais cloîtrée ici le restant de mes jours. Pour autant, je ne capitule pas avec ce monstre. Il paiera tôt ou tard ce qu'il a fait à Cindy, mais également ce qu'il veut faire de moi-même.

Arrivés dans l'un des couloirs de l'étage, il m'intime d'entrer dans la pièce face à l'escalier. Dubitative quant à ce que je vais y trouver, mes pieds refusent d'avancer. Agacé, il me pousse sans ménagement à l'intérieur de ce qui s'avère être une salle de bain.

— Vous préférez peut-être rester dans la cave une nuit de plus ? susurre-t-il à mon oreille.

Un frisson parcourt ma colonne vertébrale alors qu'il se colle un peu plus à moi. Ma raison m'envoie des signaux d'alerte tandis que les murs de la pièce me donnent l'impression de se rapprocher dangereuse de nous. Au moment où mon dos cogne contre la porte de la cabine de douche, le criminel échappe un nouveau sourire tyrannique.

— Vous devriez vous laver, vous sentez le rat mort.

C'est bien fait pour moi, je le sais. Il se venge de la pique sur son physique qui s'est échappé d'entre mes lèvres hier. Et même si j'aimerais lui faire fermer son clapet, j'ai actuellement l'impression de n'être qu'un petit chiot. Avec un joli collier en cuir autour du cou. Il me tient entre ses griffes et je doute que le mordre davantage ne m'aide à m'échapper d'ici.

— Vous comptez rester là pendant que je me lave ?

— C'est une invitation ? me questionne-t-il à son tour en s'appuyant de sa main contre la vitre derrière moi.

— Certainement pas. J'aimerais juste savoir si je vais être débarrassé de vous au moins quelques minutes. Votre présence me donne envie de me suicider, tiqué-je sans pouvoir empêcher mes joues de rougir.

Je n'aime pas sa façon si désinvolte de me parler. Comme s'il n'était pas un criminel, comme s'il n'était pas un meurtrier qui m'a arraché ma meilleure amie.

Il ne prend pas la peine de me répondre et se contente de sortir de la pièce. Non sans m'informer qu'il m'a laissé des habits dans la chambre d'à côté pour me changer. Informations qui me soulage légèrement n'ayant pas envie de devoir remettre mes propres vêtements qui, je dois l'avouer, sente effectivement le rat mort.

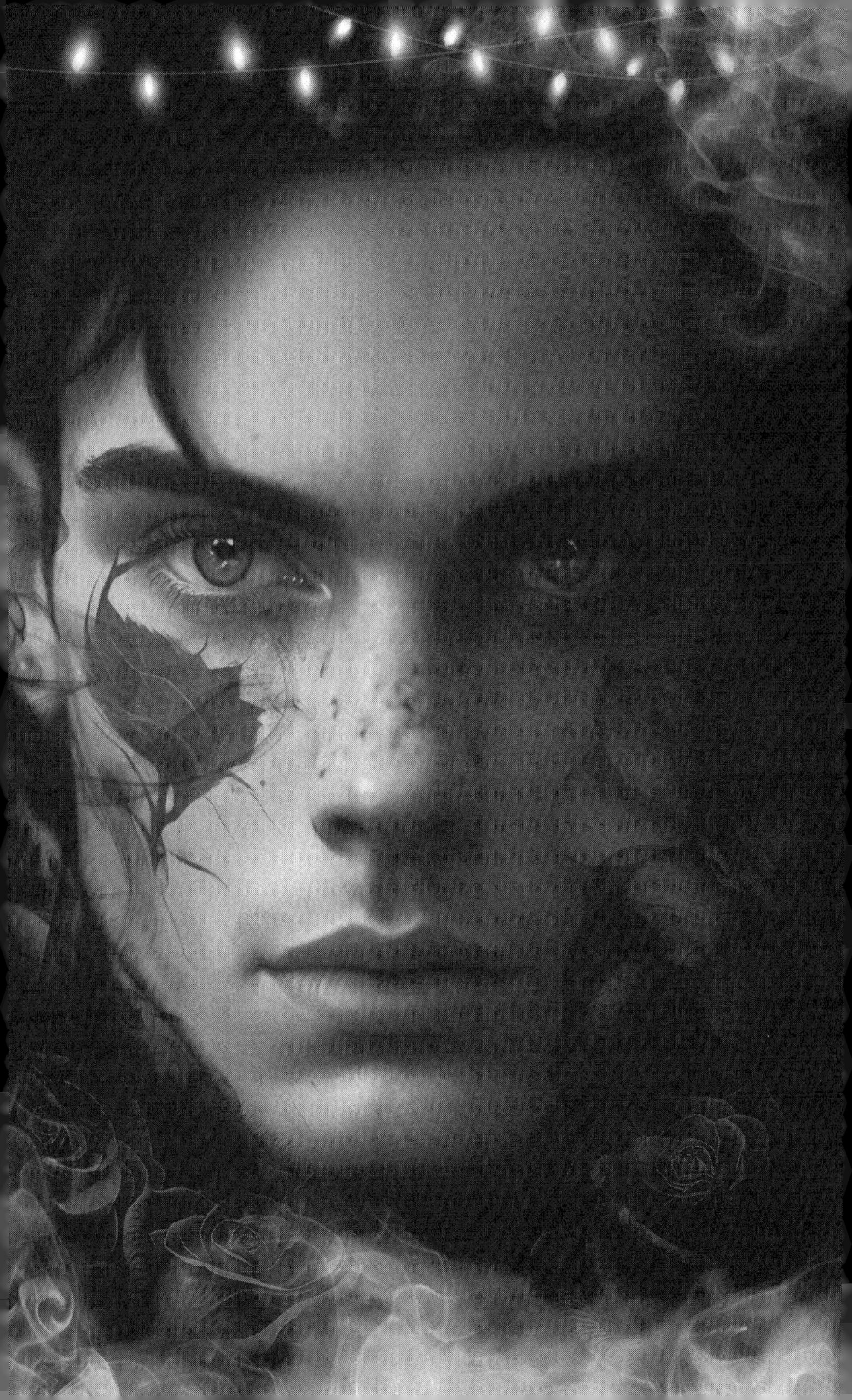

CHAPITRE . 8

Il arrive souvent que nos choix aient des conséquences importantes. Voir dramatique. Et même si on sait pertinemment qu'on ne devrait pas faire telle ou telle chose ; comme un papillon attiré par une lumière incandescente, on succombe. Depuis ma première rencontre avec le criminel, je n'arrive à penser à rien d'autre qu'à cette évidence. Si je n'avais pas été au Long Island, je ne serais pas enfermée dans cette maison avec le meurtrier de ma meilleure amie. Mon corps ne ressemblerait pas à un hématome géant et mon poste au sein de la police de New York ne serait pas en péril. Cet homme ne m'a certes rien fait pour l'instant. Mais je doute que la situation reste aussi calme encore très longtemps.

Anxieuse quant à ce qu'il va se passer au moment où je me retrouverai face à lui, mes pieds traînent plus que nécessaire sur le bois des marches de l'escalier. Aucun son ne me parvient du rez-de-chaussée. Si bien que lorsque j'arrive sur le palier, j'ai une minute d'hésitation en fixant la porte d'entrée. Ainsi que le porte-manteau contre le mur où repose la veste de ce foutu Candyman. Prudemment, je tends l'oreille en direction de l'étage pour m'assurer d'être seule. Et lorsqu'un soupçon de certitude s'offre à moi, je fonce sur la veste de l'homme pour fouiller ses poches. Ma plus grande joie serait d'y trouver une arme, mais je ne me fais pas trop d'espoir non plus. Il n'est pas stupide au point d'être aussi désinvolte. Un léger tintement métallique résonne lorsque je fouille la deuxième poche. Il me faut beaucoup de retenue pour contenir l'exclamation de joie qui m'anime en attrapant son trousseau.

Je ne perds pas une minute avant d'essayer l'une des clés dans la serrure de la porte d'entrée, qui ne rentre évidemment pas. Ce serait beaucoup trop simple si tout venait du premier coup.

— C'est marrant, j'aurais pensé que vous seriez plus rapide pour tenter de vous échapper.

Un juron s'échappe d'entre mes lèvres alors que je laisse ma tête tomber contre le bois lisse de la porte. Ce mec est un fantôme, ce n'est pas possible autrement.

— Vous me prenez vraiment pour un idiot, ricane-t-il finalement en faisant balancer les clés de l'entrée entre ses doigts. Vous n'irez pas très loin avec celles-là. Elles servent uniquement pour la cave.

— Vous ne pouvez pas me reprocher d'avoir essayé, capitulé-je finalement en me redressant pour hausser les épaules.

— Effectivement.

Il n'ajoute rien d'autre et se contente de me fixer longuement. Je ne lui accorde pas le plaisir de baisser les yeux, même si l'aura tout autour de lui est suffocante et oppressante. Pas étonnant que les criminels que l'on a interrogés refusaient de parler. Tout chez lui n'est que menace et ténèbres.

— Vous voulez ma photo ou ça va aller ?

Un léger rire s'échappe d'entre ses lippes alors qu'il se contente de m'ordonner de le suivre. Voyant que je ne bouge pas d'un cil, il expire bruyamment et m'attrape par le bras en me tirant sans aucune retenue à sa suite. Lorsque nous arrivons dans la cuisine où il m'a attachée hier, il me relâche. D'un claquement de doigt, il m'indique de m'asseoir sur un des tabourets, — et même si je meurs d'envie de l'envoyer se faire foutre, j'abdique. Sans briser le silence qu'il a instauré entre nous, il fait glisser une assiette fumante devant moi.

— Je n'ai pas faim, me contenté-je de dire en tentant de faire abstraction des crampes d'estomac qui me tiraille depuis mon réveil.

L'homme s'appuie sur l'îlot central en me couvrant de son œillade glaciale. Le sourire malsain qui animait ses lèvres a totalement disparu. Ses traits sont tirés par l'ennui et l'exaspération, — et secrètement je me félicite d'être aussi chiante.

— Ma patience à ses limites, Trésor. Alors pour votre propre bien, mangez, souffle-t-il de façon menaçante. Vous n'aimeriez pas que ce soit moi qui vous nourrisse.

Jaugeant un instant le sérieux de sa menace. Tout en me questionnant sur ce qu'il pourrait bien avoir en tête de faire, je décide de piquer ma fourchette dans l'une des frites de l'assiette. Et même si mon estomac a envie de lui crier merci, je me force à ne pas montrer que je suis reconnaissante qu'il ne me laisse pas mourir de faim dans sa cave.

Une fois convaincu que je vais rester sagement là, il s'éloigne un peu de l'îlot pour passer un appel. J'ai beau tendre l'oreille pour essayer de capter de quelconques informations, c'est le néant. Je n'entends rien d'autre que le bruit du lave-vaisselle qui fait son travail. Un instant, j'inspecte ce qui m'entoure. Hormis une fenêtre donnant sur la forêt derrière l'habitation, je ne vois aucun autre porte de sortie. Si j'étais un tant soit peu désespérée, je me jetterais probablement sur les couteaux qui trônent sur le plan de travail. Mais je ne doute pas un instant qu'il me planterait une balle dans la tête au moment même où je lèverais l'arme improvisée. Et concernant son pistolet, j'ai autant de chance de lui dérober que de m'échapper vivante d'ici.

Ma tête évalue tous les scénarios alors que je repose la fourchette dans l'assiette vide face à moi. Tel un automate, j'attrape la vaisselle et l'emmène jusqu'à levier. Le mitigeur se met à couler alors que je me torture l'esprit avec des plans, tous plus désespérés les uns des autres.

Sans même que je ne l'entende approcher, le criminel se tient appuyer contre mon dos. Ses bras m'emprisonnent contre le plan de travail. Sa proximité fait disparaître l'oxygène présent dans mes poumons. Je retiens mon souffle alors que sa voix vient résonner contre mes tempes.

— Je peux savoir ce que vous faites au juste là ?

— Je nettoie derrière moi, ça ne se voit pas ?

Ma voix est plus mordante que je ne le pensais. Il me met mal à l'aise et j'ai un mal fou à contenir la colère qu'il génère chez moi. Tandis que mes mains attrapent une éponge dans le fond de la cuve, sa poigne vient se refermer durement autour de mon poignet. Il serre assez fort que pour me faire lâcher prise avant de fermer le robinet et me forcer à lever les yeux vers lui.

— Vous aussi vous avez un problème avec l'autorité ? Je peux me charger de votre éducation si c'est le cas, glisse-t-il en se moquant ouvertement de mon air outré.

Rapidement, je me dégage de son emprise et le pousse de toutes mes forces pour récupérer un semblant d'espace vital. Chacune de mes tentatives pour lui tenir tête semble l'amuser, — et même pire, l'inciter à être plus exécrable encore.

— Je vous interdis de me toucher, claqué-je durement entre mes dents alors que mes bras se referment contre ma poitrine en guise de protection.

Sous son regard énigmatique, j'ai l'impression de me transformer en une petite souris grise. Souris qui est sur le point de se faire dévorer par un gros chat de gouttière.

Au bout de ce qui me semble être une éternité, il s'approche à nouveau de moi. M'engloutissant sous sa stature imposante et sombre. D'un mouvement rapide, il referme une menotte autour de mon poignet droit et fixe l'autre à l'un des tabourets. Fier de lui, il me donne une tape sur le haut du crâne avant de disparaître vers le salon pour en revenir tout aussi vite. Muni d'une sacoche.

Légèrement dépitée, je tire machinalement sur l'acier qui ne cédera pas aussi simplement. Au vu du nombre de fois où j'ai usé de cet outil, je devrais le savoir. Mais c'est plus fort que moi, j'agis de façon irréfléchie et stupide. Silencieuse, je m'assois finalement sur le tabouret. Devant moi, le criminel sort un ordinateur de la sacoche.

Mon ordinateur.

Ainsi qu'un livre qu'il me tend et un casque antibruit qu'il me fout sur les oreilles en m'intimant de ne pas essayer de l'enlever. Une fois mon portable ouvert devant lui, je le vois ressortir son téléphone. Je n'ai pas le temps de lire le nom affiché sur l'écran qu'il l'éteint après avoir mis le haut-parleur.

Ce serait mentir de dire que je n'ai pas une envie pressante de faire glisser le casque qui obstrue mon ouïe. Et s'il n'avait pas sciemment installé son arme juste à côté de lui sur le marbre de l'îlot, je l'aurais probablement fait. Machinalement, j'attrape le livre ; les hauts de Hurlevent. Au moins, il a récupéré un de mes seuls coups de cœur dans ma bibliothèque. Et même si j'ai dû lire une bonne centaine de fois ce bouquin, je fais semblant de me replonger bien sagement dedans.

Actuellement, j'aimerais être une petite souris pour me faufiler derrière l'écran. Et ce, dans l'unique but de comprendre ce que le criminel cherche sur mon ordinateur. C'est évident qu'il ne se contente pas d'admirer mes nombreuses photos de vacances. La curiosité, même si elle est un mauvais défaut, me pique à vif.

Un instant, je le devine en train de s'énerver avec son interlocuteur alors qu'il passe nerveusement la main dans ses cheveux et que ses sourcils se froncent sévèrement. Alors sans plus savoir me retenir, j'enlève le casque antibruit qu'il m'a ordonné de ne pas retirer.

— Vous savez, si vous cherchez quelque chose, vous pouvez simplement demander.

Il me fixe longuement avant de couper le micro du téléphone à côté, tout en laissant la voix de son interlocuteur s'agiter.

— Décidément, vous avez un réel problème avec l'obéissance, souffle-t-il, irritée.

Consciemment, je prends mon air le plus sage et angélique. Espérant qu'il me pense assez crédule que pour me laisser approcher de lui, — et de son arme par la même occasion. Tandis que je me lève du tabouret et que je le tire derrière moi de ma main menottée, je ne le lâche pas une seconde des yeux. Brièvement seulement, je me permets d'analyser le pourcentage de chance que j'ai de mettre la main sur le pistolet avant qu'il ne se rende compte de ma manœuvre. Et le résultat ne joue pas en ma faveur, j'en ai bien conscience.

Installée à moins d'une cinquantaine de centimètres de l'homme, je me rassois sur le tabouret et m'appuie sur mon coude en l'observant à mon tour. Difficilement, j'essaie de faire preuve d'un self-contrôle démesuré pour ne pas laisser paraître mes intentions sur mon visage.

— Alors, vous allez me dire ce que vous cherchez pour que je vous aide ou non ?

— Votre mot de passe. Déverrouillez-le, me somme-t-il en faisant glisser le portable vers moi.

Son regard toujours posé sur moi, je me tourne vers l'écran et rentre mon prénom. Un petit rire s'échappe à côté de moi, qui vient frénétiquement s'écraser contre ma nuque.

— Vraiment ? Votre mot de passe c'est Angela ?

— Faut bien que je m'en souvienne. Et je ne risque pas d'oublier mon prénom.

Sans me répondre, il se contente de secouer la tête et de ramener le portable face à lui. D'un tapotement, il réactive le micro du téléphone et me fait comprendre d'un signe de main qu'il ne veut plus m'entendre. Alors comme l'otage modèle que je suis, je mime une fermeture éclair sur mes lèvres. Je le vois retenir un sourire alors qu'il se mord légèrement les lippes en levant les yeux au ciel. Et comme si de rien n'était, il se replonge dans sa conversation avec l'inconnu. Penchée sur l'îlot, j'attrape mon livre que j'utilise comme rempart. Persuadé que je suis concentrée sur l'histoire, il ne fait plus attention à moi. Encore un peu de patience et j'arriverais peut-être à lui dérober son arme.

— C'est bon, je suis dedans.

L'homme de l'autre côté du téléphone lui explique plusieurs manipulations, qu'il suit scrupuleusement sans l'interrompre une seule fois. Par-dessus les pages, j'observe soigneusement ce qu'il peut bien mijoter. La curiosité est trop forte, au point où j'en oublie l'arme posée à moins d'un bras de moi. Il me suffirait de faire semblant de m'affaler un peu plus sur le marbre pour l'attraper. Le plus compliqué étant d'avoir le temps d'enlever le cran de sûreté avant qu'il ne décide de m'étrangler pour avoir osé me rebeller.

Une fois de plus aujourd'hui.

— Magne-toi, je n'ai pas que ça à faire, tonne la voix rauque de mon bourreau à côté de moi.

Sous le rebord de l'îlot, sa jambe bouge nerveusement alors qu'il fixe sans ciller mon fond d'écran.

— Ça va, je te rappelle que ce n'est pas moi le crac en informatique, réplique son collègue pour lui faire comprendre de patienter.

Le curseur se met soudainement à bouger seul. Plusieurs dossiers s'ouvrent sur le bureau ; pour la plupart sans réelle importance. Je ne sais pas vraiment ce qu'ils s'attendaient à trouver, mais ils risquent d'être déçus.

— Je peux savoir ce que vous cherchez ? Questionné-je l'homme à côté de moi.

Sans même me répondre, celui-ci laisse sa main remonter le long de ma colonne. Les frissons qu'il laisse sur son passage me glacent le sang. Faisant disparaître l'air dans mes poumons pour le remplacer par de la lave. La façon qu'il a de refermer ses doigts autour de ma nuque, n'arrange rien à l'état lascif dans lequel il me met. Il ne prend aucune pincette lorsqu'il approche mon visage du sien. Son souffle percute mon épiderme et j'ai cette horrible impression de me faire engloutir par l'abysse bleu de ses iris. Péniblement, je tente d'avaler ma salive. En vain. Mon corps veut simplement disparaître de la surface de la Terre.

Candyman approche ses lèvres de ma gorge alors que je reste paralysée par sa prise ferme sur ma peau.

— Si vous ne le faites pas de votre plein gré, j'ai d'autres idées pour vous faire taire, me susurre-t-il au creux de l'oreille tout en laissant son parfum venir piquer subtilement mes narines.

Il ne recule pas d'un seul millimètre alors que sa voix vient, une fois de plus, ricocher dans tout mon être.

— C'est compris ?

Machinalement, et parce que je suis physiquement incapable de plus, je lui offre comme seule réponse un hochement de tête morne. Non sans me maudire d'être ainsi impactée par l'aura écrasante et menaçante de ce monstre.

— Brave fille, continue d'être obéissante, reprend-il en se reprenant place un peu plus confortablement sur son propre tabouret juste après m'avoir tapoté la tête.

Bordel !

Lorsque mon esprit revient enfin à lui, je me rends compte qu'ils sont sur l'interface de la base de données de la police. Je n'ai pas le temps de me rendre compte de ce que je fais, que ma main libre se saisit de l'ordinateur pour le balancer de toutes mes forces sur le carrelage de la cuisine. Un tintement retentit alors que plusieurs morceaux de plastique se détachent de la carcasse du portable et que l'écran se brise sous le choc.

Qu'ils essaient de faire quoique ce soit maintenant.

Tournée vers le criminel, je me refuse à baisser les yeux. Par fierté, mais également par défi. Et ce, même si je sens la colère suinter par chaque pore de son épiderme. Ses veines se gonflent sous sa peau, ses muscles se tendent et, l'espace d'une seconde, un voile noir lui couvre les yeux. La voix s'agite dans le téléphone sans pour autant réussir à nous tirer de notre guerre visuelle. Si j'avais eu une lueur de lucidité ou bien même juste un instinct de survie un tant soit peu développé, j'aurais pris mes jambes à mon cou. Et tenter de fuir. Je l'aurais probablement fait sans aucune hésitation, si je n'étais pas menottée à ce satané tabouret.

— Je te rappelle, j'ai un contretemps, siffle rageusement sa voix à travers la pièce alors qu'il raccroche sans laisser le temps à son interlocuteur de répondre.

La seule chose que j'arrive à faire, et sans aucun doute la plus stupide ou suicidaire ; c'est lui offrir le sourire le plus éclatant que j'ai en réserve.

— Il m'est impossible de déterminer si vous êtes courageuse ou juste complètement stupide.

— C'est vous qui êtes stupide si vous pensiez que je resterais bien sagement assise en vous laissant fouiner dans les dossiers de la brigade. La prochaine fois, vous penserez peut-être à m'attacher les deux mains. Si vous ne souhaitez pas que je gâche vos plans. Je n'ai pas besoin des deux pour vous emmerder, répliqué-je sans réussir à quitter mon sourire narquois.

Un rire amer s'échappe d'entre ses lippes comme chaque fois qu'une idée fugace le traverse. Silencieusement, il se lève en rangeant l'arme que je convoitais à l'arrière de son jeans. Ses doigts s'agitent sur le fer qui me maintient attachée à la chaise. Un instant, mon poignet est libéré de la morsure froide du métal. Moment qui ne dure pas longtemps, car cette fois, il me rattache les deux mains dans le dos. Et alors que je sens son corps venir s'écraser contre le mien. Ses lèvres viennent une fois de plus frémir contre la peau fine de ma nuque.

— En voilà une délicieuse idée.
— Arrêtez ça, je vous interdis de me toucher !

— Voyons Trésor, c'est vous qui m'avez proposé l'idée.

Impossible de rester en place alors qu'il me pousse vers l'escalier. À moitié soulevée entre ses bras, qui me serrent plus que nécessaire, il ignore royalement les coups de pied maladroits que j'essaie de lui donner. À bout de nerfs face à son rire guttural, je n'arrive pas à retenir des gémissements de rage. Mes poignets me brûlent à force de tirer dessus et de me tortiller entre son étreinte. Lorsqu'on arrive dans la chambre au fond du couleur de l'étage, je redoute le pire. Suppliante, je lui demande une fois de plus de me lâcher. Une cage invisible me comprime la poitrine. Plus il nous rapproche du lit, moins j'arrive à respirer. À réfléchir. Alors quand je finis allongée sur le lit, lui à genoux au-dessus de moi, tout contre mon dos. C'est plus fort que moi, mes barrières explosent. Et je fonds en larme, telle une pauvre fillette esseulée.

Plus aucun bruit ne parvient jusqu'à moi ; plus aucune sensation ; c'est le vide. Mon corps est en mode survie.

Au bout de ce qui me semble être une éternité, le contact du fer disparaît. Le poids de son corps qui me comprimait contre le matelas également. L'odeur de cèdre marié à l'hespéridée s'accentue malgré tout autour de moi, tandis que le rembourrage s'enfonce un peu plus à ma droite.

— Vous êtes réellement insupportable, souffle-t-il le nez plongé sur son portable.

—Allez en enfer ! Aboyé-je à son intention en essuyant mes joues inondées. Vous n'êtes qu'un…

— Criminel, finit-il à ma place en m'observant par-dessus l'appareil. Il est l'heure de dormir jeune fille, je ne veux plus vous entendre pour ce soir.

Sans plus m'accorder une parole ou un regard, il reste là. Immobile et silencieux, occupé à fixer son écran. La colère comme seul allié dans cette épreuve, accompagnée par la fatigue des derniers jours ; Morphée finit par m'emporter une heure plus tard, alors que je me répète mentalement que je tuerais cet homme de mes propres mains.

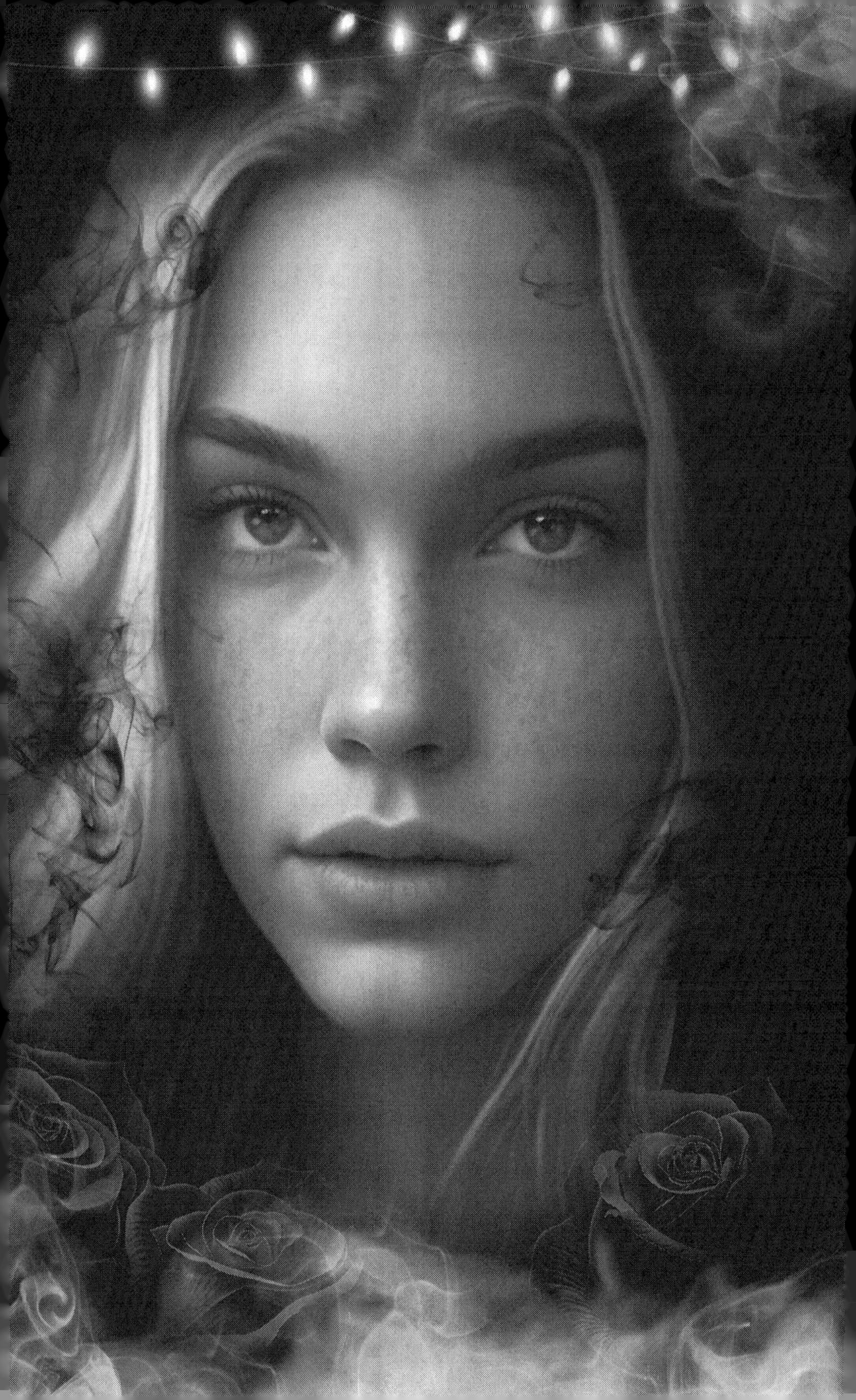

CHAPITRE . 9

Assise en tailleur sur le sol de la salle, je suis complètement perdue dans mes pensées. Ce matin, en me réveillant à l'aide d'un verre d'eau glacée, — qui a atterri comme par magie sur ma figure. Le criminel avait une moue étrange. Par là, j'entends plus étrange que ces deux derniers jours. Non pas que ses états d'âme m'importent, mais la bipolarité de ce type commence à influencer ma propre humeur. À l'heure actuelle, je ne comprends toujours pas ce que je fais ici. Prisonnière et otage, mais sans vraiment l'être. Après m'avoir enfermée dans une cave pendant un peu moins de vingt-quatre heures, j'ai atterri dans une chambre des plus basiques. Si on fait abstraction de ses sautes d'humeur violente et du fait que c'est un meurtrier, j'aurais presque l'impression d'être chez un mec lambda.

Depuis une dizaine de minutes, l'homme frappe énergiquement dans un sac de boxe. La sueur qui perle négligemment sur son front accentue davantage le tableau sombre qui dépeint ce monstre.

— C'est quoi votre prénom ?

La question qui s'échappe de son propre chef d'entre mes lèvres le stoppe net dans son entraînement. D'où je suis, je vois sa cage thoracique se gonfler au rythme saccadé de sa respiration. Son t-shirt blanc partiellement imbibé par sa transpiration donne un contraste presque envoûtant avec le noir de l'encre sur sa peau.

Y a-t-il seulement une chose plus envoûtante au monde que la vision d'un homme trempé par l'effort ?

Je secoue la tête pour me concentrer sur la réalité, aussi cruelle soit-elle : cet homme est un ennemi. Et mes hormones de femme feraient mieux de ne pas l'oublier.

— Viens ici, m'intime-t-il en ignorant royalement ma question, probablement peu enclin à en dévoiler davantage sur son identité.

Fatiguée et au bord de l'ennui, pour la première fois je lui obéis sans broncher. Debout à côté de lui, j'attends muette. Il attrape l'une de mes mains qu'il habille du gant qu'il portait un peu plus tôt. Il fait de même avec la deuxième sans briser le silence reposant qui plane autour de nous.

La moiteur du tissu me procure une sensation étrange au contact de ma peau. M'apportant, presque instantanément, une onde de courage venu de nulle part. Rapidement, le criminel se lance dans une série d'explications sur les techniques de combat au corps à corps. Un instant, je doute qu'il ait oublié que j'étais une Lieutenante de police, du moins avant qu'il ne mette tout en œuvre pour provoquer ma mise à pied. Il finit également par m'expliquer comment utiliser mes poings sans me causer de blessure. Son enseignement résonne étrangement dans sa bouche. S'ennuie-t-il dans sa vie au point d'entraîner un ennemi au combat ?

Lorsque je frappe le premier coup, une bouffée d'excitation s'empare de mes muscles. Les coups d'après pleuvent, portés par la rage accumulée ces derniers temps.

— James, lâche timidement l'homme absorbé par le contact de mes poings contre le cuir. Jolie frappe, me félicite-t-il alors que j'écrase à nouveau le gant contre la surface dure.

— J'imaginais votre nez, ça me donne tout de suite plus de punch. Finalement, Candyman est plus effrayant. Maintenant, je comprends pourquoi vous vous faites appeler ainsi, plaisanté-je, nerveusement.

D'une main, il stabilise le sac de boxe. De nouveau immobile, je tente de détendre les muscles de mes épaules. Avoir dormis une nuit entière sur un sol de béton, n'a rien d'agréable ni de confortable. Et avoir dormi cette nuit-ci sur un matelas n'a pas soulagé les douleurs que m'a causées ce séjour à la cave. Une musique se met à retentir dans les haut-parleurs accrochés au plafond. Loin d'être assourdissante, elle ne résonne pourtant pas comme un simple fond sonore. Elle est agressive et sans m'en rendre compte, elle augmente le rythme sourd des battements de mon cœur.

Du coin de l'œil, je le vois enlever son t-shirt trempé. S'essuyer rapidement avec avant de le jeter sur une chaise. Il sort une bande de taping d'une petite armoire suspendue au mur, — qu'il enroule autour de ses mains ainsi que de ses phalanges. D'une façon presque animale, il revient vers moi. La lueur prédatrice qui brille dans ses yeux ne me dit rien qui vaille. Étouffée par le charisme soudain qu'il dégage, j'avale difficilement ma salive en me retenant de me mordre la lèvre.

— On va voir si vous êtes aussi habile quand votre adversaire n'est pas une pauvre chose inerte, ronronne-t-il presque en faisant craquer ses doigts loin devant lui.

Quatorze.
C'est le nombre exact de fois où j'ai fini à terre. Histoire de soulager mon égo après autant de défaites, j'aurais aimé lui faire manger mon poing au moins une fois. Pourtant, c'est le néant. Preuve que cette fois-là dans ma chambre, c'était un simple coup de chance que j'ai eu. Je frotte douloureusement mon épaule qui me lance de plus en plus, au même titre que mes côtes. L'impression d'être passée sous un bus est d'autant plus présente maintenant que je suis prostrée au sol face au criminel.

— Moi qui pensais qu'on n'engageait pas n'importe quoi à la police de New York, déclare-t-il de façon désinvolte en me tendant sa main pour m'aider à me relever.

    Du dos de la main, j'envoie sa paume valser. Préférant rester au sol que d'accepter l'aide de ce clown. Au vu de la douleur qui enserre mes côtes depuis deux jours, je crains de me les être froissés. Avec tant de bien que de mal, j'essaie d'y faire abstraction alors que je me relève seule. À moitié pliée en deux, ma respiration se bloque dans ma gorge. De mes mains, j'appuie légèrement la zone qui me coupe le souffle pour tenter de faire passer le malaise. Impossible de calmer l'inflation. Un instant, je ferme les yeux pour me donner le temps de détendre mes muscles ainsi que d'essayer d'oublier la morsure de la brûlure sous ma peau.

    — Tu as mal quelque part, questionne soudainement James en m'aider à rester debout, stable.

    Le fait qu'il me tutoie si soudainement me choque davantage que son empathie malvenue. Surtout quand on voit à quel point il a pris plaisir à me malmener cette dernière heure. Sous mon regard calculateur, son visage revêt de nouveau un masque glacial et impassible. Sans plus attendre, il m'ordonne de m'asseoir sur la chaise où il a jeté plus tôt son haut.

    C'est uniquement, car je ressens l'envie de me poser que je fais ce qu'il me dit en posant mes fesses dessus. Il fouille dans la petite armoire, qui doit probablement être une pharmacie, avant d'en sortir un tube blanc et rouge.

    — Relevez votre t-shirt, m'intime-t-il une fois de plus, mais sans me brusquer.

    — Donnez-moi ça, je peux me débrouiller toute seule, lui indiqué-je en tentant d'attraper le tube de ses mains.

    Il me donne une tape sur les doigts qui irrite un peu plus mon humeur avant de lever de lui-même le tissu. Le contact de la crème glaciale me fait tressaillir. Un léger vertige me fait tourner la tête au moment où il appuie sa main sur ma peau pour faire pénétrer la pommade. Alors que je manque de m'écrouler sur le criminel, il me rattrape de justesse à l'aide de son bras.

Doucement, il me maintient tout en continuant de masser mes côtés. Une légère chaleur se répand petit à petit, m'arrachant un soupir de satisfaction, — j'ai l'impression de revivre. Au bout de quelques minutes, James remet mon haut correctement, non sans laisser le bout de ses doigts caresser ma peau. C'est si furtif que je ne l'aurais sans doute pas remarqué si je n'étais pas autant en alerte sur ses moindres faits et gestes.

— Décidément, vous êtes vraiment un otage pénible.

— Et vous, un criminel de bas étage. C'est à quelle école du crime qu'on vous apprend à prendre soin de vos victimes ? tiqué-je vexée malgré moi.

— Morte, vous ne nous servirez plus à grand-chose, avoue-t-il trop vite, ce qui m'arrache un rire amer.

— Parce que vous pensez réellement que j'accepterais de coopérer avec vous dans tous les cas ? À croire que vous n'avez pas assez de ripoux dans vos poches, pesté-je sans le quitter du regard un seul instant.

Face à ma remarque froide, mais empreinte de vérité, le criminel se contente de hausser les épaules. Il arrache ensuite le t-shirt sur lequel j'étais assise et le balance autour de sa nuque.

— Tout le monde à un prix, commence-t-il en me fixant de son regard céruléen alors qu'il se penche davantage contre moi, jusqu'à ce que son souffle chatouille le lobe de mon oreille. Et vous me donnerez bientôt le vôtre, Trésor.

Cela fait plusieurs heures que je suis enfermée dans cette chambre aux murs taupe. Tout en me conviant à ne pas faire de connerie, James m'a ordonné de rester sagement ici. J'ai instantanément désobéi en tentant d'ouvrir la porte verrouillée, — et ce dès que j'ai entendu les pneus de sa voiture déraper sur le gravier devant la maison. Après m'être acharnée dessus une trentaine de minutes, j'ai été dans l'obligation de capituler. Depuis, je suis allongée sur le lit qui trône au centre de la pièce. Il n'y a rien à redire, mon dos apprécie le contact doux du rembourrage du matelas. Et silencieusement, j'espère ne pas passer une nuit de plus dans cette cave des horreurs. Ou même seulement une nuit de plus dans cette habitation.

Du coin de l'œil, j'observe la fenêtre qui donne sur l'entrée de l'allée. En m'approchant, je prie pour qu'elle ne soit pas verrouillée elle aussi.

Bingo !

Requinquée par une bouffée de volonté, je tente de jauger la distance qui me sépare du gravier. Environ trois mètres cinquante... Cela devrait être jouable. Non désireuse de sauter à cette hauteur, je décide de m'inspirer des plus grands films. Ni une ni deux, j'arrache les draps du lit, la housse de couette et les assembles à l'aide d'un gros nœud. Après avoir tiré plusieurs fois dessus, j'inspecte dubitativement l'épaisseur des barreaux de la tête du lit. Pour ce qui est de mon point d'attache, je doute un instant sur le fait qu'il puisse supporter mon poids. Mais il est évident que si j'ai une chance de quitter cet endroit, je dois le tenter. Coûte que coûte.

N'ayant pas envie de traîner davantage, et ce, sans savoir combien de temps encore le criminel sera absent, je décide de m'y mettre. Un léger vertige s'empare de moi alors que j'enjambe l'appui de fenêtre. L'air est froid dehors, me rappelant que nous sommes en pleins hivers. Quelques bourrasques de vent viennent plaquer mes mèches châtain devant mon visage. Dans une respiration profonde, je lance un dernier regard à l'intérieur est me jette dans le vide. Pas littéralement, évidemment.

Doucement, je laisse mon corps glisser vers le bas. En freinant le plus possible ma descente de mes mains qui n'apprécie que très peu le frottement du tissu. Au bout de seulement un mètre, ce que je redoutais le plus arrive : ma fixation se détache. En moins de temps qu'il ne faut pour que je m'en rende compte, je tombe au sol en plein sur le plat de mon dos. Ma tête ricoche contre le gravier et une fois de plus j'ai l'impression que mes poumons n'ont plus la force de me fournir l'oxygène nécessaire. Une lancination s'étend sur tout mon bras droit alors qu'un liquide chaud s'écoule de l'énorme entaille qui barre ma peau.

Je lâche un juron en tentant de me redresser sans m'effondrer. Faisant fis de la douleur, je me lève en m'aidant du mur de briques et m'accorde quelques secondes seulement pour me redonner un coup de boost. Mon regard se met à sonder le paysage en quête d'une direction à prendre pour fuir aussi loin de cet endroit. Malheureusement, je perds espoir en apercevant la voiture du criminel un peu plus loin sur le seul chemin qui entoure l'habitation. Il m'a vue, ce n'est pas possible autrement. Le vrombissement d'accélération résonne jusqu'à mes oreilles alors que mon corps se pétrifie sur place. L'espace d'un instant, je le vois accélérer davantage dans ma direction. Prêt à me percuter pour m'achever.

Pourtant, le choc ne vient jamais.

Les yeux clos, j'entends le bruit de la portière qui claque, suivi d'une deuxième portière quelques secondes après seulement. Curieuse, j'entrouvre à peine les paupières pour discerner les silhouettes qui me font face.

— Décidément, tu fais vraiment fuir toutes les femmes James, explose de rire le prétendu médecin de la dernière fois.

À côté de lui, l'homme de mes cauchemars et en plein combat intérieur. Du coin de l'œil, j'observe ses phalanges blanchir sous la pression qu'il met dans ses poings. C'est évident qu'il réfléchit au fait de m'étrangler et qu'il se contient pour ne pas le faire dans les prochaines secondes.

— Toi, tu prends ton matos. Et toi, siffle-t-il en s'approchant dangereusement de moi avant de m'attraper par les jambes et les épaules pour me porter. Prie pour que ton idiotie ne me fasse pas perdre mon sang-froid.

Dans ses bras, je sens ses paumes me maintenir trop durement. Sa peau est brûlante et l'espace d'un instant, j'aurais presque l'impression d'avoir affaire avec un démon sorti tout droit des enfers. Du pied, il ouvre la porte d'entrée, je n'arrive pas à prononcer le moindre mot. Le sang sur mon bras s'écoule toujours, et distraite, j'observe le liquide rouge tomber sur ses manches froissées. Instinctivement, je me mords la lèvre sous le regard furieux de James. L'impression d'avoir un collier électrique autour du cou qu'il pourrait activer quand bon lui semble, prends de plus en plus de place. Et je déteste ça. Après autant de temps à me battre pour défendre les citoyens de New York, je me retrouve prisonnière et aussi démunis qu'une enfant.

L'homme me dépose sur le moelleux d'un sofa, sans même m'accorder plus d'un regard, je l'observe me tourner le dos et sortir un paquet de cigarettes de sa poche arrière. Sans plus attendre, il en allume une et tire dessus de façon nerveuse. Notre ami le médecin vient se placer entre lui et moi et m'indique qu'il va examiner ma blessure. Son touché est doux et délicat. Minutieusement, il désinfecte l'entaille et enlève à l'aide d'une pince les résidus qui se sont déposés dessus. Après m'avoir informée qu'il n'y a pas besoin de point de suture, il me pose une compresse stérile et l'entoure d'un bandage blanc-crème.

Je le remercie du regard et me redresse sur le canapé. Appuyé contre le mur face à nous, James ne relève pas une seule fois le regard vers nous.

— Prenez ma chambre pour le reste.

— Pour le reste ? Questionné-je, inquiète, les deux hommes. Peu convaincus par ce qu'ils veulent faire de moi dans la chambre du criminel.

— James m'a demandé de venir examiner tes autres blessures. Tu as mal aux côtes depuis plusieurs jours c'est ça ?

Un peu hébétée, j'opine du chef. L'homme m'invite à le suivre jusqu'à l'étage et je le suis en silence. En passant devant James, je ne peux m'empêcher de glisser un regard vers son visage fermé. Une fraction de seconde, il pose ses iris sur moi avant de souffler un nuage de nicotine par les narines.

Allongée en soutien-gorge sur le lit de Candyman, mes yeux sont fixés sur le plafond alors que les mains du médecin appuient à différents endroits sur ma peau. À plusieurs reprises, il me demande de respirer profondément, ce que je fais non sans difficulté. Au moment où sa main passe sous mon dos pour toucher un endroit précis de ma colonne, je tressaille.

— C'est tout bon pour moi, tu as une névralgie intercostale. C'est moins grave que ça en à l'air, m'explique-t-il pour me rassurer. Je vais te donner quelques anti-inflammatoires et il va falloir que tu te reposes.

— On ne peut pas dire que ce soit le meilleur endroit pour ça, pesté-je durement en enfilant mon haut. — Il y a pire comme prison, crois-moi ce n'est pas lui qui te fera du mal, m'explique l'homme plus sérieusement en rangeant son matériel.

— Ne perdez pas votre temps à essayer de me rassurer ou de me mentir. C'est un assassin et rien d'autre. Je sais parfaitement que je finirais six pieds sous terre dès que je n'aurais plus d'intérêt.

Un coup sur la porte nous sort de notre conversation. La voix de James retentit derrière pour nous demander si nous avons terminé. Sans me laisser le temps de répondre, l'amie du criminel lui ouvre. L'homme me lance un regard que je tente d'ignorer. Sans me calculer davantage, les deux sortent un instant pour parler. Prise de curiosité, je me dirige à pas de loup vers l'embrasure pour écouter leur conversation.

— James, tu m'expliques ce que tu fous au juste avec cette fille ? Je te rappelle qu'elle est censée être morte, au même titre que sa coéquipière.

— Fou moi la paix, ils m'ont payé pour la faire

disparaître, pas pour la tuer, se défend le criminel.

— Arrête de jouer sur les mots, tu sais très bien ce qu'ils entendaient par « faire disparaître » ! Hausse-t-il légèrement le ton avant de se calmer aussitôt. Mec tu peux pas jouer au plus malin qu'eux. Tôt ou tard, ils l'apprendront et ce ne sera pas la seule à finir avec une balle dans la tête, glisse froidement le médecin, m'arrachant un frisson en imaginant la scène.

Je ne peux m'empêcher de me demander qui sont « ils » ni pour quelle raison ils ont payé le criminel pour nous éliminer.

— Je te remercie de t'inquiéter, mais je gère mes affaires comme bon me semble. Je ne te raccompagne pas, tu sais où se trouve la sortie, claque la voix dure de Candyman.

J'entends vaguement son collègue soupirer, avant qu'il ne l'informe qu'il déposera des médicaments pour moi demain. Légèrement pétrifiée devant la porte, je ne me rends pas compte qu'elle s'ouvre avant que celle-ci ne bute contre mon corps. Prise la main dans le sac, je baisse la tête en tentant d'ignorer l'œillade énervée du criminel sur moi. Et alors que je m'attends au pire, il me pousse simplement de nouveau vers le lit. Sans aucune animosité, juste de façon bienveillante.

— Il me semble que Dave vous a ordonné de vous reposer. Si vous êtes assez en forme pour jouer les fouineuses. Vous l'êtes sans doute également pour retourner dans la cave ? me questionne-t-il exaspéré.

Sans répondre à sa pique, je me rassois sur le matelas. Incapable, une fois de plus, de prononcer la moindre phrase.

CHAPITRE . 10

Ses longs doigts fins n'ont pas quitté les touches de son clavier depuis plusieurs heures.

En ouvrant les yeux ce matin, des gaufres accompagnées d'un jus de fruits m'attendaient sur la table de chevet à côté du lit de James. Mon estomac n'a pas attendu pour me rappeler qu'il était vide et qu'il me mettrait dans l'embarras tant que je n'aurais pas réglé ce problème. Ce que j'ai finalement fait, sans adresser le moindre regard ou la moindre parole de remerciement au criminel. Ma grève de la politesse ne l'atteint pas à un seul instant, je crois même qu'elle finit par l'amuser, malgré moi. Le seul moment où lui aussi a consenti à m'adresser la parole est quand j'ai tenté de fuir la chambre pour m'éloigner de lui. Tout en me menaçant de m'attacher au lit si j'osais encore une fois m'en lever sans sa permission.

Je commence à me demander si ce n'était pas un bouc émissaire lorsqu'il était plus jeune. Autrement, il ne prendrait pas autant son pied à jouer les tyrans.

Les hauts de Hurlevent dans les mains, je relis pour la énième fois les dernières lignes du livre. Plus par ennui que par intérêt. Plusieurs fois, j'ai tenté de laisser mes yeux traîner sur l'écran de l'ordinateur posé sur ses jambes allongées, mais en vain. Il faudrait que je me rapproche de lui et c'est hors de question, plutôt me jeter d'une fenêtre. Pour l'avoir déjà expérimenté, une fois pas deux.

Au bout d'une heure, je n'y tiens plus et décide de me lever. Sans même prendre le temps de me tourner vers James qui referme durement son portable. Sa voix résonne derrière moi, alors que je m'enfonce dans la salle de bain attenante. Je n'ai pas le temps d'allumer le jet de la douche pour m'y réfugier, que celui-ci débarque aussitôt dans la petite salle d'eau.

— Pour prendre une douche aussi il me faut votre autorisation ? Ou vous préférez me laver vous-même pour être certain que je ne fasse pas de connerie ? Tonné-je durement excédée par sa surveillance rapprochée.

— Ne me tentez pas, je ne suis pas certain que ce soit moi qui soit le plus déranger à rester ici en présence de l'autre, se content-il de répondre en s'appuyant contre la porte, les bras croisés.

— Si vous cherchez à me rendre folle en m'obligeant à rester allonger dans ce putain de lit une minute de plus, vous allez y arriver !

— Vous êtes blessée. Dave vous a dit de vous reposer.

— Qu'est-ce que ça peut bien vous foutre que je sois blessée ? Je suis votre otage, pas votre putain de petite amie, finis-je par lui hurler au visage.

Tout en me rapprochant de lui dans une vaine tentative d'intimidation, je laisse mon regard froid plonger dans le sien. Dans l'unique but de lui transmettre toute la haine et l'irritation que j'ai accumulée ces derniers jours. Mon cinéma ne le fait pas ciller un seul instant, il n'ébranle même pas la carapace forgée tout autour de lui.

— L'otage préfère peut-être retourner dans la cave ? siffle-t-il au bout d'un certain moment entre ses lèvres en me couvant de son aura sombre.

Moins d'un pas nous sépare encore alors qu'on se lance dans un duel visuel écrasant. La tête penchée vers l'arrière pour soutenir ses iris bleus, je fais abstraction de son souffle qui atterrit sur le bas de mon visage tel un animal.

— L'otage aimerait ne pas voir votre tête pendant cinq minutes.

À chacune de ses respirations, je sens ses muscles se gonfler de tension sous les manches de son polo. Tandis qu'une sensation étrange se faufile dans le creux de mon ventre, il comble la distance qui nous séparait encore. Ainsi redressé, il me dépasse d'une bonne tête. Pourtant, je ne cille pas et ne plie pas devant lui. Il en est hors de question. Un instant, je le vois m'observer en détail. Du bout de mes cils, à la commissure de mes lèvres. Pour venir finir sa course visuelle sur le haut de mes clavicules dévoilées par l'encolure de son t-shirt trop grand qu'il m'a prêté. Son inspection devrait me mettre mal à l'aise, mais elle n'a de réussite que de me comprimer la raison. Et d'accentuer les sensations étranges qui me parcourent désormais le haut des cuisses. C'est alors qu'il se penche vers moi, sans quitter son air menaçant et dominateur. Tout contre mon oreille, il laisse son souffle venir me caresser un peu plus.

— Si dans dix minutes vous n'avez pas fini, je viens vous sortir moi-même de là. Habillée ou non.

La porte claque dans son dos, alors qu'il part en laissant le compte à rebours invisible qu'il a instauré se déclencher. Aussi puéril soit-il, je lève mon majeur en direction de la porte et l'insulte mentalement de tous les noms d'oiseaux que j'ai en répertoire.

Malgré la chaleur du jet d'eau, je n'arrive pas à me détendre. Mes pensées fusent à mille à l'heure. Si bien, que je me perds moi-même dans mes propres pensées sans savoir démêler le sac de nœuds imaginaire à l'intérieur de ma tête. Mon corps est épuisé, mon esprit l'est également... Et mon cœur n'est probablement plus très loin de l'arrêt en signe de protestation pour tout ce que je lui fais vivre en ce moment.

Les mains dans les cheveux alors que je me savonne, je repense à la conversation que le Criminel et son ami ont eue devant la porte de sa chambre. Et même si j'aimerais que ce ne soit pas le cas, je me questionne de plus en plus sur ma présence ici. Ainsi que sur le fait qu'il m'ait dit que morte, je ne leur servirais à rien. A priori, c'est ce que j'aurais dû être. Morte. A-t-il d'autres plans en tête pour moi ? Est-ce pour ça qu'il a désobéi à ces gens et me tient prisonnière entre ces murs ?

Mes doigts se referment sur le moelleux de la serviette de bain que j'enroule autour de moi. J'examine d'un œil dédaigneux le tas de vêtements en boule dans un coin de la salle de bain. Hors de question que je remette une nouvelle fois mes sous-vêtements. Prudemment, je me faufile par la porte qui mène vers la chambre. Aucun criminel en vue ni aucun bruit ne me parvient du couloir. À pas de loup, je me dirige vers la commode avant d'en ouvrir les différents tiroirs. J'échappe un soufflement de nez devant le rangement trop parfait de ceux-ci. Tout est à sa place, de façon presque millimétrée, sans un pli. Décidément, ce mec est un psychopathe sur tous les points de son existence. Un boxer noir entre les mains, je me rends compte que même ses sous-vêtements sont repassés. Étrangement, j'ai du mal à m'imaginer James en train de faire la lessive. Et ce, entre deux meurtres ou séance de torture par-ci, par-là. Peut-être est-ce une compagne maniaque qui est en déplacement ? Si c'est ça, je doute que ma présence la ravisse. Et je n'ai pas envie d'imaginer ce qu'il adviendra de moi quand cette demoiselle reviendra chez elle.

Sans plus m'attarder, j'enfile le bout de tissus et retourne dans la salle de bain m'habiller de mes vêtements que j'ai l'impression de ne plus quitter.

En descendant au rez-de-chaussée, je ne peux m'empêcher de lorgner du coin de l'œil la porte d'entrée. Et ce, même si je sais que c'est une perte de temps de tenter de m'y approcher.

C'est plus fort que moi.

— Vous n'abandonnez jamais, pas vrai ? me questionne une voix à quelques mètres de moi.

— Je n'ai rien fait, me défendis-je trop rapidement comme prise la main dans le sac.

— Hum, hum. Prenez-moi pour un idiot, souffle l'homme les bras croisés sur sa poitrine.

Prise en piège entre lui et la porte, mes épaules s'affaissent sous l'abdication. En traînant des pieds, je le suis à travers le couloir jusqu'au salon. Sans plus de politesse ni de courtoisie, il m'ordonne de m'asseoir sur le canapé alors qu'il attrape une trousse médicale sur la table basse.

— Relevez votre t-shirt.

— Un s'il vous plaît, ça vous tuerait ? sifflé-je nerveusement, irritée par ses ordres constants.

Il me couvre de son œillade glaciale, légèrement dissimulée par ses mèches ébène qui lui tombent devant le visage.

— Est-ce que mademoiselle Felton aurait l'amabilité de soulever son haut afin que son cher esclave ait la possibilité de lui mettre sa pommade ? commence-t-il à chantonner en s'approchant un peu trop de mon visage.

Il fait tout pour me mettre mal à l'aise. Constamment. Mes réactions l'amusent plus que de raison et bordel ! Qu'est-ce que ça peut me foutre en rogne.

Sans oublier de lui accorder mon œillade la plus rageuse, je lui réponds.

— C'est bon allez-y. Si vous en profitez pour laisser traîner vos mains partout, je vous fais avaler le tube, ne puis-je retenir malgré moi cette menace totalement insignifiante, j'en ai bien conscience.

Un léger sourire naît sur ses lèvres alors qu'il prend le liquide froid sur ses doigts avant de l'étaler sur mes côtes. Depuis le passage de son ami, le médecin, il n'a cessé d'insister pour me faire lui-même mes soins. Soin complètement obsolète à mon goût. La pommade a beau soulager la morsure de la douleur. Son contact, quant à lui, ne l'a fait que s'attiser davantage. De plus, son rôle de criminel, de preneur d'otage et bourreau résonne mal avec la minutie qu'il use pour prendre soin de moi.

J'ai l'impression qu'une décennie entière s'écoule entre le moment où ses doigts effectuent de minuscules cercles en continu et celui où sa peau quitte la mienne. Incapables de maintenir le contact visuel, en plus du physique avec lui, mes yeux cherchent le moindre point d'intérêt dans ce salon.

Ce sont finalement les notes de rouges et de blanc qui s'accrochent à moi.

Peut-être est-ce parce que ces mêmes notes de couleurs vibrent trop durement dans les tons neutres et froids de la maison. Mais également qu'elles sont le seul signe significatif de la période de fête dans laquelle le pays entier est tombé.

Comme une évidence amère, plusieurs instants me reviennent en mémoire.

— C'était vous, n'est-ce pas ?

L'air de ne pas comprendre ma question, il porte ses pupilles vers moi. M'invitant à continuer et approfondir ma pensée.

— Les sucres d'orge sur mon bureau à la brigade. C'était vous qui les aviez déposés ?

— Vous n'appréciez pas les douceurs, Trésor ? me questionne-t-il en attrapant l'une des sucreries qu'il vient sciemment frotter subtilement sur mes lèvres, — juste avant de le faire glisser sur sa propre langue alors qu'il rabaisse promptement mon haut.

Bordel !

Son geste me dérange. Me procure un vertige, minime, mais trop profond à la fois. Je ressens le besoin pressant de fuir alors que mon corps refuse même d'esquisser le moindre mouvement. Ce qui ne lui échappe pas un seul instant.

— Vous pénétrez vraiment partout comme si vous étiez chez vous, pesté-je finalement, amèrement.

— Vous n'imaginez même pas comme vous êtes encore loin de la vérité, glisse-t-il dans un souffle qui vient s'écraser contre mes pommettes.

Actuellement, je ne suis plus trop certaine qu'il parle toujours de la brigade. Ou encore de mon appartement. Et sincèrement, je ne peux en vouloir qu'à moi-même de lui avoir tendu cette perche obscène. Mon cerveau fonctionne à cent à l'heure pour tenter de trouver une échappatoire. Quelque chose à dire, une réflexion ou quoique ce soit qui me sortirait de cette situation désagréable.

C'est le néant.

Rien ne me vient.

— Respirez. Vous allez vous évanouir, susurre-t-il à mon oreille.

— Allez vous faire voir.

Du plat de mes mains, je le repousse contre le fond du canapé. Mon geste, aussi désespéré soit-il, l'amuse et lui arrache un rire léger.

Beaucoup trop mélodieux pour mes pauvres oreilles.

Affalée sur le sol de la salle d'entraînement, ma conscience se perd dans la contemplation de la pièce. Des pensées, toutes plus dérangeantes les unes des autres, font la queue à l'intérieur de ma tête. Et je peine à faire le vide. C'est d'autant plus dur chaque fois que mes iris se posent sur l'homme torse nu quelques mètres plus loin. Mon nouveau livre n'arrive pas à sa cheville en termes d'attraction. Depuis plus d'un quart d'heure, j'ai complètement arrêté de lire les lignes encrées à travers les pages qui n'ont aucun sens dans ma tête.

Les heures ainsi que les jours défilent alors que je suis enfermée entre ces murs.

Entre ses griffes.

Ces derniers jours me semblent s'être transformés en mois. La présence du criminel me donne l'impression que le temps autour de nous ralentit. Son aura est écrasante et me fais sentir tel un souris sur le point de se faire dévorer par l'énorme chat.

Vorace et sans pitié.

Perdue entre la frontière de sa contemplation et de mes pensées, je ne fais pas attention à son regard farouchement ancré sur ma silhouette. Une moue interrogative sur le visage qui détonne un peu trop avec les veines apparentes qui serpentent sur tout son corps. Avec la moiteur de sa peau que de fines gouttes de sueur viennent caresser, intimement.

Même ses mèches noires plaquées volontairement en arrière accentuent avec hargne ce côté sauvage et indomptable que la nature lui a offert.

Bordel, qu'est-ce que l'univers est cruel !

— Un problème ? le questionné-je en me mordillant les lèvres, consciente d'être prise la main dans le sac.

Sans me quitter du regard, il se rapproche de ma position. Le sol me donne l'impression de trembler sous chacun de ses pas. Alors que les murs s'éloignent progressivement de son aura menaçante. Sans trouver la force de me lever, je l'observe en coin en tentant de donner un quelconque intérêt à l'ouvrage ouvert sur mes cuisses.

Le frémissement qui vient animer mes narines capte chacune des nuances de son parfum.

— Aucun.

Oui, Angela. Il n'y a aucun problème dans le fait de mater aussi ouvertement ton geôlier.

CHAPITRE . 11

Une douce odeur de bacon grillé se répand dans la cuisine alors que les crépitements s'intensifient à l'intérieur de la poêle. À moitié allongée sur l'îlot central, j'observe le criminel préparer son déjeuner. Intérieurement, je prie pour quelques sandwiches au beurre de cacahuète. J'ai l'impression de ne pas en avoir mangé depuis des siècles alors que cela fait à peine une semaine que je suis ici. Pour la première fois, James sort deux assiettes qu'il remplit des mets qu'il a préparés depuis une dizaine de minutes. Il se retourne finalement face à moi et me tend l'une des deux avant de me donner l'ordre de manger. Cet homme n'invite pas, il ordonne. Constamment. À croire qu'il ne sait pas communiquer autrement avec les gens.

— Merci, répondis-je simplement en attrapant une fourchette du bout des doigts.

J'avale un peu de cette viande avant d'en faire de même avec un morceau d'œuf brouillé. C'est officiel, je déteste ça et c'est compliqué de ne pas le laisser paraître sur mon visage. Devant ma mine dégoûtée, le criminel lâche un petit rire mutin et se retourne de nouveau vers les placards de la cuisine. Il en sort un pot transparent ainsi que quelques tranches de pain qu'il me tend.

— Vous avez vraiment des habitudes culinaires déplorables. Finalement, ce n'est pas étonnant que votre corps soit aussi fragile, à force de manger cette merde, laisse-t-il glisser sur ses lèvres alors que j'écarte rapidement l'assiette fumante pour attraper cette délicieuse pâte grasse pleine de cacahuètes.

Oubliant totalement que je ne suis pas chez moi, je plonge directement le doigt dans le pot avant de le lécher dans un soupir de satisfaction. On peut dire ce qu'on veut, mais cette petite chose est la seule qui me procure autant de plaisir. Devant mon geste, James se retient de rire. Conscient que mon comportement est un peu trop frivole, je me sers d'un couteau pour l'étaler sur les tranches de pain de mie.

— C'est très bon pour la santé, vous devriez essayer à l'occasion. Et en plus, ça ne coûte pas cher, si c'est pas une raison de plus d'en manger sans modération !

Alors qu'il se contente de secouer la tête et de se concentrer sur sa propre assiette, je ne peux m'empêcher de l'observer discrètement. Lui ainsi que la situation dans laquelle je suis. La conversation que j'ai surprise il y a deux jours ne fait que se répéter dans ma tête. Même s'il sait que je les ai entendus, il n'a pas relevé une seule fois. Du coup, mes questions sont restées sans réponse. Sans savoir, si j'ai réellement envie qu'elles en trouvent une. Une fois son assiette finie, il la range dans le lave-vaisselle et je me surprends à me demander s'il vit réellement seul à plein temps.

— Vous êtes seul ? La question qui s'échappe de mes lèvres ne sonne pas vraiment comme je le voudrais. Et face à son sourire en coin, je comprends qu'un malentendu peut vite arriver. Je voulais dire, vous vivez seul par choix ou bien c'est juste une fausse habitation dans laquelle vous emmenez toutes vos victimes ?

— C'est ma maison. Et je n'ai simplement pas de temps à accorder à quiconque, déclare-t-il en faisant étrangement écho à mes paroles envers Cindy.

— C'est certain que ça ne doit pas être simple de

conjuguer vie privée et meurtre à gogo, lâché-je sans me rendre compte de ma phrase avant qu'elle ne soit prononcée.

— Je pourrais en dire autant de vous. Vous êtes du bon côté de la barrière. Et pourtant votre appartement ressemble à celui d'une vieille fille seule et déprimée.

— Je ne suis ni seule ni déprimée.

— J'oubliais votre merveilleuse relation avec l'un de vos collègues, s'excuse-t-il ironiquement.

— Vous fouinez toujours autant dans la vie de vos cibles ou c'est un privilège que vous m'accordez ?

— Comme je vous l'ai déjà dit, je vous trouve plutôt divertissante, conclut-il en enlevant mon repas improvisé de devant moi.

Exaspérée et irritée, je m'appuie contre le dossier de ma chaise en croisant les bras sur ma poitrine. L'ambiance dans la cuisine est devenue légèrement plus lourde et oppressante. Il y a dans ses yeux un voile de mystères et de secret qui ne me plaît pas du tout. Plus les jours passent et plus je me demande si je reverrais un jour l'extérieur. Mais en même temps, si ce que j'ai entendu est vrai. Il y a des gens dehors prêts à payer pour ma mort. Si ce n'est pas lui, quelqu'un d'autre s'en prendra probablement à moi tôt ou tard. Peut-être serait-il bon de faire en sorte qu'il se confie davantage à moi, afin d'en apprendre plus sur ces fameux commanditaires ? À méditer.

— Je vais me laver. Est-ce que je peux compter sur vous pour rester bien sagement dans le salon ? Où est-ce que je dois vous enfermer dans la chambre pour être certain que vous ne tentiez pas une nouvelle fois de vous échapper ? Me questionne James en passant derrière moi tout en s'appuyant sur le dossier de ma chaise.

Je tourne la tête pour lui faire face et suis légèrement déstabilisée de voir que son visage est aussi prêt.

— Vous pouvez y aller, me contenté-je de lui répondre en me levant à mon tour pour aller m'asseoir sur le canapé.

Sans me quitter du regard, il prend la direction de

l'escalier. Au bout de quelques instants, je le vois disparaître par celui-ci alors que ses pas résonnent toujours sur les larges marches en bois. Ce n'est qu'une fois que je suis seule, que l'air dans mes poumons s'échappe correctement.

En entendant finalement une porte claquer, je me relève précipitamment. En me dirigeant vers le couloir principal, j'essaie d'ouvrir une porte au hasard. La première donne simplement sur des toilettes. J'ignore la deuxième qui est celle de la cave et suis presque déçue en arrivant devant la troisième. Une fois de plus, ma curiosité n'est pas régalée. À tout moment, le criminel peut faire son arrivée et j'ai l'impression de perdre mon temps. Lorsque j'entrouvre la dernière porte dans le fond du couloir, je retiens un sourire de triomphe. Un énorme bureau en bois est disposé au centre de la pièce aux teintes foncées. Silencieusement, je ferme légèrement la porte sans faire de bruit.

Précipitamment, j'ouvre les différents tiroirs du meuble, fouille dedans en tentant de ne rien déranger. À première vue, c'est simplement des documents sans réelle importance. L'un des tiroirs est verrouillé et je ne peux m'empêcher de me demander ce qu'il cache. Ni même où peut bien se trouver cette clé.

Après un petit moment, je me presse de sortir de la pièce tout en refermant doucement la porte derrière moi pour ne pas faire de bruit.

À peine arrivé dans le salon, le bruit de pas de James dans l'escalier résonne. De nouveau assise sur le fauteuil, l'air de rien, je m'affale un peu plus sur le moelleux du meuble. Un instant, il jauge ma position sans un mot. Avant de finalement venir s'asseoir à côté de moi et d'allumer la télévision accrochée au mur face à nous. Après avoir changé plusieurs fois de chaines et n'être tombé que sur de vieux film de Noël, il laisse finalement l'un d'entre eux tourner en fond.

— Je déteste cette putain de période merdique, échappe James à côté de moi tout en s'appuyant davantage sur le dossier.

— Vous n'avez rien d'autre à faire ? Personne à aller tuer, balancé-je de façon sarcastique et amère à l'idée qu'il puisse faire couler davantage de sang sur son passage.

— Décidément Angela, vous avez une bien trop grande impression de mon expérience. Je n'ai pas dû tuer plus d'une cinquantaine de personnes, avoue-t-il dans le plus grand des calmes alors que je m'étouffe à côté de lui en avalant ma salive.

Cinquante ? Sérieusement ? Combien de peine à perpétuité ça lui vaut autant de meurtres ? Devant ma réaction, il se tourne vers moi sans quitter son éternel sourire satisfait.

— C'était une blague. Il y en a eu 5 en tout et pour tout. La plupart du temps, je joue plus le rôle de livreur, m'explique-t-il sérieusement en appuyant son coude sur le dossier pour me faire face.

— Vous allez me faire croire que tout le monde a peur de vous avec un palmarès aussi court ?

— Pas tout le monde apparemment, commence-t-il en me fixant de haut en bas. Je suis un enquêteur hors pair, personne ne m'échappe c'est tout.

— Cela aurait été plus intelligent d'utiliser ces talents pour servir la population plutôt que pour l'effrayer. Et servir des connards sans âme par la même occasion, claqué-je entre mes dents, dans l'incompréhension la plus totale.

De ses yeux saphir, il me fixe sans répondre à ma pique. Malgré l'impression d'être mise à nue, je lui tiens tête et refuse intérieurement de baisser une nouvelle fois les yeux devant lui. L'air autour de nous se charge d'électricité, d'onde de défiance qui embraseraient tous ceux qui oseraient s'approcher de nous.

— Pourquoi vous faire appeler Candyman ?

Ma question le prend au dépourvu. Il semble

soudainement mal à l'aise et c'est comme si un voile obscur l'avait partiellement englouti. Même si ses traits restent toujours aussi figés, il transpire la douleur et la tristesse. Inconsciemment, je me sens coupable de lui avoir posé cette question. Sans vraiment comprendre pourquoi, j'éprouve de l'empathie pour cet homme. Et alors qu'il s'apprête à ouvrir la bouche, je l'interromps. Empêchant la flopée de fantômes qui hantent son passé de venir l'assiéger.

— Laissez tomber, ce n'est pas le genre de question qu'un otage est censé poser. Pas vrai ? Finalement, il n'a pas l'air aussi nul que ça, ce film, exposé-je pour le tirer moi-même de la situation désagréable dans laquelle je l'ai mise.

En temps normal, je devrais n'en avoir rien à faire. Ce n'est pas mon genre de porter des intérêts aux états d'âme des gens. Encore moins ceux d'un criminel. Pourtant le tourbillon qui a fait disparaître l'éclat de soleil qui brillait au fond de ses yeux m'a arraché un pincement au cœur. Je me cale un peu plus dans le canapé, remonte mes genoux dessus tout en appuyant ma tête contre l'un des énormes coussins. Tout en tentant de faire abstraction du regard du brun sur moi, je me concentre sur le film. Incapable de respirer calmement ou bien d'empêcher mon corps de trembler comme il le fait à cause de la pression invisible sur mes épaules.

Jamais de ma vie, je n'ai été aussi distraite devant une télévision. En règle générale, même si ce n'est pas un film que j'aime, j'arrive tout de même à me mettre dedans. Pourtant, là, impossible. Cela fait une bonne heure que le criminel tapote nerveusement le bout de ses doigts contre sa cuisse. Ce geste me tend autant qu'il ne doit lui-même l'être. Lorsque le générique s'affiche enfin, il se lève d'un bond et part en direction de la cuisine. Machinalement, je le suis. À force d'être ici, sans rien à faire, je commence sérieusement à m'ennuyer. Et malgré moi, il est ma seule source de distraction, — aussi pénible soit-elle.

Dos à moi, je l'observe se servir un verre d'eau qu'il vide d'une traite avant de le déposer un peu trop fort sur le marbre du plan de travail.

Pour une raison que j'ignore, il semble énervé.

— Désolée si ma question vous a dérangé. Je ne cherchais pas à vous énerver ou même à vous peiner, m'excusé-je.

Ami ou ennemi, je n'ai jamais eu aucun plaisir à causer du tort à quelqu'un. Ou même ne serait-ce qu'être à l'origine d'un conflit. Même dans cette situation complètement folle, ça me met au plus mal de penser être responsable du mal-être d'un individu.

D'où je suis, j'aperçois les muscles de ses bras se contracter. Son torse se lève et redescend doucement sous le fin tissu noir qu'il a sur le dos. Et alors que j'ai l'impression qu'il pourrait exploser de colère à tout instant, il lève la tête et expire bruyamment.

— Suivez-moi, m'ordonne-t-il en ignorant une fois de plus mes paroles.

Ce qui n'est peut-être pas plus mal.

Sans broncher, je le suis en dehors de la pièce. Mon cœur rate un battement alors que je le vois ouvrir la porte qui mène vers la cave. Ma tête me hurle de prendre mes jambes à mon cou et de ne pas descendre dans cet enfer. Pourtant, je le suis, muette. Consciente que dans tous les cas, il me rattraperait et me traînerait en bas par les pieds. Alors qu'on arrive sur le palier, je m'attends à le voir avancer vers le fond, comme la première fois que nous nous sommes rendus ici. Mais il n'en fait rien. Il se contente d'ouvrir la première porte sur la droite de l'escalier ; où il m'invite à rentrer. La pièce, complètement plongée dans le noir, s'éclaire brutalement. M'aveuglant quelques secondes au passage.

Un stand de tir se dessine devant moi. Celui-ci n'est pas aussi grand que celui que je fréquentais à la brigade pour m'entraîner, — mais il reste largement convenable. Alors que je m'apprête à m'asseoir sur une des chaises dispositionnées contre le mur du fond, il me dévisage.

— Qu'est-ce que vous faites ? Venez ici.

— Vous ne voulez pas vous entraîner ? le questionné-je dubitative devant son attitude.

— Ce n'est pas moi le flic médiocre, me balance-t-il en pleine face sans aucune pitié.

Accrochées au mur, plusieurs armes à feu sont exposées. Pour la plupart, il ne s'agit que de simples pistolets disponibles en armurerie. C'est d'autant plus les armes lourdes qui m'inquiètent. Posée négligemment sur le rebord du stand, l'arme qu'il m'avait volée est là. Sans plus attendre, je me jette dessus et l'observe comme si c'était la chose la plus précieuse qu'il me restait.

— Je suis déçu, je pensais que vous alliez tenter de me tuer dès que vous l'auriez récupéré, se plain-t-il presque comme s'il lisait dans mes pensées.

— À quoi ça servirait ? Elle est vide. Le poids du chargeur est beaucoup trop léger, ce qui signifie que vous l'avez chargé à blanc. La seule solution pour que je vous tue dans ces conditions, serait que je vous colle le canon contre le front. Et encore, vous auriez une chance que l'onde de choc ne soit pas assez forte que pour vous causer des dommages mortels.

Dans un sourire fier, il s'approche de moi. Attrape l'arme de mes mains et change le chargeur. Il me donne quelques conseils pratiques, que je n'écoute pas à un seul instant. Devant mon côté indiscipliné, il ne peut s'empêcher de me sermonner comme une enfant. Difficilement, je me retiens de lui dire que s'il y a quelqu'un qui devrait donner des conseils de tire à l'autre, ici, c'est moi. Après tout, cela fait plusieurs années que j'obtiens la première place au concours de tir de la police de New York. Sans le laisser parler plus, j'attrape l'arme, enlève le cran de sécurité et tire en plein centre des différentes cibles. Plusieurs fois, dans une cadence digne d'un métronome. Et alors qu'il ne doit me rester qu'une munition, je plante mes yeux droits dans les siens et tire en pleine tête de la cible au fond de la salle.

La sensation que me procure cet exercice est indescriptible. M'entraîner au centre de tir a toujours été un incroyable défouloir. Sous son regard glacial teinté d'un peu d'admiration, je dépose l'arme encore chaude dans le creux de sa main. Sans lui laisser le temps de dire quoique ce soit, je m'approche de lui, pose ma main sur son torse et me penche à son oreille...

— Vous avez d'autres conseils utiles, professeur ? Soufflé-je exagérément avant de m'éloigner de lui aussi rapidement que je me suis approché.

— Je comprends mieux pourquoi vous êtes aussi nul au corps à corps.

Petit enfoiré.

Alors qu'il ne retient pas son rire moqueur. Je m'abaisse rapidement pour le balayer d'un coup de pied dans les chevilles. Le cou le prend par surprise et atteint son but en le faisant tomber.

— Ne vous jetez pas ainsi à mes pieds, voyons, n'arrivé-je pas à me retenir de dire devant son air agacé.

Il ne me laisse pas le temps de savourer ma victoire, qu'il me fait rejoindre le sol la seconde d'après. Le choc contre le béton m'arrache une légère grimace. La seconde d'après, il est à califourchon sur moi. D'une main, il maintient mes poignets au-dessus de sa tête. Sa carrure m'empêche de faire le moindre mouvement et au fond, je ne peux m'empêcher de me dire qu'il n'a pas totalement tort. Sans arme, je suis faible. Et ce constat tue un peu plus mon égo.

— Entraînez-moi, lui demandé-je sérieusement.

— Pour quelle raison ferais-je ça, me questionne-t-il sans défaire sa poigne qui le maintient un peu trop près de moi.

— Pour la même raison qui vous a donné envie de me traîner ici, aujourd'hui.

Ma réponse semble lui convenir, car il ne réplique pas.

Se contentant de me fixer de ses yeux pâles. Au moment où je pense qu'il va me libérer, il porte sa main à mon visage. Du bout des doigts, il écarte une mèche de cheveux de mon visage, — tout en bloquant ma respiration dans ma poitrine. Un instant, il me semble voir ses pupilles descendre sur mes lèvres. Impression qui me brûle les joues et me force à détourner le regard, mal à l'aise. Gênée, je toussote pour tenter de le faire réagir, ce qui fonctionne comme un électrochoc.

    — J'ai des courses à faire, déclare-t-il en se relevant tout en détournant lui aussi le regard. Pour information : j'ai installé des alarmes à chaque fenêtre. Alors, ne m'obligez pas à revenir en hôte désagréable.

    Une fois la salle verrouillée à clé, il disparaît dans l'escalier sans m'attendre. Et lorsque j'arrive à nouveau au rez-de-chaussée, il est déjà parti.

    Après m'être assuré que la berline noire n'était plus là, je me suis précipitée dans son bureau pour reprendre ma fouille là où je l'avais laissé plus tôt dans la journée. Pendant une dizaine de minutes, j'inspecte plusieurs documents rangés dans l'un des tiroirs. Ceux-ci sont principalement des relevés de compte ou bien des fiches d'informations sur des personnes. Probablement de future cible en attente de livraison, comme il aime l'appeler. Au vu de son comportement à mon égard depuis le début, j'ai du mal à croire que James soit ce « Candyman » dont tout le monde a peur.

Comment est-ce possible d'être aussi différent de sa nature ?

    Perturbée, je m'affale sur le siège face au bureau. Sans m'en rendre compte, je sombre légèrement sous le poids des souvenirs. Je donnerais n'importe quoi pour entendre Cindy me sermonner. Me supplier de la suivre dans un autre plan foireux. Est-ce qu'elle serait toujours là si j'avais parlé plus tôt de ma première rencontre avec James ? Probablement. Les larmes perlent doucement sur le coin de mes yeux.

Non par tristesse, comme ça devrait être le cas. Mais par honte et culpabilité. Honteuse d'être si peu affectée par tout ce qui s'est passé. Emplis de culpabilité par le fait de ne pas détester entièrement la présence du criminel. Mais également par la sensation déroutante que laisse glisser sur mon corps, chacun des regards de l'homme. Cet ouragan de contradiction me broie l'estomac. Je devrais être en train de faire tout ce qui est en mon pouvoir pour venger le meurtre de ma collègue. Et pourtant, je me retrouve dans ce bureau. Soulagée de ne tomber sur aucun document qui enfonce un peu plus Candyman dans le tableau des horreurs qui tente de le dépeindre.

    Moralement fatiguée, mais également consciente que je ne trouverais rien de plus ici. Je remonte en direction de la chambre de James. Où du moins, celle que j'occupe depuis la visite de Dave. Je n'ai aucune idée d'où il dort depuis, mais il ne semble pas dérangé pas le fait que ma présence l'est chassé de sa propre chambre.

    Comme la bonne fouineuse que je suis, je retourne l'une des commodes de la chambre à la recherche d'un t-shirt assez long que pour me servir de chemise de nuit. Dormir avec les mêmes habits depuis plusieurs jours est légèrement dérangeant. Et pour quelqu'un comme moi qui se plaît à dormir en sous-vêtements, c'est déjà un grand sacrifice de faire l'effort de porter quelque chose. Si je dois passer une journée de plus avec le même haut sur le dos, je vais finir par y mettre moi-même le feu. Une fois avoir trouvé ce que je veux, je me débarrasse du training trop grand que je plie et dépose sur le haut de la commande. J'enfile le t-shirt noir que je tiens entre les mains. Celui-ci est imprégné de l'odeur du criminel et je tente du mieux que je le peux d'y faire abstraction. Je me laisse tomber sur le moelleux du lit avant de m'emmitoufler dans les couvertures. S'il y a une autre raison pour laquelle je déteste cette période : c'est la température. Il aurait été plus intelligent d'aller m'isoler sur une île paradisiaque et de choisir d'être barmaid dans un hôtel au bord de la plage. Au moins, j'aurais profité d'un minimum de vingt degrés tout le restant de ma vie.

Et je ne me serais jamais fait kidnapper.

CANDYMAN
CHAPITRE . 12

Les doigts crispés sur le verre de rhum que nous a servi la femme de Dave, je tente de canaliser mon tempérament pour ne pas le faire exploser. Légèrement échauffées par l'alcool, les paroles de l'homme face à moi ne m'aident pas à me calmer. Et ce, même après les heures interminables que j'ai passé ici ce soir. Dans quelle merde est-ce que je me suis encore foutue ?

— Vraiment, je ne comprends pas pourquoi tu ne lui fous pas juste une balle dans la tête comme avec les autres, marmonne mon plus vieil ami en s'avançant contre le dossier de son canapé en me jaugeant du regard.

Comme les autres. Le soulagement qui a peint les traits de la brune lorsque je lui ai menti à propos de ma liste noire me revient violemment en mémoire. Pour je ne sais quelle raison, j'avais besoin qu'elle ne me prenne pas pour un monstre. Pour le monstre que je suis vraiment. Il y a bel et bien quatre victimes pourtant que je regrette d'avoir éliminées. Sa collègue en fait partie depuis l'instant où j'ai vu le chagrin noyer la lueur éclatante de ses yeux.

— Dans quelle merde, est-ce que je me suis mis Dave, soufflé-je une fois de plus espérant que mon ami m'apporte une réponse descendue du ciel.

— Tu avais peut-être seulement envie d'une jolie fille avec qui partager un peu de ta vie, commence-t-il en m'adressant un rire étouffé alors que je le mitraille du regard. Après, c'est certain, tu aurais mieux fait de ne pas choisir une flic que tu étais censé liquider. Et je ne suis pas certain que le kidnapping soit la chose qui fasse le plus fantasmer les femmes. Ou alors, je te conseille de te sauver rapidement!

— Ferme ta gueule, tu me gonfles avec tes conneries.

D'une traite, je finis le verre à moitié plein et repose dans un tintement contre le bois de la table basse. Muté dans un silence de mort, je tente d'ignorer le monologue agaçant de l'homme. Une demi-heure plus tard, alors que je m'apprête à rentrer après avoir décliné son invitation à rester dormir ici, le temps de dessaouler. Camilla revient dans le salon, un sac plein à la main. Celle-ci le dépose à côté de moi sans oublier de faire un clin d'œil complice à son mari.

— Ce sont des articles qu'il me restait de l'ancienne collection de la boutique. Il y a un peu de tout, commence-t-elle avant de préciser qu'elle y a glissé de la lingerie pour la demoiselle. Ce qui m'arrache un soupir d'énervement.

— Vraiment, je me demande comment est-ce possible qu'on ne m'ait pas encore payé pour vous faire disparaître vous deux. Vous êtes vraiment pénible. C'est juste un otage, jusqu'à ce que je décide ce que je fais d'elle.

— Ben en attendant que tu te décides, tu me diras comment tu trouves les modèles, commente la blonde à côté de mon amie. Ça me donnera l'occasion de savoir s'ils font leurs petits effets avant de les mettre en boutique !

— Tu es tellement adorable Chérie, lui murmure Dave en attrapant sa main posée sur son épaule.

Dégoûté par ce débordement de niaiserie, j'attrape les affaires et sors de chez eux en leur faisant un signe de tête.

Une main sur le volant et l'autre sur le levier de vitesse, je tente de rester concentré sur la route. Mes yeux luttent pour ne pas se fermer et je dois me retenir d'appuyer davantage sur l'accélérateur. En titubant légèrement et après avoir fait tomber quatre ou cinq fois mes clés au sol, je parviens enfin à rentrer. La maison est plongée dans le noir. Le silence qui y règne m'étreint durement la gorge.

— Bordel, juré-je pour moi-même en pensant à l'idée qu'elle ait pu s'enfuir.

L'ambiance au rez-de-chaussée est beaucoup trop calme. À mesure que j'inspecte les pièces, la panique me gagne sans rien pouvoir y faire. Au moment où je pousse la porte de mon bureau, je n'arrive pas à me retenir de balancer mon poing dans le mur. La lampe de bureau est allumée et une dizaine de documents est éparpillée sur le meuble. Même si elle n'a pu avoir accès aux plus sensibles, la constatation me fout dans une colère noire. Envers moi-même. Comment ai-je pu être aussi stupide et la laisser ici toute seule ? Énervé, je renverse l'une des chaises au sol en donnant un coup de pied dedans.

Alors que je me dirige vers l'étage pour récupérer mon arme, les effets de l'alcool se dissipent soudainement. Debout dans l'embrasure de la porte, mon regard est bloqué sur ce petit bout de femme étendue dans mon lit. Instantanément, mon humeur se fige et les pulsations de mes veines se calment. En m'approchant d'elle, je remarque que ses joues sont marquées par les plis du tissu des oreillers tandis que ses longues mèches brunes sont dans un désordre sans nom. Ce tableau négligé lui confère un air serein. En baissant les yeux plus bas, là où la couverture ne la recouvre plus, je remarque qu'il n'y a pas que mon bureau qu'elle a pris plaisir à fouiller. Encore une fois.

— Petite fouineuse, murmuré-je en secouant la tête.

Doucement, je relève la couette jusqu'à ses épaules pour la couvrir du froid. Mes doigts s'attardent légèrement sur la peau rosie de ses pommettes, hypnotisé par la chaleur qui émane de son visage.

J'abandonne mon jeans ainsi que mon pull à côté de la commode alors que j'enfile un bas de jogging. En faisant attention, je me glisse à côté d'elle sous l'épais édredon qui recouvre le lit. Demain, j'aurais tout le loisir de trouver une excuse si elle s'énerve de ma présence. Ce n'est pas impossible que je lui rappelle qu'une chambre libre se trouve toujours à sa disposition à la cave, — si elle oublie que c'est par sympathie que je lui ai offert la mienne pour sa convalescence.

Convalescence qu'elle ignore royalement. Cette femme ne tient pas en place.

Le bras reposant derrière la tête, je fixe durement le plafond de la chambre. À côté de moi, Angela donne l'impression d'être une bouillotte humaine prête à exploser. Plus je passe de temps avec elle, plus elle me fait penser à moi. Avant que mon âme ne soit totalement annihilée par les ténèbres. Un mouvement de la brunette me tire de mes réflexions lorsque je la sens se tourner vers moi. Alors que j'ai l'impression qu'elle dort à poing fermé, sa petite voix résonne dans le silence de la nuit.

— Vous sentez l'alcool, murmure-t-elle sans pour autant s'éloigner de moi malgré la place sur le matelas.

— Il y a d'autres endroits où dormir si ça vous dérange, la piqué-je amusé en passant ma main dans ses cheveux.

Ce simple geste lui arrache quelques frissons.

— Non c'est bon. Je suis bien ici, souffle-t-elle si bas que je peine à l'entendre. Vous avez pris le volant en étant saoule ?

— Non.

À côté de moi, la petite chose expire, l'air exaspéré. L'espace d'un instant, j'ai l'impression de sentir ses paumes contre ma peau. C'est furtif et hésitant, ce qui me fait même douter d'avoir senti une fois de plus ses mains contre mes côtes. Pourtant, j'ai l'impression d'avoir la trace de sa peau qui brûle la mienne.

— Vous mentez très mal, se contente-t-elle d'ajouter en refrénant un bâillement audible.

— Dormez un peu, ne m'obligez pas à me fâcher.

— Pourquoi passez-vous votre temps à me vouvoyer, me questionne-t-elle après plusieurs minutes de silence en luttant pour ne pas s'endormir.

Sa question m'arrache un sourire amer. Dans ma tête, la réponse est évidente et résonne difficilement. Devant son regard de biche qui brille d'une lueur ensorcelante, j'ai l'impression de perdre peu à peu mes barrières. J'avale ma salive en tentant de garder ce ton froid et détaché, qui peine un peu trop à garder sa place à cause de l'alcool.

— Parce que le grand méchant loup ne tutoie pas le petit chaperon rouge, Trésor.

Sur ces mots, je m'allonge un peu plus sur le moelleux du matelas en étendant mon bras sous son oreiller. Non sans apprécier les notes sucrées de son parfum mélangé au mien qui lui colle à la peau grâce au vêtement qu'elle a enfilé. La voir ainsi me donnerait presque l'envie de brûler le sac d'affaires que Camilla m'a donné pour elle.

À moitié tournée vers moi, je lui fais finalement face. Soit elle s'est déjà rendormie, soit elle est aussi bonne actrice que moi. Et au vu des tressautements de ses lèvres qu'elle se retient difficilement de mordiller, mon vote est sans aucun doute pour la deuxième option. Peut-être est-ce à cause de l'alcool que j'ai ingurgité ce soir, ou bien pour tout autre chose ; mais j'ai une soudaine envie de jouer avec la petite furie à côté de moi.

Du bout des doigts, j'encercle son menton et l'oblige à me regarder. Même dans la noirceur de la nuit, j'arrive à déceler les teintes rosâtres que ses joues revêtent.

— Tu ne me demandes pas pourquoi j'ai de grands yeux ? Murmuré-je dans un souffle en faisant glisser trop lentement ma paume sur sa gorge. Ou bien pourquoi j'ai de grandes mains ?

— J'ai toujours trouvé que les réflexions du chaperon étaient idiotes, me répond-elle finalement légèrement haletante alors que ma main s'accroche fermement sur le bas de sa taille.

— Et moi qu'il avait une odeur exquise...

Assis devant la télévision du salon, je bois mon café du matin. L'amertume des grains moulus me brûle légèrement l'arrière de la gorge, mais le breuvage a le mérite de me réveiller. Cela fait une dizaine de minutes que Angela est sous la douche et je me retiens d'aller la sortir de la salle de bain en la tirant par les pieds.

Depuis le réveil, je suis d'une humeur massacrante. En attrapant mon téléphone ce matin, plusieurs messages de Georgio défilaient sur l'écran. Rajoutant un peu plus de pression invisible sur mes épaules. Conscient que je ne pourrais pas jouer encore longtemps l'abonné absent auprès de l'homme de main de la Outfit. Habituée à ce que je rapplique dans l'heure dès qu'ils ont besoin de mes services, l'impatience commence à les gagner. Cela va faire une semaine depuis ma dernière réponse. Et s'il y a une chose qui ne va pas de pair avec ce travail : c'est l'attente.

Après lui avoir dit ce matin que j'avais des affaires personnelles à régler, je pensais en être débarrassé. Pourtant à peine cinq minutes après, il m'a appelé à plusieurs reprises avant de me harceler de nouveaux messages, que je n'ai pas pris le temps de lire.

— Ça va ? Me questionne la brunette en se laissant tomber à côté de moi sur les coussins.

Sans aucune gêne, elle attrape la tasse que je tenais entre mes mains et y plonge les lèvres. Sous mon regard légèrement pris au dépourvu, je la vois grimacer au moment où le liquide rentre en contact avec sa bouche. Il me faut faire preuve de retenue pour m'empêcher de la gronder comme une enfant.

— C'est normal que vous soyez aussi grincheux à force de boire autant de trucs amers, peste-t-elle en me redonnant le mug.

— Il a un problème le moucheron de la police là ?

C'est le fait d'être aussi inutile qui vous rend chiante dès le matin ? répliqué-je en fronçant farouchement les sourcils devant sa moue neutre tout en la poussant davantage contre les coussins.

— C'est quoi le programme de la journée ? Pas que votre simple compagnie m'ennuie, mais vous n'êtes pas le plus divertissant des preneurs d'otage.

Devant son insolence matinale, je me relève du canapé, dépose la tasse sur la table basse. Et alors qu'elle pose ses billes émeraude sur moi, je l'attrape par le bras et la taille avant de la jeter sur mon épaule. En ignorant ses plaintes alors que je maintiens fermement ses jambes contre mon torse. Dans l'unique objectif qu'elle ne me frappe pas avec en les balançant, je me dirige ensuite vers mon bureau.

Une fois dans la pièce, je la dépose au sol, non sans pouvoir m'empêcher de lui donner une claque sur les fesses avant de la lâcher.

Par pur plaisir de la faire enrager davantage.

— Vous allez pouvoir ranger le bordel que vous avez fait en mettant votre nez partout.

Face au carnage de la pièce, qui est à quatre-vingt-dix pour cent de ma faute. Je vois ses épaules s'affaisser. Ce qui me donne immédiatement le sourire. Devant son inaction, je m'approche d'elle et lui enserre les épaules de mes mains.

— Allez, Cendrillon, ça ne va pas se nettoyer tout seul. Faudrait pas me donner envie de te faire récurer la cave en prime, soufflé-je à son oreille en tirant ses mèches pour les rassembler sur son épaule. Au frôlement de mes doigts, sa peau se couvre d'une légère chair de poule.

Sur ces mots, je quitte la pièce en ricanant alors que j'entends le petit moucheron piailler derrière la porte que j'ai refermée. Chose qui égaille un peu plus ma journée qui s'annonce pour une fois bien plus agréable. Cela faisait un moment que je n'étais pas resté chez moi, comme ça. À ne rien faire d'autre que me détendre. La plupart du temps sur la route ou au siège de la Nostra, on ne peut pas dire que j'ai vraiment l'occasion de profiter de mes journées pour me reposer. Quand je ne suis pas arme en main, c'est le nez sur des dossiers ou bien à bord de ma voiture en train de filer quelqu'un. Ou bien de le torturer jusqu'à le faire crever...

En zappant les chaînes à la télévision, je tombe soudainement sur la photo en gros plan d'Angela. Trop absorbé par le sourire rayonnant qu'elle arbore sur le portrait, je n'écoute pas les paroles du journaliste. Habillée de l'uniforme de cérémonie de la Police de New York ; elle respire la fierté. Au moment où mes yeux tombent sur le titre en gras, mon cœur se sert dans ma poitrine. Elle est recherchée pour meurtre et annoncée comme en cavale.

L'évidence me saute aux yeux : j'ai détruit sa vie. Le bruit de pas sur le parquet du couloir résonne en moi comme un électrochoc. S'il y a une chose qui est certaine, c'est qu'elle ne doit pas savoir qu'elle est recherchée dans tout le pays. La télécommande en main, je m'empresse d'éteindre le poste. Légèrement boudeuse, elle ne m'adresse pas un seul mot et se contente de croiser les bras sur sa poitrine en signe de protestation.

Protestation qui ne dure pas longtemps au vu de son incapacité à garder le silence plus de dix minutes.

— Vous avez d'autres tâches à confier à votre esclave ? Ou suis-je tranquille pour aujourd'hui, niveau ménage ? souffle-t-elle en me défiant de son regard brûlant qui a le don d'échauffer le sang dans mes veines.

Le style légèrement négligé qu'elle a ne colle que trop parfaitement à son caractère. Il n'enlève rien à l'attraction invisible qu'elle crée autour d'elle, sans même s'en rendre compte. Elle n'a pas retiré le t-shirt qu'elle m'a volé cette nuit. Et sincèrement, ce n'est pas pour déplaire à mon égo qui jalouse le contact privilégié qu'a le tissu avec sa peau.

— Vous ferez attention, Monsieur le grand méchant loup, y a un peu de bave qui perle au coin de vos lèvres, vient-elle murmurer contre mon oreille en s'approchant davantage de moi sur le canapé.

Il me suffirait d'un geste pour la tirer jusqu'à moi et la faire basculer sur mes genoux. Brisant par la même occasion le peu de distance qu'il reste entre-nous alors que le temps est comme figé dans le salon. Le piquant de ses lèvres me donne envie de jouer avec elles, jusqu'à ce qu'elles soient aussi douces que la plus sucrée des douceurs. Doutant légèrement de ma capacité à briser totalement son tempérament de furie sulfureuse. Son souffle vient s'écraser contre le mien, m'obligeant à serrer les poings pour me retenir de capturer ses lèvres sur le champ. A-t-elle conscience du jeu dangereux auquel elle tente de jouer ? J'en doute fortement, sinon elle ne plongerait pas ses billes émeraude dans les miennes, comme elle le fait actuellement.

— On ne t'a jamais appris à baisser les yeux devant ceux qui te sont supérieurs, jeune fille ?

— Le seul moment où je baisse les yeux devant un homme, c'est parce qu'il est à quatre pattes devant moi, laisse-t-elle glisser sur ses lèvres avant de les mordre comme pour retenir le sous-entendu épineux qu'elle y a mis.

Ne me retenant plus, je l'attrape par la taille et la bascule à califourchon sur moi. Perdant légèrement de sa superbe, elle détourne le regard, gênée. Ce qui n'accentue que davantage mon appétit et mon envie de la briser un peu. *Juste un peu.*

— Ce n'était pas une proposition ? la questionné-je innocemment en massant ses cuisses de mes mains.

Insistant un peu plus sur la pression de mes doigts alors que je remonte sur son aine avant de laisser glisser mes mains sur ses fesses pour la serrer davantage contre-moi. Prise entre les filets de son bourreau, elle semble presque sur le point de déclarer forfait. Pourtant, pour une raison que j'ignore, elle n'en fait rien. En me fixant de nouveau de ses grands yeux, elle torture sa lèvre inférieure à coups de dent.

— Je croyais que ce n'était pas votre truc de toucher des femmes non consentantes, tente-t-elle de dire d'une voix qui se veux assurée et lasse.

Ignorant à moitié ses dires, je laisse mes mains remonter légèrement sous son t-shirt alors qu'une fois de plus ; sa peau se couvre d'une chair de poule. Je la sens trembler sous mon toucher à mesure que mes doigts grimpent sur son corps. M'arrêtant à la naissance de sa poitrine, mes pouces tracent de légers cercles sous le galbe de ses seins. Il ne faut que quelques secondes pour que leurs pointes ne se dessinent à travers le tissu, me donnant envie d'y planter les crocs pour l'entendre gémir. Devant son mutisme soudain, tandis qu'elle mordille durement la pulpe de ses lèvres, je ne peux m'empêcher de me demander le goût sucré qu'elle peut bien avoir. L'une de mes mains quitte ses côtes pour venir s'accrocher à ses cheveux. D'une poigne ferme, mais délicate, je la serre contre moi.

— On ne peut pas dire que je vous retiens contre votre gré, partez si vous le voulez, susurré-je contre son cou en y laissant traîner mon souffle chaud.

Mon jeans est de plus en plus serré à mesure que ses halètements parviennent jusqu'à moi. Le parfum frais de sa peau me donne envie de la dévorer et, en perdant légèrement la raison, je laisse ma langue glisser contre ses clavicules. Lui arrachant un gémissement presque inaudible qui résonne à travers chacun de mes muscles. Avec une force surhumaine, je romps le contact avec elle et l'éloigne de moi. Conscient qu'un seul gémissement supplémentaire suffirait pour que je la baise à même le sol de ce salon.

Sous son regard embrumé, je quitte la pièce et pars jusqu'à ma salle de sport. Désireux d'extérioriser toute cette frustration.

CHAPITRE . 13

— Encore une fois.

Couverte de sueur, j'halète bruyamment, les mains en appuient sur les genoux. Mon regard se plante dans celui de James alors que celui-ci n'a pas fait le moindre effort depuis le début de notre entraînement. S'il y a quelques jours, il pensait uniquement à ma convalescence — son masque d'entraîneur lui a fait perdre toute pitié pour mon état physique. Alors qu'il répète une nouvelle fois son ordre, je fixe la barre de traction au-dessus de ma tête.

— Je peux savoir en quoi cet exercice est censé m'entraîner au combat au corps à corps ? Pesté-je les bras en feu.

— Et vous venez de gagner le droit d'en faire vingt de plus, rétorque-t-il sans même me répondre.

— Je vous déteste.

— Disons quarante dans ce cas.

Intérieurement, je peste. Contre cet homme, mais également contre moi-même d'avoir eu l'idée insensée de lui demander son aide. Et parce que je refuse de me montrer une nouvelle fois faible, je puise dans mes dernières forces pour m'accrocher à cette fichue barre.

Au bout de la douzième, je lâche et me rétame sur mes fesses.

Avant même qu'il n'ouvre la bouche pour me sortir

une quelconque pique désagréable, je le devance.

— Ouais, ouais, je sais. Je suis pathétique et la police de New York ne perd rien en se débarrassant de moi ! Tonné-je énervée et exténuée.

À bout de force, je me laisse glisser entièrement sur le sol. Et alors que le froid du parquet soulage légèrement la brûlure qui inonde tous mes muscles, l'ombre de l'homme vient se prostrer au-dessus de moi. Il s'abaisse à ma hauteur et me tend une bouteille d'eau, je mets plusieurs secondes avant de l'attraper pour en boire une gorgée.

— Assez pour aujourd'hui.

— Vous ne m'avez même pas montré une seule technique de combat que vous utilisez.

— Vous n'êtes pas en état pour continuer, souffle-t-il en me tendant la main pour m'aider à me relever.

D'un geste exaspéré, je balaie sa main de mon champ de vision et me relève seule, péniblement. Sans reposer mes yeux sur lui à un seul moment, je me hisse sur la barre de traction jusqu'à m'en arracher un grognement de rage. Il m'est impossible d'abandonner tant que je n'aurais pas fait ces vingt tractions. J'omets sciemment les quarante, qui n'ont pour but que de m'enrager un peu plus. Paraître faible devant ce criminel m'est insupportable, et même si je doute que ces exercices aient une réelle utilité, je veux aller au bout. Coûte que coûte.

— Ça suffit, j'ai dit, tonne la voix du criminel qui s'est dangereusement approché de moi.

Juste une de plus.

Juste une.

Au bout de la vingtième, j'autorise enfin à mon corps de trembler à cause de l'effort. J'atterris durement sur mes pieds alors que je lâche la barre tandis que le sang dans mes mains pulse à tout rompre. Difficilement, je retiens le rythme de mes poumons qui tentent de s'alimenter correctement. Un incendie consume chaque centimètre de mon corps, mais la seule chose que je ressens c'est la fierté qui découle du regard de James sur moi. Et même si je meurs d'envie de sourire face à un petit bout de triomphe, je me contente d'attraper la bouteille d'eau qu'il tient entre ses mains et de partir en direction de l'escalier.

Le jet d'eau froide me fait littéralement claquer des dents. Je ne saurais dire depuis combien de temps je suis assise dans la douche alors que les gouttes glacées me tombent sur le haut du crâne, mais je n'arrive plus à bouger.

Nul doute que James ferait un excellent professeur de sport, — dans le genre tyrannique et dominateur qui ne s'arrête qu'une fois que ses recrues sont à terre. À côté de lui, les entraîneurs de l'académie de police font pâle figure. Ce sont de véritable enfant de chœur.

Plusieurs tapements sur la porte me sortent de mes réflexions. Je relève la tête vers le verrou que j'ai oublié de mettre, mais suis rassurée alors que James se retient d'entrer.

— Tout va bien ?

— Oui, je vais redescendre. Je ne suis pas en train de tenter de m'enfuir par le siphon de votre salle de bain, si c'est ce qui vous inquiète ! Rétorqué-je, passablement irritée, comme trop souvent en ce moment.

De l'autre côté de la porte, je l'entends se retenir de rigoler. Ce qui ne fait qu'accentuer mon mécontentement. Je tends la main vers le mitigeur et finis par éteindre le robinet. Sans prendre la peine de ne rien déranger, je tire l'une des serviettes de sous levier et l'enroule autour de ma taille.

Sceptique, j'examine le contenu du sac rempli de vêtements que la femme de Dave a donné au criminel pour moi. Les sous-vêtements posés sur le lit, j'essaie de trouver le plus simple parmi la pile. Combien de temps pense-t-il que l'homme va me retenir ? Il y a de quoi tenir des années là-dedans ! J'attrape un short de pyjama qui traîne sur le haut de la pile et un débardeur qui est le seul vêtement à peu près portable. Je ne sais pas quel type de boutique tient cette femme, mais on est loin des tenues de ville confortable.

Au bout d'une dizaine de minutes, j'arrive dans le salon où je me laisse glisser sur le canapé à côté de James. Comme à son habitude, celui-ci a les yeux fixés sur l'écran de son portable posé sur ses genoux. J'ai bien pensé à l'idée de lui voler pendant la nuit pour fouiller les dossiers qu'il contient, — mais je n'ai aucune idée du mot de passe. Et il se fait assez prudent pour ne pas le déverrouiller devant moi. Pour un malfrat, on ne peut pas lui retirer le fait d'être intelligent. Lorsque j'ai l'impression d'avoir une mesure d'avance, il en a déjà une dizaine. Alors pas étonnant qu'il se moque de moi du haut de son piédestal.

Distraitement, j'observe ses mains jouer sur le clavier. Chaque tintement des touches qui s'enfoncent résonne dans ma tête comme une mélodie presque sereine. Dehors, le vent souffle bruyamment, accompagnant cette musique qui me ferait presque penser à un chant de Noël. Moins festif, moins frivole.

Plus vivant, plus intime.

— Vous travaillez sur quoi ?

— Sur des choses qui ne sont pas pour les enfants, me répond-il sans même quitter l'écran des yeux.

— Allez, sérieusement. Vous ne pouvez pas me laisser sans rien faire à longueur de journée ! Ce n'est pas comme si j'étais une quelconque menace pour vous, tenté-je de défendre ma cause.

— Vous êtes loin d'être inoffensive.

Cette fois, il lève ses billes céruléennes vers moi. Jaugeant certainement ma réaction après m'avoir si souvent répété que je n'étais qu'un petit moucheron.

— Est-ce un compliment voilé que le grand Candyman vient de me faire ? Je peux mourir en paix, mon Dieu ! C'est bon, vous pouvez me tuer, je n'ai plus rien d'important à accomplir dans ma vie.

Théâtralement, je me laisse tomber la main sur le cœur contre le dossier du canapé. Ma petite scène doit l'amuser, car il éteint finalement l'ordinateur pour se tourner vers moi. Non pas que j'ai besoin de son attention, mais rester pendant des heures à ne rien faire à côté de quelqu'un qui travaille ; ce n'est clairement pas la meilleure des occupations. Et même s'il est plutôt pas mal à regarder, je ne suis pas du genre à mater les hommes tout au long de la journée. Ça, c'était plutôt l'activité préférée de Cindy.

— Il y a des jours où je me demande comment on a pu vous accepter à la police de New York, me confie-t-il en s'appuyant sur sa main.

— Le manque de personnel ça aide beaucoup pour les recrutements.

Un léger rire étouffé s'échappe d'entre ses lippes. Cette façon si subtile qu'il a de laisser les barrières, qui forgent son caractère, s'effriter de temps à autre est plaisante. Voir même rassurante sur les points sombres de sa personnalité beaucoup trop compliquée à déchiffrer.

— Vous devriez rire plus souvent et moins tirer la tronche. Ça vous rend plus agréable, ne puis-je m'empêcher de lâcher après avoir parfaitement détaillé les traits de son visage, une fois de plus.

— Mais vous oubliez que je ne suis pas là pour paraître sympathique, petit otage.

Furtivement, sa main vient s'emparer d'une mèche de mes cheveux encore humide. Machinalement, il joue avec entre ses doigts. Tandis que quelques goûtes s'échappent pour venir tracer de légers sillons sur sa peau. La petite voix dans ma tête peine à se faire entendre alors que l'envie de les suivre du bout des doigts est tentante. Ce n'est que des cheveux. Ce n'est qu'un geste sans importance, sans intimité. Et plus important que tout ; ce n'est qu'un criminel.

Alors pourquoi est-ce qu'il me met dans des états aus-

si seconds et profonds…

— Je vois que vous avez trouvé de quoi vous habiller autre que mes vêtements, continu James en laissant ses yeux traîner sur le haut de mes épaules, le galbe de mes seins moulé dans ce haut trop serré. Pour finalement revenir sur mon visage après avoir parfaitement inspecté la chair de poule naissante sur mes cuisses dénudées.

— Je dois vous avouer, j'ai dû prendre sur moi pour ne pas vous voler un autre training après avoir vu ce qu'il y avait dans le sac, essayé-je d'articuler alors qu'une boule invisible se coince dans ma trachée.

— Je vous préfère avec mes vêtements, laisse-t-il glisser si bas sur ses lèvres, que j'ai peur d'avoir mal compris.

Face à James, je me retrouve comme hypnotisé. Il est de ceux qui n'ont pas besoin de parler pour se faire comprendre. Et la façon qu'il a de me dévorer des yeux aussi ouvertement devrait me mettre mal à l'aise — pourtant il n'arrive qu'à enflammer tout mon corps. Alors lorsqu'il laisse glisser ses doigts sur le haut de ma cuisse, je suis à deux doigts d'exploser.

C'est un criminel, bordel ! Hurle ma conscience alors que je me retiens de passer ma propre main dans les mèches foncées de l'homme.

Une fois de plus, j'ai l'impression de me faire tirer d'affaire par l'univers. Son portable sonne à côté de nous, nous rappelant à la réalité. Le remettant, lui, à sa position de meurtrier. Et, moi, à celle d'otage en route pour le syndrome de Stockholm. Il faut que je me reprenne. Et rapidement.

Tout en s'éloignant, James décroche à son interlocuteur sans perdre de son mordant, sans doute énervé d'avoir été dérangé.

Cela fait plus de trois heures que l'homme est parti.

Et même s'il y a quelques jours, j'aurais sans aucun doute profité de cette absence pour m'enfuir. Désormais, j'ai bien compris que c'était peine perdue. Cette maison est une véritable forteresse de l'intérieur.

Allongée dans le canapé avec la couverture que j'ai traînée depuis l'un des placards jusqu'ici, j'inspecte l'horloge au-dessus de la télévision. Loin de moi l'idée de me demander quand va-t-il rentrer, mais l'ennui commence à se faire ressentir ; seule ici. Pour quelqu'un qui devait vite revenir, c'est mal parti.

Accompagnée uniquement du bruit de l'écran, je fais défiler les chaînes sur celui-ci. J'ai l'impression qu'elles se sont toutes donné le mot pour diffuser des films de Noël soporifique. Et en tout point similaire. Est-ce que les femmes se rendent seulement compte que le prince charmant n'existe pas ?

Une nouvelle fois, je change de chaîne et tombe sur la page des infos. Rien d'impressionnant ne semble bousculer New York en ce moment, ce qui n'est pas forcément plus mal. Je n'imagine pas la charge de travail qu'ont les collègues au poste. Et l'inquiétude qu'ils doivent avoir de ne pas me retrouver...

Brusquement, je me relève alors que ma photo apparaît à gauche du présentateur. Un instant, j'ai du mal à saisir ce qu'il déblatère alors que le titre en grand défilant sous ma photo, me broie la gorge.

« Un agent de police recherché pour le meurtre de West Cindy, Lieutenante de police »

Alors que l'homme parle de trahisons et de conspirations, j'éteins rapidement l'écran. Incapable d'en apprendre plus. Comment est-ce possible ? J'étais persuadée qu'au fond, ils étaient à ma recherche. Dans le but de me tirer d'affaire et me ramener à la maison. Pas pour m'accuser du meurtre de Cindy et de me considérer comme un ripou. Pas après toutes ces années que je leur aie donné, sans jamais faire la moindre écartâtes si ce n'est celle que la blonde me faisait subir. Ce n'est pas possible, non.

Ce n'est pas possible.

C'est impossible…

Quelque chose se brise au fond de ma poitrine. Pourquoi ai-je si mal ? Pourquoi a-t-il fallu que toute cette histoire tombe sur moi ? Pourquoi est-ce que je suis ici avec un putain de criminel ? Pourquoi est-ce que ma vie s'est-elle autant dégradée en l'espace d'à peine deux semaines ?! À bout de nerf, j'explose en larme alors qu'un cri de rage s'exfiltre du tréfonds de mon cœur brisé en mille morceaux. Pour la première fois, je comprends l'expression de voir rouge. Tout autour de moi me semble broyer par des flammes avant de se faire couvrir d'une épaisse masse tangente.

La dernière chose dont je me rends encore réellement compte ce soir, ce sont des vases éclatés en mille morceaux autour de moi.

CANDYMAN
CHAPITRE . 14

Il est un peu plus de dix-neuf heures quand j'arrive enfin à la maison. Dave a insisté pour que je passe à son bureau et même si j'étais tenté d'y aller avec Angela, je redoutais de la faire venir au centre de New York. Cette fille est trop imprévisible, trop impulsive. Et plus que tout, il faut que j'arrête d'être aussi échauffé chaque fois qu'elle est à moins d'un mètre de moi.

Mon meilleur pote a raison, j'aurais mieux fait de lui mettre une balle dans la tête le jour où j'ai tué sa collègue. Je n'aurais pas eu l'idée stupide de la kidnapper. Ni de l'enfermer avec moi pour la garder égoïstement loin du monde extérieur. À chaque fois que je la vois froncer des sourcils, ou bien que sa frimousse se renfrogne, ça me fait perdre la tête. Si ce con ne m'avait pas téléphoné tout à l'heure, j'aurais probablement fini par la déshabiller sur ce canapé. Pour la caresser jusqu'à ce qu'elle ronronne de plaisir contre moi en me suppliant de ne pas m'arrêter.

Nerveusement, je tire les mèches sur ma tête pour faire sortir les images indécentes de la brunette qui se jouent toutes seules.

Mes pas m'arrêtent net en arrivant dans le salon alors qu'un désordre sans nom y règne. Les coussins du canapé sont éparpillés sur le sol, alors que la table basse est retournée ainsi que tout ce qui reposait dessus. Du bout des doigts, j'actionne l'interrupteur qui enclenche les lumières du rez-de-chaussée. Même si c'est impossible, la sensation désagréable que quelqu'un s'est infiltrée à l'intérieur me prend. J'attrape mon arme à l'arrière de mon jeans et avance doucement à travers le couloir. Le reste de la maison semble avoir totalement épargné par la tornade qui est passée ici. Lorsque j'arrive dans la cuisine, j'expire de soulagement.

Du moins presque.

L'arme posée sur le marbre de l'îlot, j'attrape l'un des verres à moitié vides. L'odeur forte du tamarin mélangé aux notes complexes de fumées du rhum vient me piquer le nez. Un coup d'œil vers la vitrine accrochée au mur où les alcools sont rangés me suffit pour comprendre qui est responsable de tout ce carnage. Et la raison pour laquelle elle a agi ainsi me semble bien trop limpide.

Angela, bordel...

Sans prendre le temps de ranger, je me précipite à l'étage et monte les marches quatre à quatre. La lumière qui se reflète dans le couloir me mène à la chambre entrouverte. En remontant le couloir, je ramasse les vêtements abandonnés au sol. Tentant de faire abstraction des taches d'alcool renversé sur le parquet. En arrivant dans la pièce, la porte de la salle de bain et grande ouverte alors que celle-ci est légèrement éclairée uniquement par l'applique murale de la chambre. Doucement, comme si j'avais peur d'effrayer un animal sauvage, je me rapproche de la baignoire.

Partiellement immergée sous l'eau et recouverte d'une mousse trop volumineuse, je n'ai même pas l'impression que la brunette m'a entendu approcher. C'est seulement lorsque je fais un pas de plus pour tenter de lui retirer le verre qu'elle tient dans sa main qui pend sur le rebord de la baignoire qu'elle se décide à réagir.

— Tu sais c'est quoi le plus douloureux dans tout ça ? me questionne-t-elle les yeux perdus dans le vide.

Le ton de sa voix me donne l'impression qu'elle s'adresse plus à elle-même qu'à n'importe qui d'autre.

Nonchalamment, elle porte le verre à ses lèvres avant de reprendre une gorgée du liquide ambré. Difficilement, j'essaie de ne pas me jeter sur elle pour la sortir de la et la serrer dans mes bras.

— Depuis que je suis sortie de l'école de police, je n'ai pas cessé à un seul instant, souffle-t-elle à voix basse. Tout mon temps libre, j'étais prête à leur offrir dans l'unique but de donner un sens à ma vie. J'étais persuadé qu'il suffisait de suivre les ordres, de ne jamais tenir tête à mes supérieurs pour n'avoir qu'un peu de considération de leur part. De toute ma carrière, je n'ai jamais commis aucun impair, je n'ai reçu aucun blâme. J'ai tout sacrifié. Ma famille, mes amis... Et même cet idiot qui voulait faire de moi sa femme. (Un rire s'échappe d'entre ses lèvres) Quel genre de monstre voudrait de quelqu'un qui ne prie que par son travail au détriment de tout le reste ?

Un sanglot lui broie la gorge alors qu'elle lève la tête vers le plafond. Immobilisé sur place, je n'arrive pas à esquiver le moindre mouvement vers elle. La culpabilité m'empoisonne les veines, consciente que je suis responsable de son état.

— J'ai fait tout ça pour ça... La seule chose que j'ai toujours désirée, c'était de venir en aide aux gens. Qu'ils aient quelqu'un sur qui compter pour les aider. En qui ils auraient confiance. Et qu'est-ce que cette magnifique carrière m'a offerte au bout du compte ? Soit une vie de cavale, soit une vie enfermée derrière les barreaux pour des crimes que je n'ai même pas commis. Qu'est-ce que j'ai pu être conne de penser qu'ils se mettaient en quatre pour venir me sauver d'une prise d'otage qui n'en est même pas une, finit-elle avant de rigoler froidement en finissant d'une traite son verre pour finalement le jeter par terre.

Dans un tintement qui vient briser le calme de la soirée, le verre éclate en morceaux au contact du carrelage. Et alors que la brunette se lève dans la baignoire pour en sortir, se moquant royalement de sa nudité, — je traverse la distance qui nous sépare pour l'empêcher de poser les pieds sur les morceaux tranchants. D'un mouvement rapide, je passe le bras sous ses jambes alors qu'elle referme les siens autour de ma nuque.

— J'aurais préféré que Candyman me tue à sa place, ce jour-là, avoue-t-elle à mi-voix en plongeant ses billes vertes dans les miennes.

— Je sais, Trésor.

Difficilement, je tente d'ignorer les soubresauts qui la secouent alors que je la porte jusqu'à la chambre. À peine posée sur le lit, je détourne les yeux pour me retenir d'analyser chaque détail sublime de sa peau.

Trempée, la forme de son corps s'imprègne sur la housse de la couette. Sans perdre plus de temps, je fais demi-tour, attrape plusieurs serviettes et reviens vers le elle. Assise à genoux sur le matelas, ses mèches brunes retombent en cascade sur le haut de sa poitrine. L'alcool qu'elle a ingurgité toute la soirée a peint ses traits de teintes rosâtres tandis que ses yeux brillent d'un éclat de tristesse déchirant. Inconsciemment, j'implore mon propre corps de ne pas réagir à ce qui se trouve sous ses épaules et me refuse même à ne serait-ce que l'observer. Elle n'a pas idée de ce qu'elle fait ce soir et je n'ai pas envie qu'elle passe les prochains jours à se flageller.

Sans même la regarder, j'enroule l'une des serviettes autour de ses épaules avant de m'emparer d'une deuxième. Délicatement, j'éponge ses cheveux en les serrant un peu plus fort dans le tissu pour les sécher. Ses paroles résonnent dans ma tête alors qu'elle est devenue complètement silencieuse. Un temps seulement. Lorsque j'ai fini et que je tente de m'éloigner, sa main se referme sur mon haut sur lequel elle tire plus farouchement.

Redressée, elle se positionne à ma hauteur tandis qu'elle me tire tout contre le bord du lit. Son souffle alcoolisé vient se mélanger au mien alors qu'elle laisse ses mains venir traîner sous mon t-shirt. L'humidité de ses paumes est complètement muée sous la chaleur brûlante qui s'échappe de sa peau. À mesure que sa fièvre me contamine, ses caresses se font plus enflammer. L'électrochoc survient lorsqu'elle tente de descendre la tirette de mon jeans. Instinctivement, ma poigne se referme sur ses avant-bras.

— Angela arrête ça, tu es complètement saoule.

Elle se libère de ma prise trop tremblante en enroulant ses bras autour de ma nuque. Son visage à quelques centimètres du mien, la pulpe de ses lèvres me semble encore plus délicieuse qu'à l'accoutumée. Sa poitrine tout contre mon torse, j'ai l'impression de sentir les battements de son cœur venir cogner contre mon propre torse.

Se rend-elle seulement compte de l'état dans lequel elle me met ?

— Pourquoi le terrifiant Candyman n'essaie-t-il jamais de profiter de son pauvre petit otage, vient-elle susurrer au creux de mon oreille avant de venir y faire glisser le bout arrondi de sa langue.

— Ne m'appelle pas comme ça, Angela, tonné-je malgré moi en resserrant mes mains autour de ses épaules avant de la plaquer contre le matelas.

Malgré le choc, elle ne quitte pas son sourire sournois et ravageur. Ce qui ne fait qu'augmenter la pression qui naît dans mon jeans. La tête enfouie dans sa nuque, les yeux fermés, j'essaie de faire abstraction de son regard brûlant, de ses mains qui refusent de quitter ma peau, ou encore de son corps qui se trémousse sous le mien. Dans un grognement je lui ordonne d'arrêter son putain de jeu puéril, lui arrachant un rire qui ressemble davantage à un miaulement débordant de perversion qu'a autre chose.

— James... vient-elle souffler à mon oreille pour attirer mon attention.

Je n'ai pas le temps de tourner entièrement la tête, qu'elle vient attraper l'une de mes lèvres entre ses dents tout en venant une fois de plus refermer ses bras dans mon dos. M'emprisonnant contre elle. Il me suffirait de tirer un peu pour me libérer de sa prise pantelante. Cette fille n'a aucune force, c'est indéniable. Et si je n'avais pas autant envie de goûter ses putains de lèvre depuis des jours, je ne serais sans doute pas en train de lutter pour résister à son baiser.

Un gémissement étouffé s'écrase contre mon souffle. De nouveau maître de la situation, j'instaure une distance raisonnable entre nous. Du moins, aussi raisonnable qu'il m'est possible de faire.

— Arrête ça, Angela.

— Je ne te donne pas envie ? finit-elle par me demander une moue frustrée sur les traits.

Un rire rauque et presque sauvage s'échappe de ma trachée.

— Crois-moi, tu ne te le pardonnerais jamais si je ne t'arrête pas là maintenant. Et je n'ai pas envie de te voir te maudire pour le restant de tes jours d'avoir couché avec le meurtrier de ta meilleure amie, finis-je de dire durement pour la ramener à la réalité alors même que je n'en ai aucune envie.

Cette dernière phrase semble l'impacter plus que je ne le veux. Alors que ses bras viennent se refermer sur sa poitrine, la culpabilité recouvre son visage. Lui laissant un peu d'espace pour reprendre ses idées, je m'éloigne pour attraper un training dans mon armoire. En silence, je lui enfile alors qu'elle semble incapable de faire le moindre mouvement. Si l'alcool n'a pas totalement disparu de son organisme, elle n'y est plus totalement assujettie. Une fois habillée, je la tire contre moi pour la porter avant de la replacer comme il faut dans le lit. Sans même prendre le temps de moi-même me déshabiller, je me dégage uniquement de mes chaussures et m'installe à côté d'elle. Muette et tremblante, je l'enserre entre mes bras, — comme si c'était la chose la plus précieuse de cette maison.

Dans un coin de ma tête, ma conscience ne peut s'empêcher de penser que c'est le cas. Alors quand je l'entends sangloter contre mon torse, quelque chose de lourd vient peser dans ma poitrine.

Une de mes plus vieilles craintes dans la vie ; c'était de m'entourer de personnes avec qui les silences ne sont rien d'autre que des silences. Inconsciemment, je sais que je jalouse ceux qui ont quelqu'un d'autre qu'eux-mêmes de qui se plaindre.

La seule relation que j'ai réellement détruite étant celle que j'entretiens avec moi-même depuis tout ce temps. C'est probablement une des raisons pour laquelle je me suis réfugié dans ce travail immoral. Trop souvent, il me faut user de mes nerfs pour tenter de convaincre les milliers d'araignées qui grouillent sur mon âme, — de redevenir de simples papillons dans le ventre.

Duras expliquait à travers ses vers ; que chacun était indéniablement confronté au grand découragement. Qu'inlassablement, on est à la recherche d'une âme qui nous épargnera le sauvetage de la nôtre. Car c'est ainsi ; on cherche à toucher l'existence dans un autre reflet, la goûter dans une autre bouche ou la sentir contre une autre peau. D'une façon presque toxique, malsaine et véhémente.

Avec elle, j'ai l'impression de l'entendre résonner dans chacun de ses murmures. Ricocher à travers chacun de ses rires, dans chacune de ses impulsions ou même de ses rébellions.

Les bras repliés sous l'oreille, je fixe distraitement la place vide où la brunette dormait cette nuit. La chaleur de son corps est toujours imprégnée dans les draps, — de même que son parfum entêtant. J'échappe un râle de frustration avant de prendre mon courage à deux mains pour me tirer hors du lit.

La sensation des mains d'Angela sur ma peau me brûle alors que j'active le mitigeur de la douche. Les gouttes tombent en cascade sur ma tête et mes épaules. Mes poings se serrent au souvenir de ses canines plantées dans la chair de ma lèvre, de ses gémissements étouffés sous mon poids…

— Putain de merde, expiré-je nerveux en tapant du poing contre la paroi.

En descendant au rez-de-chaussée, le désordre de la soirée a totalement disparu. Hormis l'absence des bibelots qui ont fini en morceaux, il n'y a plus aucun signe de la tornade. Tout est rangé et nettoyé. Silencieusement, je suis les crépitements qui s'exfiltrent de la cuisine. Dos à moi, Angela est concentrée sur la poêle posée sur la gazinière. Une légère odeur caramélisée s'échappe des vapeurs qui embaument l'atmosphère autour d'elle. Lorsque je me racle la gorge pour la prévenir de ma présence, ses épaules se crispent durement. Je prends place de l'autre côté de l'îlot alors qu'elle me tend une assiette garnie de pancakes déformés. Sans attendre, je pique ma fourchette dans l'un des deux et le porte à ma bouche. Ce n'est clairement pas le meilleur que j'aie pu manger, mais ils sont moelleux. Et même si la dose de sucre est trop importante, je les trouve bons.

— Concernant la soirée d'hier, commence-t-elle hésitante tandis que sa voix se brise au bord de ses lèvres.

— Que s'est-il passé hier ? J'étais trop fatigué, je ne me souviens de rien, feins-je exagérément en l'observant par-dessus ma fourchette pleine.

L'un de ses sourcils se lève alors qu'elle ose enfin relever la tête vers moi. Un léger sourire vacillant entre tristesse et reconnaissance se peint sur ses traits épuisés. Et même si j'aimerais la prendre dans mes bras et sentir le sien s'abandonner contre le mien comme hier, — j'éteins ses envies au fond de moi. Pour son bien.

— Mangez, vous allez avoir besoin de force pour l'entraînement d'aujourd'hui. On passe aux choses sérieuses.

— Vous voulez dire que les tractions et les pompes, c'est fini ? me questionne-t-elle requinquée par cette nouvelle.

— Ça dépend si c'est vous ou Dave qui finissez au sol, sifflé-je, amusé par la crispation de ses muscles.

— Dave. ? souffle-t-elle alors que la sonnette retentit à travers les murs.

En parlant du loup, voilà celui que je préfère.

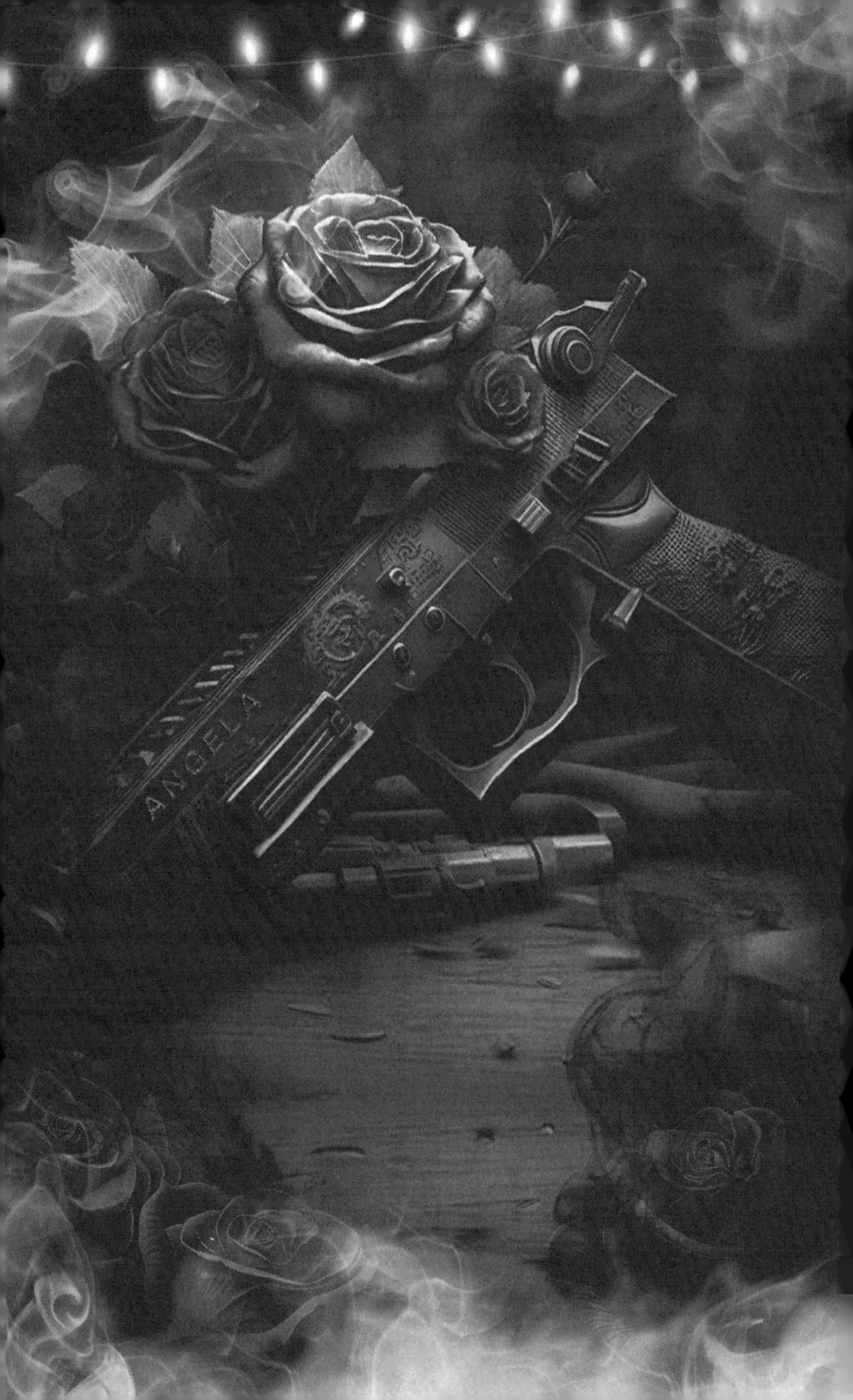
ANGELA

CANDYMAN
CHAPITRE . 15

— Comment va ma patiente préférée ? s'exclame Dave en me suivant dans la cuisine où Angela finit de prendre son déjeuner.

Celle-ci se renfrogne légèrement lorsque mon meilleur ami s'approche un peu trop près d'elle pour la serrer dans ses bras. Malgré la présence de sa femme à côté de moi, je suis celui-ci des deux qui fulmine le plus de son côté trop tactile. La proximité qu'il se permet me met hors de moi.

— C'est bon chéri, on a compris que tu étais content de pouvoir venir ici. Maintenant, lâche-la. Tu vas l'effrayer, s'exclame Camilla en tirant son homme par le col de sa veste.

Chaleureusement, elle se présente à la brunette qui n'a pas l'air plus à l'aise avec elle, qu'avec Dave. Toute cette agitation la dérange, c'est presque écrit en gros au-dessus de sa tête. Et intérieurement, je ne peux que la comprendre. Le couple n'est pas des plus calme et discret. À eux seuls, ils peuvent parfois faire plus de remue-ménage qu'une armée entière.

Alors qu'Angela nous observe en silence, je relève la tête vers elle pour lui dire d'aller se changer et de nous rejoindre dans la salle d'entrainement. Je n'ai pas le temps de finir ma phrase, que Camilla lui prend le bras et l'accompagne à l'étage. D'ici, je l'entends lui poser une dizaine de questions alors que leurs voix se ternissent dans l'escalier. Si elle survit à cette journée, nul doute qu'elle survive a tout.

— Bon, du coup c'est quoi le plan ? Je la tabasse jusqu'à ce qu'elle tombe dans le coma ou qu'elle fasse un épanchement endocrânien ? me questionne-t-il d'une voix beaucoup trop sérieuse.

À peine ai-je les yeux posés sur lui, qu'il lève les mains en signe de paix et recule d'un pas.

— OK OK, je n'ai rien dit ! Je me contente de lui péter son petit cul alors.

— Putain, tu n'en as pas marre de jouer au con parfois?

— Pas besoin de prendre la mouche, je voulais juste dire que j'allais la faire tomber au sol ! finit-il par s'amuser de ma réaction en m'accompagnant dans le couloir. Je te la laisse ta petite lieutenante. Les menottes ce n'est pas trop mon délire.

Sans même prendre le temps de lui répondre, j'ouvre la porte de ma salle d'entraînement et allume la lumière. L'envie de lui coller mon poing dans la figure est de plus en plus tentante. Si je ne le considérais pas comme un membre de ma famille, je serais probablement en train de le rouer de coups pour n'avoir que l'idée de faire du mal à la brunette.

— Alors, vous avez baisé ? m'arrache-t-il une nouvelle fois une montée d'adrénaline boostée par l'énervement.

— Faut que je fasse quoi pour que tu fermes ta gueule, au juste ? Je t'ai fait venir pour qu'elle s'entraîne, pas pour que tu me bassines avec tes questions à la con, tranché-je nerveusement en ignorant le regard suspicieux qu'il me tend.

J'ai un mouvement d'arrêt en finissant ma tirade. Les souvenirs des mains d'Angela sur ma peau me reviennent à l'image de vague violente. Intense et explosif. Le goût sucré de ses lèvres, la chaleur de son souffle... Il me faut un effort monstre pour chasser ces images de ma tête alors que j'ai l'impression que le souvenir de ses gémissements étouffés résonne dans les haut-parleurs de la salle.

— Bordel, j'y crois pas ! C'est ça ! Tu l'as sauté la

petite Lieutenante.

— Non, on n'a pas été jusque… Il ne s'est rien passé, me rattrapé-je rapidement devant le regard pervers et trop curieux que me lance l'homme.

Il ne quitte pas son sourire narquois alors que les deux femmes débarquent dans la pièce. Mutée dans un silence presque religieux, Angela me toise un instant avant de bifurquer ses iris vers Dave. Peut-être a-t-elle capté l'air amusé que celui-ci arbore, mais elle fronce soudainement les sourcils de façon sévère. Mes dents se referment sur la chair de l'intérieur de mes joues pour me retenir de faire le moindre commentaire.

Après l'avoir brièvement briefé sur l'entraînement d'aujourd'hui, je pars m'asseoir sur l'une des chaises contre le mur en compagnie de Camilla. Du bout des doigts, j'attrape la télécommande des enceintes et augmente légèrement le son pour les aider à plonger dans l'exercice.

— Est-ce que tu veux me parler de ce qui se passe entre vous ? M'interroge soudainement Camilla alors que j'observe chacun des coups de la brunette.

— Je ne vois pas de quoi tu me parles, esquivé-je en tentant de me retenir de la dévisager ou de froncer les sourcils

Décidément, elle et son mec sont vraiment pareils. De sacrés gros fouineurs.

— S'il te plait James, ne me prends pas pour plus stupide que je ne le suis. C'en est presque gênant la façon dont vous vous dévorez des yeux mutuellement.

Cette fois, je n'arrive pas à retenir les muscles de mon visage qui viennent se crisper. Comme si elle avait entendu qu'on parle d'elle, Angela se retourne vers nous. Brièvement, mais pourtant suffisamment longtemps pour que Dave la fasse tomber au sol dans un ricanement. Assis sur ma chaise, j'aperçois son énervement venir couvrir sa nuque d'une fine couche de sueur qui fait briller sa peau laiteuse.

— Ma parole, prenez une chambre.

— Arrête de te faire des films Cam, c'est une flic. Et moi un criminel, l'histoire s'arrête la, tranché-je nerveusement en me concentrant sur mon ami qui tend sa main vers la brunette pour l'aider à se relever.

Comme à son habitude, trop têtue, celle-ci la décline et se relève seule. Parce que cette fille est une putain de battante qui n'abandonne jamais et qui refuse de paraître faible.

— Vos métiers ne changent rien au fait qu'elle soit une femme… Et toi un homme, continue-t-elle en me donnant une tape derrière la tête. Il ne tue peut-être pas les gens, mais je te rappelle que Dave n'est pas un enfant de chœur. Et pourtant, je l'ai épousé ce crétin.

— On se demanderait bien pourquoi, marmonné-je plus pour moi-même sans réellement comprendre pourquoi cette conversation me tend plus qu'elle ne devrait.

— Bon, accouche. Je vois bien qu'il y a quelque chose. Tu n'as pas la même tête qu'hier. Il y a forcément quelque chose qui s'est passé.

Un instant, je la regarde. Avant de laisser traîner mes iris à tour de rôle sur les deux femmes de la pièce. Occupée à esquiver les coups que Dave lui envoie, la brunette ne fait pas attention à nous. La moue sérieuse qu'elle affiche m'arrache un léger sourire que je peine à dissimiler.

Qu'est-ce qu'elle a bien pu me faire, bordel.

— Hier soir en rentrant, je l'ai retrouvée complètement saoule dans la baignoire, commencé-je en m'appuyant sur mes avant-bras, pensif.

— Merde, elle a essayé de se suicider ?

— Quoi ?! Non, bien sûr que non ! Elle est tombée sur la chaîne des infos à la télévision et elle a vu l'avis de recherche à son propos pour le meurtre de sa collègue. Au début, elle semblait comme éteinte. Détruite, à juste titre. Et elle a fini par me sauter dessus alors qu'elle ne se rendait même pas compte de ce qu'elle faisait. J'aurais pu en profiter, j'en avais foutrement envie, bordel. Mais ça me dégoûtait rien que de penser au fait de profiter de son état. De sa vulnérabilité.

Un souffle pesant s'échappe de ma cage thoracique.

— Je ne sais pas ce qui me prend. Cette fille, je voulais la tuer au même titre que sa copine. Mais la première fois que je l'ai vu... commencé-je en cherchant des mots qui refusent de venir. Je n'arrive tout simplement pas à me la sortir de la tête. Et l'idée qu'elle puisse souffrir, ça me donne juste envie de tout défoncer sur mon passage.

Un silence plane autour de nous. À tout moment, je m'attends à ce que Camilla me sermonne et me dise que j'ai grave merdé avec cette mission. Comme son homme l'a fait à plus d'une reprise.

— La seule chose que je connais, c'est la mort. Je ne vis que pour ça, la violence et le sang. Et j'aimais ça....

— Mais plus depuis qu'elle est ici, avec toi. Tu n'en ressens plus l'envie, je me trompe ? me questionne-t-elle prudemment.

— La seule chose dont j'ai envie en ce moment, c'est de la voir assise autour de l'îlot de la cuisine. En train de manger son beurre de cacahuète immonde, esquissé-je dans un rire froid en me rendant compte de la loque que je suis devenu ces derniers jours.

— Je trouve ça plutôt rassurant, moi. Me rassure-t-elle en m'offrant un sourire compatissant. Tôt ou tard, c'était prévisible que tu allais tomber sur quelqu'un qui allait briser cette carapace que tu t'es toi-même forgée. (un léger rire s'échappe d'entre ses lèvres) C'est certain que ça n'aide pas que tu l'ai pris en otage et séquestré.

— Et buter sa meilleure amie....

— Et ruiner sa carrière, ajoute-t-elle pour dépeindre un peu plus la longue liste des bourdes que j'ai commises avec la brunette.

Durement, je laisse échapper l'air qui m'emplissait les

poumons. Peu certain par les mots qui s'apprêtent à sortir de ma trachée. Pourtant, le regard cramponné sur les détails des traits de Angela, ils me semblent n'être qu'une évidence de ce qui m'habite.

— Je suis terrifié Camilla. Pour la première fois de ma vie, j'ai peur de faire du mal à quelqu'un. C'est inévitable que je lui en cause tôt ou tard.

— Tu ne peux être sûr de rien, James. Pas même de…

Un grognement de rage nous sort de notre conversation qui devenait étouffante pour ma propre âme. Brusquement, je relève la tête vers le duo et aperçois Angela à califourchon sur Dave. Littéralement en train de lui exploser le visage à coup de poing. Il me faut une fraction de seconde pour me lancer vers eux et attraper la brunette entre mes bras pour les séparer. Hors d'elle, elle se débat en me hurlant de la lâcher. Accroupi à côté de l'homme, Camilla est prise de panique en apercevant le visage de son mari couvert de sang. Mes bras se resserrent un peu plus fort autour de la taille de Angela alors que je lance un regard noir à mon meilleur ami qui nous dévisage.

— Qu'est-ce qui s'est passé ? grogné-je à son encontre tandis qu'il se redresse difficilement.

— C'est une folle, voilà ce qui s'est passé !

— Viens me dire ça en face, pauvre connard ! hurle la furie en se débattant de plus belle pour tenter de fuir ma poigne.

Je glisse l'une de mes mains sous son t-shirt pour caresser doucement le bas de son ventre. Mon geste, qui la prend au dépourvu, la calme légèrement alors que son corps se crispe. Les battements de son cœur résonnent durement sous sa peau, signent qu'elle est énervée plus qu'elle ne l'a jamais été. Au creux de son oreille, je lui souffle de se calmer. Et comme pris d'un électrochoc, elle détourne finalement le regard de l'homme ensanglanté. À peine libéré de ma poigne, qu'elle se recule de nous en rageant silencieusement.

— Tu as trente secondes pour me dire ce qu'il s'est passé, sifflé-je à mon ami.

— Mais bordel, j'ai juste voulu l'a faire réagir un peu là. Je lui ai dit que si elle n'y mettait pas du sien, elle rejoindrait bientôt sa copine ! Qu'est-ce que j'en savais moi qu'elle allait péter un câble comme ça ?!

Lassé, je passe ma main dans mes mèches noires en les tirant légèrement pour conserver mon propre calme. Aucun doute sur le fait que je considère ce mec comme mon frère. Mais bordel, qu'est-ce qu'il peut être complètement con parfois !

La porte claque furieusement derrière nous. À peine tourné, je m'élance au pas de course vers la brune tandis que Camilla engueule son homme qui ne doit pas bien comprendre pourquoi elle ne prend pas son parti.

Arrivé dans le couloir, j'attrape à bout de bras la main d'Angela avant de la tirer. Pendant plusieurs secondes, elle se débat, encore une fois. Plus fort, je la serre contre moi et enfuie ma tête dans le creux de sa nuque.

— C'était une mauvaise idée de le faire venir pour l'entraînement, m'excusé-je malgré moi impacté par son état.

— Je déteste ce débile ! rage-t-elle dans un souffle, laissant enfin son corps se détendre et retrouver son calme. La prochaine fois qu'il ouvrira la bouche pour parler de Cindy, ami ou pas. Je te promets que je le tue !

Sans trop l'éloigner de mon étreinte, je fais un pas en arrière pour pouvoir inspecter son visage. Légèrement fuyante, elle peine à me regarder dans les yeux. Délicatement, ma main vient relever son menton à ma hauteur. Ses longs cils viennent battre la mesure de son palpitant enfuie dans sa poitrine. Un moment effréné, un moment si lentement qu'il pourrait presque s'arrêter.

— Tu es belle quand tu es énervée, soufflé-je faiblement. Trop faiblement que pour me rendre moi-même compte de ce que je viens de dire.

La peau de ses joues prend une teinte plus rosée alors que ses sourcils se froncent très légèrement. J'ai presque l'impression d'être en plein rêve lorsque ses pupilles dévient sur la pulpe de mes lèvres. D'un coup de dent, elle mordille les siennes. Me donnant purement et simplement envie de la remplacer et d'être celui qui vient les torturer.

— Prenez une chambre, bordel ! Il y a des yeux innocents ici ! tonne la voix de mon meilleur ami plus loin dans le couloir.

Comme brûlée à vif, elle recule in-extrémiste de moi en replaçant ses mèches libres derrière son oreille. Quant à moi, je me contente de fusiller l'homme du regard en lui intimant silencieusement de se taire. Pour la deuxième fois, il m'empêche d'avoir ce que je convoite. Et je ne promets pas de son état s'il réitère une troisième fois cette bourde.

Comme pour calmer et apaiser l'atmosphère tendue dans le couloir, Camilla s'avance légèrement en avant en proposant l'idée de manger ensemble ce soir. Et même si l'idée d'un tête-à-tête avec Angela me plaît davantage, je me retiens de décliner devant le clin d'œil de la femme qu'elle me coule discrètement.

— Angela, que dirais-tu de laisser ces messieurs ensemble et de venir avec moi en cuisine ? questionne-t-elle la petite furie aussi silencieuse qu'une carpe qui donne l'impression d'avoir envie de s'enfermer n'importe où ailleurs qu'ici. Ça nous donnera l'occasion de discuter entre filles, finit-elle plus guillerette.

La brunette relève légèrement la tête alors que la femme de mon meilleur ami me dépasse pour l'attraper par le bras et la tirer vers la cuisine. Non sans m'arracher une moue perplexe alors que j'inspecte leur bras accroché. Pourquoi est-ce que je me sens aussi possessif ? Bordel.

— Ça va mec, elle ne va pas te la piquer ta petite policière.

— Mec fais moi plaisir, l'interpellé-je d'une voix

qui ferait fuir même la faucheuse. La prochaine fois que je t'inviterai à venir, rappelle-moi que ce sera pour te coller une balle entre les deux yeux.

En signe de paix et certainement, car il n'a pas envie d'être confronté à ce côté de ma personnalité à laquelle il a échappé toutes ses années, il lève les mains au ciel. Enfin décidé à lâcher l'affaire, je lui demande de me suivre jusqu'à mon bureau.

Malgré l'entraînement prévu pour Angela, il y a autre chose que je voulais voir avec lui rapidement. Sans pour autant que notre conversation ne soit entendue par des oreilles indiscrètes, j'attends qu'il rentre dans la pièce pour la verrouiller derrière nous. En silence, je m'approche de la bibliothèque pour prendre la clé de tiroir où tous mes dossiers sensibles sont soigneusement rangés. En fouillant dans la pile, j'attrape finalement celui qui m'intéresse avant de lui tendre. Il l'attrape sans même me demander de quoi il s'agit. Et alors qu'il le consulte, il relève soudainement les yeux vers moi.

— Dis-moi que tu ne veux pas faire ce que je crois…

— Tu sais que je ne te demanderais pas de m'aider si j'avais une autre solution. Il m'est impossible de me procurer moi-même ces informations sans éveiller les soupçons, expliqué-je plus sérieusement à l'homme qui semble analyser chacune de mes intonations pour déceler le moindre indice qui lui feraient croire à une mauvaise blague.

— James. Tu es au courant que tu as de grandes chances de finir en prison avec tout ça ? Je veux dire, si tu ne finis pas crucifié sur la façade du siège de la Outfit !

Pour être conscient, j'en suis conscient. Depuis des jours, je pèse le pour et le contre. Pourtant, dès que son visage apparaît, que ce soit au saut du lit, dans l'embrasure d'une porte ou bien trempée de sueur après s'être entraîné… Je suis également conscient que c'est la seule chose que je peux encore faire pour elle.

— Elle est au courant de ce que tu prépares ? finit-il par me demander sans doute convaincu par le fait que mon choix est fait et qu'il ne peut rien faire pour me faire changer d'avis.

— Non et elle n'en saura rien avant que tout soi en place.

— Et donc ça va être ça le plan ? Jouer le preux chevalier pour un putain de flic qui n'hésiterait probablement pas à te trahir à la première occasion ?! s'énerve-t-il en haussant légèrement la voix avant de faire les cent pas dans la pièce.

Face à son attitude, je me contente de rester silencieux. Même si je comprends sa réaction, je ne peux m'empêcher de penser qu'il m'aidera au bout du compte. Car c'est ainsi entre lui et moi. Peu importe qu'on apprécie ou non les choix de l'autre, on se suit coûte que coûte. Car c'est ainsi que fonctionnent les amis. Les frères.

— Est-ce que tu vas finir par m'expliquer pourquoi tu fais tout ça pour cette nana ? Quoi c'est parce qu'elle à une paire de seins d'enfer ? Car si c'est ça, je veux la voir histoire de comprendre ce qui retourne autant la tête de mon putain de meilleur ami !

Les bras croisés sur mon torse, je laisse l'air venir gonfler mes poumons en espérant détendre les muscles tendus de ma nuque. La façon dont il parle d'elle m'irrite plus que de raison.

— C'est elle, me contenté-je de trancher pour répondre à la question muette qu'il n'a pas osé me poser malgré sa tirade interrogative.

Ses épaules se relâchent alors que les traits de son visage se crispent un peu plus. L'atmosphère autour de nous est électrique, lourde. Et alors que j'ai l'impression qu'il pourrait m'envoyer chier pour la première fois depuis toutes ces années. Ses poings se serrent jusqu'à en faire blanchir ses phalanges alors que sa voix vient ricocher entre les murs.

— Très bien. Tu peux compter sur moi.

CHAPITRE . 16

L'ambiance dans la cuisine n'a jamais été aussi tendue depuis que je suis arrivée ici. Et pourtant, Dieu seul sait à quel point James arrive à faire en sorte d'ôter tout l'oxygène présent dans une pièce. Rien qu'à l'aide de sa simple présence. Ou encore de son regard glacial avec lequel il se complaît à analyser le tréfonds des pensées de mon âme à chaque fois que je suis la tête dans la lune.

Face à moi, la femme de Dave ouvre les différents placards au-dessus du plan de travail. Elle semble connaître l'emplacement de chaque ustensile ou condiment qu'elle cherche et ce point me perturbe plus que de raison. Me dérange et me démanche.

— Je tenais à m'excuser pour le comportement de Dave, fait-elle chanter sa voix trop mélodieuse pour mes oreilles. Il ne se rend pas toujours compte des bourdes qu'il peut commettre.

La femme me fait face alors qu'elle installe ses outils de travail à côté de la planche en bois disposée sur l'îlot central.

— J'ai surtout l'impression qu'il est bipolaire. Autant je l'ai trouvé agréable la première fois où on a parlé ensemble. Autant désormais, j'ai surtout l'impression que c'est un gros con, ne puis-je m'empêcher de grogner consciente que mes paroles envers son mari sont peut-être trop déplacées.

Sa réaction me prend un peu trop au dépourvu alors qu'elle rigole dans un sourire franc.

— C'est certain que je ne l'ai pas épousé pour son tact ! s'exclame la femme alors que je la dévisage malgré moi.

Ce grain de beauté au coin de sa bouche, les taches de rousseurs à foison ; qui s'étendent du haut de ses pommettes jusqu'au centre de son visage, — ou encore la teinte d'un vert froid pigmentée de légères lueurs jaunâtres n'agrémente que trop bien la beauté naturelle de ses traits.

Elle resplendit.

De façon subtile et provocatrice à la fois.

— Alors, dis-moi, tu as de la famille à New York ? Des frères et sœurs ? me questionne-t-elle après plusieurs minutes de silence alors que je reste bloquée dans la tempête de réflexion qui fait rage en moi.

— Ni frère ni sœur. Mes parents n'ont jamais réussi à avoir d'enfant, commencé-je avant de me reprendre aussitôt. De façon naturelle, je veux dire. Ils m'ont adopté quand j'étais bébé. Ils vivent en Pennsylvanie la plupart du temps, mais voyagent pas mal depuis que j'ai quitté la maison.

— Ils ne te manquent pas trop ?

— Tous les jours, avoué-je un peu plus détendue qu'au début de notre conversation. Mais c'était mon rêve depuis petite de travailler pour la police de New York. Alors j'ai foncé et eux ils m'ont soutenu malgré leurs appréhensions.

— Ils doivent être fiers de toi ! s'exclame-t-elle franchement en finissant la découpe des courgettes devant elle.

Le sont-ils toujours avec l'avis de recherche qui est sans aucun doute diffusé dans tout le pays ? Probablement pas, ça doit être tout le contraire.

Assurément.

Devant mon malaise apparent, le sourire enjoué qu'empruntait Camilla jusqu'ici disparaît partiellement. Peut-être a-t-elle conscience de ce qui fourmille dans mes pensées, — ou suis-je trop impactée par celles-ci pour le cacher physiquement. Mais elle rebondit rapidement en changeant de sujet. Qui me dérange pourtant presque plus que la possible déception que je suis pour mes proches.

— Alors James et toi ?

Ses iris glissent sur moi à la recherche de la moindre réaction. Son sourire doux a fait place à un plus narquois. Et l'espace d'un instant, j'aimerais prendre mes jambes à mon cou pour ne pas avoir à répondre à des questions concernant ledit homme. Mes joues me brûlent aux souvenirs des incartades que j'ai pu commettre, — sobre ou non. Mais en même temps, il m'était presque impossible de faire taire la petite voix dans ma tête qui piquait une crise de jalousie pendant l'entraînement... Alors que parler avec elle, lui dessinait un sourire franc et chaleureux.

Mes sourcils se froncent, je baisse la tête vers l'un des oignons que j'ai attrapés et avec lesquels je joue depuis plusieurs minutes. Laissant des brisures de pelures un peu partout sous mes mains.

— Je te le demande, car, je l'ai entendu plusieurs fois parler de toi à Dave quand il venait à la maison, continue-t-elle probablement pour m'inciter à me confier, —ce que je ne compte pas faire avec une parfaite inconnue.

Qu'est-ce que je pourrais bien confier, de plus ? Quand je ne sais pas moi-même de quoi il retourne.

— Très certainement pour se plaindre de ma présence et du fait que je l'agace, soufflé-je plus dans l'optique de me persuader moi-même que nous nous détestons.

Et non, qu'un quelconque intérêt existe entre nous.

— Ce serait le cas, tu ne serais pas ici.

— Je ne suis même pas certaine qu'il sache lui-même pourquoi je suis ici. J'ai plutôt l'impression qu'il s'ennuyait seul dans cette maison et qu'il cherchait un petit chiot de compagnie.

J'ai du mal à croire en cette possibilité. Pourtant, l'affirmer à haute voix alourdit quelque chose au fond de ma poitrine. Serais-je libre lorsqu'il en aura fini de jouer avec moi ? Quand ma présence n'aura plus aucune utilité ? Ou bien se contentera-t-il de rajouter un nouveau nom sur sa liste rouge ?

J'aimerais le savoir, mais je n'en ai aucune idée. Et je doute que le criminel se confie sur ses futurs plans.

— Ne crois pas ça.

La tête relevée vers elle, je tombe sur ses deux billes vertes qui me fixent intensément. Avec compassion et bienveillance. Ainsi qu'une aura dont je n'arrive pas à comprendre le sens, mais qui me dit tout de même qu'elle me cache quelque chose.

— Depuis presque aussi longtemps que je suis avec Dave, je connais James. Certes, je n'essaierais pas de te faire croire que c'est un enfant de chœur. Ou bien que c'est un homme qui n'a fait que de bonnes actions dans sa vie, car ce serait même l'opposé total, déclare-t-elle en relâchant son couteau sur le marbre de l'îlot. Mais il reste et restera toujours un homme sincère qui agit pour ceux qui lui sont chers. Et ce, même au détriment de sa propre existence, conclu-t-elle en m'arrachant la boule de nerf qui me bloquait la respiration.

Je laisse retomber le légume entre mes mains sur le plan de travail alors que la femme se tourne pour allumer le bec à gaz. Le tintement sonore du déclencheur résonne trop fort autour de nous.

Trop durement.

À m'en donner la tête qui tourne, perdue dans ce flot ravageur. Et alors que je me lève du tabouret sur lequel j'étais assise tout ce temps, la femme me fait de nouveau face. Un nouveau sourire bienveillant collé sur le visage.

— Et crois-moi, il n'a jamais regardé une femme comme il te regarde toi, ajoute Camilla avant de m'offrir un clin d'œil complice.

Mais je refuse de laisser ses paroles franchir mes barrières.

Car c'est trop dur.

Car James doit rester à sa place de criminel.
Et moi...
De lieutenante, désormais recherchée pour meurtre.

Le diner se passe plutôt calmement.
Les conversations entre les trois amis sont animées et malgré moi, je reste à distance et ne souhaite pas m'immiscer dedans. J'essaie de ne pas oublier que ces gens ne sont pas mes amis, que Camilla n'est pas une personne adorable et pleine de compassion. Que James ne me procure aucun autre sentiment qu'une haine profonde. Et que Dave...
En fait, non, j'ai réellement envie de tuer Dave. Aucun doute là-dessus.
— Bon et la flic, elle n'a rien à raconter ? questionne celui-ci sans même essayer de se montrer un peu poli ou amical.
En relevant la tête vers les trois qui m'observent, je me mets à regarder tout autour de moi avant de reporter mon attention sur la tablée.
— C'est étrange, j'ai cru entendre un chien agoniser, soufflé-je, sarcastiquement, juste avant de me tourner vers Dave. À non, ce n'était que toi.
Sous la table, la main du criminel vient se glisser sur le haut de ma cuisse. Sans laisser paraître mon trouble, je fusille toujours ce pseudo-médecin du regard. Priant pour qu'un quelconque Dieu m'accorde le pouvoir de tuer aussi simplement.
Mais aucun miracle n'arrivera ce soir.
— Elle se croit rigolote la flic ou je rêve ?
— Ne fais pas comme si tu connaissais quelque chose à l'humour, pauvre type, sifflé-je en me penchant davantage par-dessus la table pour lui montrer l'étendue de mon irritation à sa vue.
On se lance dans un duel de regard alors que Camilla essaie de calmer le jeu et de changer la direction qu'a prise

la conversation. Les bras croisés sur la poitrine, en guise de protestation, — et parce que pour une fois je n'en ai rien à cirer de sembler puéril ou non ; je tente de garder le contrôle des tremblements de mon corps sous les caresses de James qu'il ne veut pas cesser.

De plus en plus lentes, mais appuyées, elles couvrent ma peau d'une chaire de poule. Mon corps entier est soumis à l'embrasement qu'il cause. Naïvement, j'attrape le verre de vin qu'il m'a servi un peu plus tôt et le vide d'une traite pour tenter d'y faire abstraction. Mais alors qu'une légère quinte de toux me coupe la respiration, ses doigts viennent se resserrer durement près de mon aine.

Beaucoup trop près.

— Tout va bien Angela ? Tu es toute rouge, s'inquiète la femme alors que je me dandine discrètement sur ma chaise pour faire comprendre à mon voisin de chaise de me lâcher.

— Oui désolée, j'ai avalé de travers. (Je me lève d'un bond, chassant la poigne de l'homme au passage) Excusez-moi, je reviens.

Sans un regard en arrière ni un autre commentaire, je m'enfuis presque en courant vers l'escalier. L'air me manque et j'ai l'impression d'avoir plongé dans une piscine de lave.

De l'eau.
Il me faut de l'eau.

Les mains plongées dans l'évier rempli presque à rebord d'eau glacée, je me laisse à moitié choir contre le meuble. Les gouttes ruissellent sur les courbes de mon visage, avant de retomber dans la cuve.

Qu'est-ce qui m'arrive, bordel ?

Un coup d'œil vers le miroir me donne envie de hurler. Mes yeux sont embrumés, mes joues enflammées, la pulpe de mes lèvres est gonflée sous les assauts de mes dents que je n'ai pas réussi à calmer de toute la journée. En clair, le tableau que dépeint mon reflet est presque trop dévergondé. Obnubilée par l'image qui se renvoie face à moi, j'ignore la porte qui s'ouvre à ma gauche. James fait irruption dans la pièce, sans un bruit. Sans une réflexion. En colère, je n'arrive pas à retenir la boule de nerfs qui bout à l'intérieur.

— Je peux savoir ce qui vous prend ?! Qui vous a autorisé à me toucher au juste ? cinglé-je hors de moi en me rapprochant de l'homme, qui ne cille pas un seul instant.

À moins d'un mètre de lui, j'analyse sa stature statique. Ses traits neutres qu'il ne domine que trop bien, en guise de muraille.

— Vous avez fini ? me demande-t-il le regard sombre du haut de son mètre quatre-vingt-dix.

Pourquoi faut-il qu'il soit aussi grand ?

— Allez vous faire foutre ! J'en ai marre que vous me preniez de haut. Je ne suis pas votre putain de jouet, alors arrêtez de me considérer comme tel ! craché-je nerveusement sans réussir à m'empêcher de humer l'odeur entêtante de son parfum.

Brusquement, le criminel m'attrape sous les fesses pour me porter jusqu'au rebord du lavabo. Trop naturellement à mon goût, mes jambes viennent se serrer autour de sa taille ; réduisant considérablement l'espace entre nous. Et plus précisément, celui de son entre-jambes contre la mienne.

Je suffoque et finis par baisser la tête, — honteuse du trouble que cet homme me cause. Trop de choses se bousculent dans mon esprit. Les paroles du criminel à mon égard, celles de Camilla. Celles de ma raison en contradiction avec mon foutu palpitant, trop décidé à prendre sa propre indépendance.

Alors que je le sens s'écarter légèrement de moi, mes bras s'accrochent désespérément dans son dos. L'obligeant à rester au plus près.

— Je vous en prie… Ne bougez pas et ne dites rien, soufflé-je suppliante et probablement trop lamentable au point d'en dégoûter l'homme devant moi.

Sa main se pose maladroitement sur le haut de mon crâne. Ses caresses sont moins assurées que celles qu'il me faisait sous la table. Pourtant, elles résonnent avec plus d'intimité, d'attache et de sens.

— Je…

Mon corps entier se crispe au son de sa voix.

— Je vous ai dit de ne pas parler, lâché-je plus durement que je ne le veux. Vous êtes presque aussi exaspérant et insupportable que moi…

— Et, pourtant, Dieu seul sait à quel point c'est compliqué, souffle-t-il, amusé.

Irritée, je relève mes iris vers lui sans pour autant le libérer de mes bras. Chose qui ne semble pas le déranger plus que ça. Un léger sourire plane sur ses lèvres malgré son sourcil arqué et ses muscles tendus sous le tissu de son haut noir.

— Vous avez un sérieux problème avec l'autorité, ne puis-je m'empêcher de dire en écho à ses propres paroles.

Le bout de ses doigts frôle mes tempes. Subtilement, il vient tracer les contours de mon visage, de mes joues et de ma mâchoire. Avant de venir s'emparer délicatement de mon menton qu'il relève vers lui. Inconsciemment, je maltraite un peu plus la pulpe de mes lèvres pendant que son regard sur moi creuse davantage le fossé entre ma conscience et mon cœur.

Jamais je n'ai de ma vie été autant enflammée au simple contact d'un homme.

Dans un silence pesant et chargé d'électricité, nos corps s'approchent d'eux-mêmes. Comme deux aimants impossibles à séparer plus de quelques minutes. À deux doigts de poser nos lèvres les unes contre les autres, la porte de la salle de bain s'ouvre brusquement. Pris sur le fait, on se sépare aussi vite qu'humainement possible.

Camilla nous fixe à tour de rôle tandis que de mon côté ; j'ai du mal à soutenir son œillade.

Mes paroles de tout à l'heure me reviennent en tête alors que je lui disais qu'il n'y avait rien du tout entre le criminel et moi. Ce qui n'est pas totalement faux, — étant donné que je ne suis probablement qu'une distraction passagère pour lui.

— Qu'est-ce que tu veux ? tonne la voix de James à côté de moi.

— On va y aller avec Dave, je voulais simplement m'assurer que Angela allait bien. Elle n'avait pas l'air dans son assiette pendant le repas.

Son intérêt et son inquiétude me sortent légèrement de mon état de malaise. Elle m'offre un clin d'œil complice rempli de sous-entendus que j'ignore, mais qui ne fait qu'accentuer la honte que je ressens. Il ne me touche peut-être plus, pourtant, j'ai l'impression d'avoir le corps imprégné de la chaleur du criminel. Et j'ai surtout l'impression que les traces de mon envie sont visibles par le monde entier.

— On descend dans une minute.

— Prenez votre temps, ne t'inquiète pas pour nous. On connaît la sortie.

James échappe un soupir tout en passant nerveusement sa main dans ses mèches ébène. Camilla disparaît derrière la porte tandis qu'il se tourne à nouveau vers moi. La pigmentation de sa peau est très légèrement teintée de nuances rosâtres. Ce qui me conforte dans l'idée que lui aussi est atteint par le fait que nous avons manqué, de peu, de franchir cette barrière invisible entre nous.

— Ça va mieux ? me questionne-t-il en reposant l'une de ses mains contre ma joue.

D'un signe de tête, je lui dis que tout va bien. Même si ma conscience me hurle que je ne suis qu'une menteuse et une idiote. Et que mon cœur me pousse à me blottir contre cette main étrangement chaude et accueillante.

— Je descends leur dire au revoir, prenez le temps qu'il vous faut pour venir, commence-t-il en se redressant de toute sa hauteur pour reprendre un peu de sa carapace froide et dure. Si vous préférez aller dormir, il n'y a aucun problème.

Sans plus un mot, il disparaît lui aussi derrière la

porte. Une dizaine de minutes plus tard, le bruit d'un moteur résonne à travers les fenêtres dans la chambre. Il me faut pourtant une bonne vingtaine de minutes supplémentaire pour trouver le courage de descendre à mon tour. Mais surtout de faire face à cette solitude avec le criminel.

Consciente qu'il n'y a plus personne pour nous protéger de nos propres pulsions.

Assis dans le canapé, un verre d'alcool dans la main, — James est concentré sur les images qui se jouent à l'écran. Loin des films de Noël qui sont diffusés en boucle depuis des semaines maintenant, c'est un film policier qui se joue. Légèrement amusée par ses choix cinématographiques, je ne peux retenir une remarque en prenant place à côté de lui.

— C'est donc ça la technique pour être imprenable ? Regarder des films policiers pour s'imprégner de nos méthodes, m'exclamé-je en prenant un peu plus de place sur les coussins.

— Faut bien trouver des solutions. Kidnapper des flics, ça n'aide pas. Ils sont eux-mêmes trop incompétents que pour donner de vraies ficelles, rétorque-t-il en laissant glisser un sourire narquois sur ses lèvres.

Aïe. Touché.

Ça m'apprendra à essayer de m'attaquer à son statut de criminel le plus redouté.

— C'est bon, j'abaisse les armes. Vous avez gagné. Je suis peut-être une buse au combat, mais en attendant, je vous mets à terre quand je veux avec une arme à feu.

L'œillade qu'il m'offre me glace légèrement le sang. Depuis sa première visite dans mon appartement, je ne l'avais pas revu... Cet éclat meurtrier et assoiffé d'un petit je-ne-sais-quoi.

Entouré d'une aura glaciale, il se lève d'un bon en étendant ses bras vers le plafond avant de les laisser retomber. Il se tourne vers moi sans abandonner son sourire narquois et limite assassin.

— Suivez-moi.

Là tout de suite, mes pieds refusent de bouger. Trop effrayés par le timbre de sa voix et sa personne. Sans doute conscient qu'il me glace sur place, il attrape ma main et me tire vers lui.

Intérieurement, je sais que je suis dans la merde lorsque je me retrouve avec une arme factice entre les mains au beau milieu du couloir de ce sous-sol des enfers. Et que le criminel me propose de jouer ma liberté dans ce dédale de murs en béton.

— Toutes les portes sont déverrouillées. La plupart des pièces communiquent entre elles par des portes ou des trappes de canalisation, commence-t-il en m'attachant sa montre au poignet qui flotte légèrement. Le jeu est simple ; vous avez trente minutes pour soit m'échapper, soit m'atteindre dans l'un des points vitaux du corps humain. Si vous réussissez, vous êtes libre de partir. Dès que je me serai enfermé dans la salle du fond, vous aurez cinq minutes pour vous cacher. Ou bien venir m'affronter directement.

Incapable de dire quoique ce soit, je hoche machinalement de la tête.

—Dans le cas où c'est vous, qui m'attraper ? demandé-je sans être certaine de vouloir connaitre la réponse.

Il s'approche dangereusement de moi en se penchant à mon oreille qu'il frôle de ses lèvres chaudes. Difficilement, je me retiens d'avaler ma salive.

— On termine ce que Camilla a interrompu ce soir, souffle-t-il fièrement en m'arrachant un tressaillement.

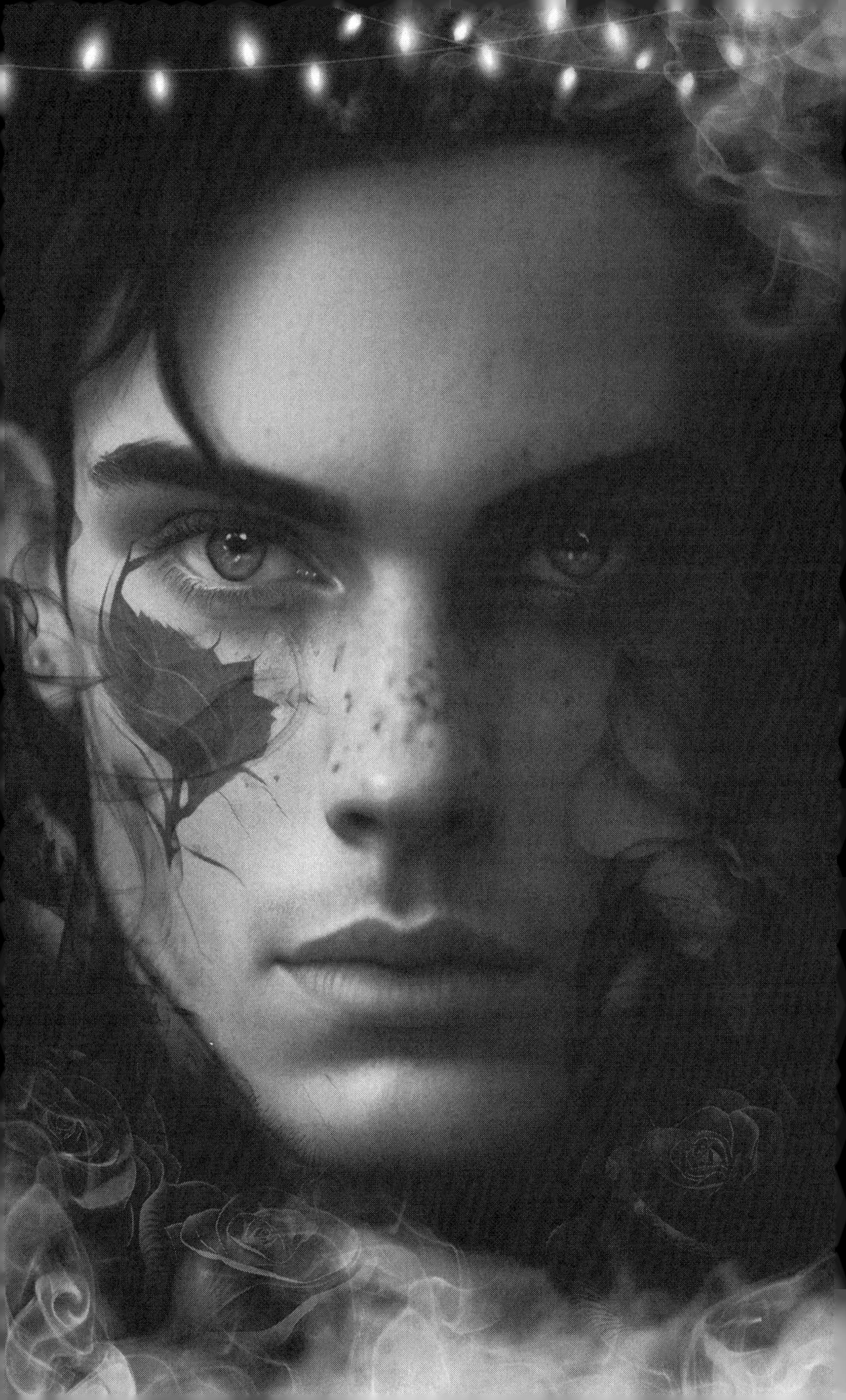

LE LOUP
ET L'AGNEAU

Depuis la nuit des temps, la nature est un monde sauvage où règne la loi du plus fort.

Les faibles, les moins chanceux n'ont d'autre solution que d'user de finesse et de ruse pour sortir vivant de ce labyrinthe. Et ce, sans oublier que la moindre distraction peut causer leur perte. Que le moindre relâchement sera saisi par ces prédateurs qui n'auront d'autre plaisir que de refermer leurs crocs acérés sur eux !

En ce moment même, abandonnée à mon sort au milieu de ce couloir froid et lugubre, c'est ainsi que je me vois.

Comme une proie.

Une proie prête à être dévorée par le criminel qui a depuis trop longtemps retenu ses pulsions meurtrières. Et même si ce n'est pas ma mort qui est l'enjeu de ce duel sadique et pervers. Il ne m'est pas pour autant envisageable de perdre. Depuis des jours, mon corps est contre moi. Si James venait à gagner et à finir ce qu'il voulait prendre dans sa salle de bain. Je ne suis pas certaine d'avoir assez de force mentale pour lui résister une fois de plus.

J'expire silencieusement alors que j'observe les aiguilles dans le cadran de la montre qui m'enserre le poignet. Il ne me reste plus qu'une minute avant que la porte du fond se réouvre sur la bête assoiffée. Mon esprit tourne à mille à l'heure alors que je cherche rapidement un plan. Il est hors de question que je tente de l'affronter. À plusieurs reprises, il m'a bien fait comprendre que je n'arriverais jamais à prendre le dessus sur lui. Ma seule chance de gagner est de rester cachée en attendant une opportunité pour lui tirer dessus. L'arme factice dans la main, je l'observe songeuse. Le poids des billes n'est pas assez important que pour créer une réelle douleur. Je ne peux donc pas compter sur elle pour le ralentir ou l'affaiblir un tant soit peu s'il s'approche trop de moi.

Trente secondes.
Sans plus perdre de temps, j'entrouvre la porte de l'escalier que je claque aussitôt. Espérant que le bruit résonne jusqu'à James dans sa cellule improvisée. Silencieusement, je m'enferme dans la première salle à ma gauche, face à l'armurerie et referme la porte aussi silencieusement que possible cette fois. À peine à l'intérieur, j'entends les gonds de la salle du fond chanter cyniquement dans toute la cave. En retenant mon souffle, je recule à tâtons dans la pièce plongée dans le noir. Je n'ai pas l'occasion d'allumer la lumière pour distinguer une quelconque porte ou trappe. De la main, je caresse les murs en esquivant les cartons qui encombrent le sol. Les pas de l'homme qui martèlent l'escalier en direction du rez-de-chaussée me parviennent faiblement.

Le constat que ma diversion est fonctionné me donne un peu de courage pour avancer.

Trente minutes, c'est tout ce qu'il faut que je tienne.

C'est dans la troisième salle que je décide finalement de me cacher. De l'extérieur, on ne penserait pas que cette maison ait un véritable labyrinthe sous sa structure faite de bois.

L'odeur de renfermé et d'humidité est un peu plus présente que dans les autres pièces que j'ai pu visiter. De loin, elle est la plus encombrée et la moins pratique pour se déplacer librement. Ce qui me conforte un peu dans l'idée que le criminel ne pensera probablement pas que j'ai pu venir me cacher ici.

À l'opposé de la porte qui donne probablement sur le couloir central, je m'appuie contre le mur avant de m'y laisser glisser. Une dizaine de minutes s'est déjà écoulée et toujours aucun ne signe de l'homme. Pourtant, la boule de nerf qui s'est logé dans ma gorge ne veut pas se défaire. L'impression d'être une proie est terrifiante. Et même si j'essaie de me convaincre que l'homme ne compte pas me faire de mal. Les lueurs prédatrices et sanguines qui luisaient sur ses traits ne veulent pas quitter mon esprit. Ce n'est pas James qui me chasse sur ce territoire. C'est le criminel.

Et ce Candyman me paralyse et me terrifie.

Un sifflement s'infiltre de sous la porte alors que mes muscles se crispent durement. Difficilement, je retiens ma respiration qui s'emballe au même titre que les battements de mon cœur. Ceux-ci donnent l'impression de résonner à plein volume dans la salle alors que les sifflements s'arrêtent juste devant la porte. Une ombre s'arrête et un instant j'ai l'impression de la voir traverser les murs pour venir m'engloutir.

Mes yeux se ferment alors que je tente de reprendre mon calme. Il faut absolument que je reprenne le contrôle de mes capacités.

D'un mouvement rapide, je reprends l'arme entre mes mains et me relève. Les pieds ancrés dans le sol en béton, je reste droite et immobile. N'attendant qu'une chose, que la porte s'ouvre sur l'homme.

À peine la lumière du couloir envahit-elle la salle dans laquelle je me trouve, que le premier coup part. Avec agilité, il esquive la bille de plastique qui s'écrase derrière lui.

Malgré la pénombre, je discerne chacun de ses traits. Le sourire sadique qui habille ses lippes. Les paupières légèrement placées au-dessus de ses billes céruléennes qui brillent de malice et de soif sanglante.

— Trouvé.

Un deuxième coup part, alors qu'il se laisse glisser sur le sol pour esquiver une nouvelle fois le projectile. S'approchant un peu plus de moi chaque seconde, je réarme et tire une troisième fois.

Cette fois, j'atteins l'homme à l'épaule. Ce qui ne l'arrête pas, n'étant pas un des points vitaux du corps humain.

— Raté Trésor, siffle-t-il une pointe de sarcasme dans la voix.

Rapidement, j'essaie d'analyser les options qui s'offrent à moi. Consciente que James joue avec moi et qu'il me laisse quelques secondes de battement pour trouver une parade. En temps réel, il m'aurait déjà tuée. Je n'ai aucun doute là-dessus.

Mais la bête veut jouer.

Alors, je vais lui offrir ce qu'il veut.

Sous son œillade meurtrière, je jette l'arme factice à ses pieds et plonge mes yeux dans les siens. Étonné, il se redresse un peu plus et m'observe probablement en se demandant pourquoi j'abandonne aussi rapidement.

— Je n'ai aucune chance contre vous. Alors, allons-y, finissons ce que nous avions commencé tout à l'heure.

Le timbre de ma voix reste étrangement neutre jusqu'à la fin de ma phrase. Plus sûre de moi que je ne pensais l'être, son expression ne fait que me confirmer que j'ai raison d'agir ainsi. Prudemment, mais sans perdre de sa témérité, il s'approche de sa proie.

— Vous me surprenez de jour en jour, Angela.

À moins de deux mètres de moi, je porte mon poignet devant moi pour fixer l'heure.

— Il vous reste douze minutes pour vous décider. Ensuite, je vais dormir, dis-je lascivement en espérant que le loup vienne planter ses griffes dans le morceau de viande empoisonné que j'agite devant lui.

Il ne lui en faut pas plus pour combler la distance qui nous sépare et m'agripper sauvagement par la taille. D'un mouvement beaucoup moins délicat que je ne lui ai connu, il me plaque contre le mur derrière moi. Machinalement, mes jambes se resserrent autour de sa taille alors que son souffle s'écrase sur mon visage. Ses lèvres viennent s'écraser dans mon cou avec dévotion. Sa chaleur se répercute dans chaque centimètre carré de mon corps, si bien que j'ai l'impression que je pourrais exploser à tout instant.

Et même si cela me semble impossible, il faut que je garde les pieds sur terre et ignore les braises qu'il alimente dans mon bas ventre.

— James... soufflé-je à son oreille pour lui faire relever la tête vers moi.

Ses pupilles me cherchent et m'interrogé-je. Mes mains viennent se poser de chaque côté de son visage, que je prends le temps d'admirer baigné par son aura sauvage.

Les lèvres tout contre son oreille, je laisse mes halètements calculés venir le déstabiliser.

— Je n'abandonne jamais. Tâchez de vous en souvenir la prochaine fois.

Il a un moment de recul lorsque la fin de ma phrase tombe. Je ne lui laisse pas le temps de comprendre ou de reprendre son rôle, —je lui décoche une droite que je tente de retenir légèrement pour ne pas lui casser une nouvelle fois le nez.

Le coup, même si retenu, lui fait lâcher prise. Un juron s'échappe de sa trachée alors que je n'attends pas de voir sa réaction pour sortir rapidement de la pièce. Cette fois, je prends bel et bien la direction du rez-de-chaussée. Il me reste un peu moins de six minutes à survivre et j'aurais gagné.

Car c'est la seule chose qui m'importe désormais.

Gagner.

À peine ai-je un pied posé sur le palier du premier étage, j'entends l'homme hurler mon prénom avec rage. Sa

voix n'a plus la chaleur qu'elle avait dans la cave. Et cette fois, je suis consciente que j'ai réveillé la bête et qu'il ne me fera plus de cadeau pour les minutes restantes.
Et peut-être bien celles qui suivront, également.
Je cours jusqu'à la dernière chambre, — celle par laquelle j'ai tenté de m'enfuir par la fenêtre. À peine à l'intérieur, je pousse avec difficulté la commode vide devant la porte en guise de barrage. La minute d'après, la porte cogne contre le bois du meuble plusieurs fois. Sans réussir à me contrôler, je tremble de peur. Dans la précipitation, je n'ai pas repris l'arme. Pourtant, ma conscience me hurle que ça ne changerait rien à la situation. Un coup d'œil à la montre m'indique qu'il ne reste que deux minutes avant que ce jeu horrible ne prenne fin.

Les coups qu'il donne dans la porte me donnent l'impression de les recevoir directement dans le corps. Il exulte la violence et la colère. Et même s'il me terrifie au plus haut point, une partie de moi n'attend qu'une chose : qu'il rentre pour m'attraper avant que le temps ne soit écoulé.

Les secondes s'échappent à la même vitesse que les crissements du meuble sur le parquet. Et lorsque les aiguilles dans le cadran indiquent que c'est la fin de la partie, mon sourire ne veut pas venir.

James est débout dans l'encadrement de la porte.

Jamais il ne m'a semblé aussi grand.

Aussi menaçant et sombre.

— Je m'excuse pour le coup de poing, bégaillè-je, maladroitement, espérant calmer son énervement.

Un léger rire s'échappe d'entre ses lippes alors qu'il avance trop doucement jusqu'à moi. Ses mains m'applaudissent, pourtant, j'ai l'impression d'avoir perdu la partie.

— C'est ce que je disais. Tu me surprends de jour en jour, Trésor, souffle-t-il en essuyant de son pouce l'entaille ensanglantée qui lui barre la lèvre du bas. Tu as gagné. Tu es libre.

Depuis plus de deux semaines j'ai attendu de l'entendre prononcer ces trois petits mots. Mais alors que je relève les yeux sur son visage. Que mon image se reflète dans ses iris avec une intensité indescriptible... Je fais la chose la plus stupide au monde.

Sur la pointe des pieds, j'agrippe ses mèches ébène entre mes doigts et réduis à néant l'espace entre nos lèvres.

Ce soir, aucun de nous n'aura réellement gagné.

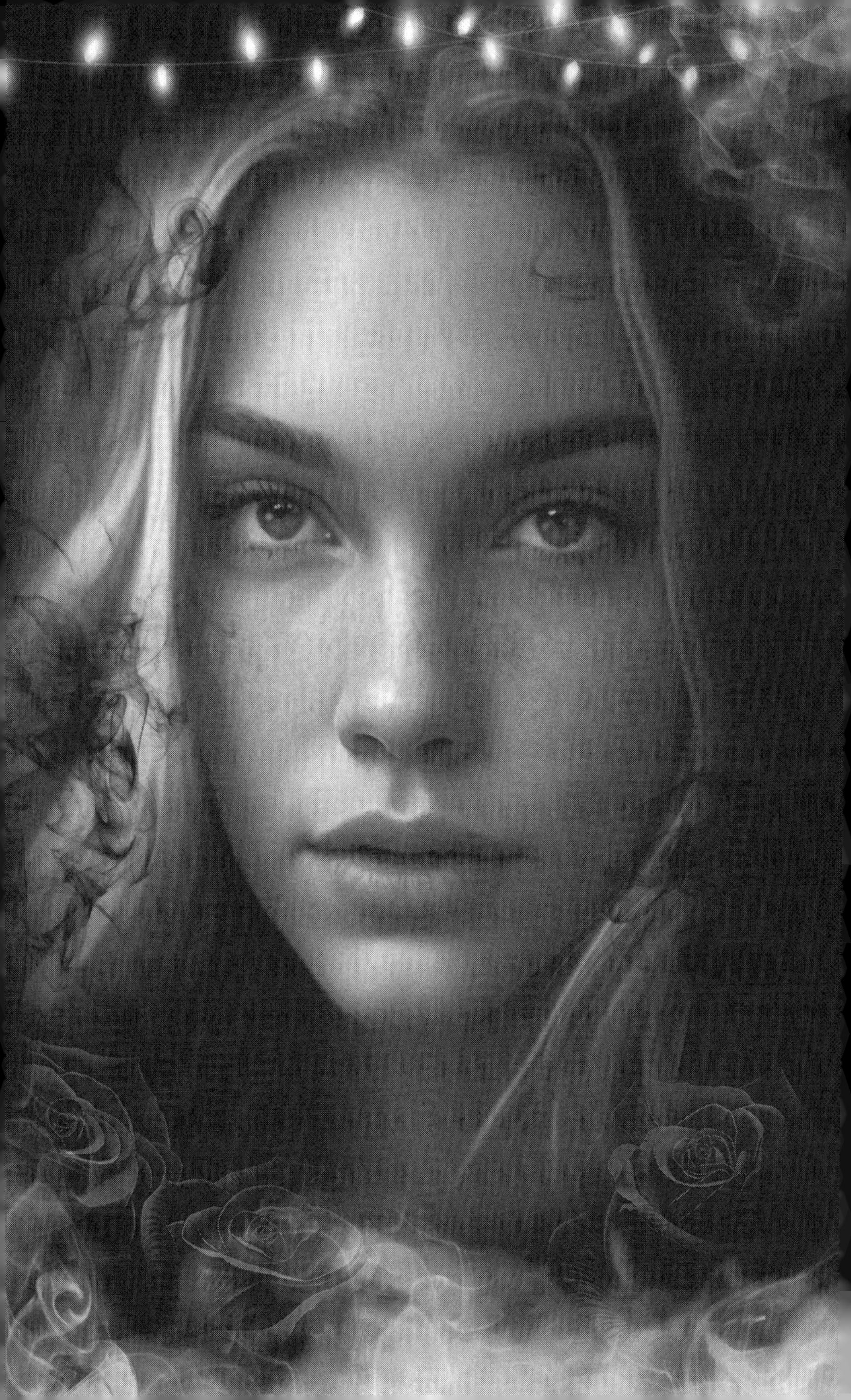

CHAPITRE . 17

Un jour, une criminelle m'a confié qu'après chaque meurtre... Elle avait la sensation de danser avec le Diable. Cette impression, aussi imaginaire fût-elle, la gonflait d'extase et d'excitation.
Elle lui donnait le sentiment d'être libre, comme ci rien au monde ne pouvait plus l'atteindre. Enfuie sous la chaleur des mains invisibles de Lucifer, la douleur, la tristesse, la solitude ou encore la folie ; n'existaient plus. Alors chaque fois qu'elle retombait les pieds sur terre, elle se mettait en chasse d'une nouvelle victime.
Dans l'unique but de rejoindre son amant des ténèbres.

Occupé à fixer son assiette, qu'il n'a pas touchée depuis plus d'une demi-heure, James ne remarque pas que je l'observe depuis tout aussi longtemps. Nous n'avons pas échangé plus d'une phrase depuis ce stupide baiser échangé la nuit dernière. L'intérieur de mes cuisses me brûle au simple souvenir de son souffle qui parcourait ma peau. Plus d'une fois, j'ai été tentée de prendre mes jambes à mon cou pour quitter illico presto cette maison.
Et mettre, par la même occasion, des milliers de kilomètres entre le criminel et moi.
Pourtant, comme la nuit dernière, je ne parviens pas à m'imaginer m'éloigner de mon bourreau. Même si j'ai de

plus en plus de difficulté à le voir comme tel. La caresse de sa main dans mes cheveux est imprégnée sur moi, tout comme le timbre plus allègre que sa voix avait la nuit où il était rentré totalement ivre. À peine était-il endormi que ses bras se soient refermés autour de ma taille en me maintenant au plus près de lui.

De son odeur.

De sa chaleur.

J'ai beau me répéter depuis cette nuit que c'est un monstre, mon corps refuse de coopérer avec ma tête. Ce serait sans aucun doute plus simple s'il n'était pas aussi bien sculpté. Et surtout qu'il n'agissait pas avec autant d'égard et de tendresse envers moi.

La sonnette de la maison nous détache tout les deux de nos réflexions. Alors que je reporte mon regard sur l'homme face à moi qui sort son téléphone pour inspecter l'écran. Ses sourcils se froncent soudainement et ses traits deviennent plus froids et tendus. Il glisse ses pupilles sur moi un instant, se lève et ouvre la porte du cellier de la cuisine.

— Rentrez tout de suite là-dedans et ne faites aucun bruit, m'ordonne-t-il nerveusement.

Sans même me laisser le temps de dire quoique ce soit, il m'empoigne par le bras et me pousse à l'intérieur.

La pièce, si on peut l'appeler ainsi, est étroite et totalement plongée dans le noir. La porte, faite de lattes légèrement espacées, me permet de voir partiellement la cuisine. Difficilement, j'aperçois le criminel se dirige vers l'entrée tandis que la sonnette retentit une deuxième fois à travers la maison. La voix d'un homme parvient faiblement à mes oreilles et quelques secondes plus tard, j'aperçois la silhouette de celui-ci rentrer de force à l'intérieur.

En dominant vaguement les lieux, celui-ci s'approche dangereusement de la cuisine, James sur les talons qui tente de le retenir sans paraître plus stressé qu'il ne l'est véritablement.

— Tu es vraiment difficile à joindre en ce moment Calson. On commence à se demander si tu n'essaies pas de prendre congé, déblatère durement l'homme aux cheveux légèrement grisonnant.

— Comme je te l'ai dit, Georgio, j'avais des affaires personnelles à régler, se défend-il alors que l'homme fait le tour de l'îlot en inspectant suspicieusement nos assiettes sur la table.

D'où je suis, je le vois attraper ma fourchette entre ses mains abîmées avant de la laisser retomber sur le marbre.

— J'interromps un bon repas, on dirait. Ton invité ne vient pas dire bonjour ?

Les muscles faciaux de James se contractent nerveusement, intérieurement je prie pour qu'il ne me jette pas un coup d'œil par-dessus l'épaule de l'homme menaçant face à lui.

Ce qu'il a l'intelligence de ne pas faire.

— Elle est sous la douche, on allait passer à un autre type de repas... Si tu vois ce que je veux dire, déclare-le criminel en sortant son paquet de cigarettes de sa poche arrière.

Tout en serrant l'une des clopes entre ses lèvres, il tend le paquet à son collègue. Celui-ci décline d'un geste de la main, avant de se tourner entièrement vers mon kidnappeur.

— Si tu as de nouveau le temps de t'amuser, j'en conclus que tu vas pouvoir reprendre ton travail et répondre à nos messages.

James se contente d'un signe de tête entendu. Ce qui semble convenir à ce fameux Georgio. Alors qu'il se dirige à pas lent vers la sortie, je le vois se retourner à nouveau vers le criminel.

— Demain soir il y a une soirée au club du crâne noir. Emmène donc ta chère invitée, commence-t-il en serrant sa main. Et avant que tu ne déclines... Ce n'est pas une proposition, mais un ordre. On vous attend pour vingt-et-une heures, finit-il de siffler tel un serpent, me glaçant un peu plus le sang.

— On sera là, répond simplement James avant de refermer la porte d'entrée derrière lui.

Pendant plusieurs minutes, il reste appuyé contre celle-ci. Et lorsque je sors du sellier et que je tente de prononcer son prénom, son poing atterrit dans un cri de rage contre l'un des cadres accrochés à côté de la porte. Les éclats de verre tombent sur le sol, accompagnés par les gouttes carmin qui s'échappent des coupures qui barrent ses phalanges.

Effrayée, je trouve le courage de m'approcher de lui. L'aura autour de lui semble plus sombre que jamais. Un instant, j'ai le pressentiment d'être face à une bête féroce qui pourrait me mettre en morceau d'un battement de cil. Pourtant, je prends sur moi et attrape sa paume blessée entre les miennes. En tentant de contrôler le rythme effréné des pulsations de mon cœur, je le tire vers moi. Délicatement, je nous guide jusqu'à la salle de bain à l'étage. J'ai l'impression de tenir une enveloppe vide, aucune réaction n'anime le criminel alors qu'il me suit, le regard ancré sur le sol.

Une fois dans la salle d'eau, je le force doucement à s'asseoir sur le rebord de la baignoire. Accroupie face à lui, j'allume le robinet et attends que l'eau devienne chaude. Une fois fait, j'attrape un gant de toilette sur la pile qui traîne sous le meuble de l'évier et le plonge sous le jet. Minutieusement, je tapote les entailles en vérifiant si aucun morceau de verre ne s'y est planté. J'en enlève un, sans que ça ne le fasse réagir. Son état m'atteint plus que je ne le voudrais.

Ma gorge me fait mal et j'ai l'impression qu'une cage invisible m'enserre l'âme. Au moment où je me retourne vers l'armoire pour essayer de trouver un semblant de trousse de secours, l'homme se laisse glisser au sol. Une fois à ma hauteur, il relève la tête vers moi. La douleur qui se lit sur ses traits brise quelque chose au fond de moi. Je peine à déglutir alors que sa main ensanglantée vient se poser contre ma joue. Ses yeux plongés dans les miens, il m'hypnotise complètement. Rendant ma respiration d'autant plus dure.

— Je suis désolée, commence-t-il en m'arrachant un sursaut de surprise. J'aurais mieux fait de te tuer plutôt que de vouloir te garder égoïstement près de moi.

La fin de sa phrase reste en suspens entre nous. Impossible de me décider si je suis la plus atteinte par son aveu d'avoir eu tord de ne pas me tuer, —ou bien son désir de m'avoir près de lui.

Cet homme a causé ma perte.

Il a détruit tout ce pour quoi je me suis battue toute ma vie. C'est mon opposé parfait et la personnification même de ce que je déteste le plus. Pourtant face à lui, sur le sol froid de cette salle de bain, la seule chose qui me trouble est cette exécrable envie de le prendre dans mes bras. La seule chose que je trouve le courage de faire, c'est de m'appuyer contre lui, silencieuse et perdue.

L'effluve de son parfum caresse mes sens alors que son avant-bras m'emprisonne dans cette étreinte. Je me rends bien compte qu'il n'y a rien de plus stupide et insensé que je pourrais faire d'autre en ce moment. Rien de plus inintelligent que de me lover contre le corps du meurtrier de ma meilleure amie.

Impossible de dire combien de temps nous sommes restés sur le sol glacé de la petite pièce. À mesure que la respiration de James se calmait dans sa poitrine, c'est la mienne qui s'accélérait tout en me comprimant la tête.

Au moment où il s'est finalement levé, le ciel derrière les fenêtres de la chambre s'était déjà recouvert de son voile noir. Les yeux accrochés sur l'homme qui se déshabillait négligemment, une tornade de question ravageait ma tête. Le seul moment où j'ai réussi à bouger, c'est lorsqu'il est venu me tirer par la main pour que je m'allonge sur le lit à côté de lui.

Sans un mot, il s'est contenté de nous couvrir de l'épaisse couverture et de m'entourer de ses bras qui m'apparaissaient d'un coup trop protecteurs.

Comme si demain n'existerait plus et qu'il avait peur que je disparaisse.

Pour une raison que j'ignore, ce Georgio semble le terrifier. Et s'il y a une chose qui me semblait intangible, c'était le fait que rien ne pouvait effrayer cet homme.

Depuis, j'ai le regard cramponné au plafond de la chambre qui me donne parfois l'impression de se rapprocher du sol, prêt à nous écraser. Mon esprit refuse de se mettre sur pause et je ne cesse de me poser des questions sur ce qu'il va se passer demain. Devrais-je profiter du fait que le criminel sommeille pour voler son arme et ses clés et m'enfuir aussi loin que possible de cette ville ? Probablement. Certainement et irrémédiablement, ce serait la chose la plus intelligente à faire.

— Vous ne m'avez jamais répondu, pourquoi Candyman ? Questionné-je, absente, l'homme à côté de moi trahis par sa respiration trop rapide que pour être endormis.

Je le sens expirer de frustration alors qu'il se détache légèrement de moi pour se positionner sur le dos. En proie à un dilemme intérieur, je ressens chacune de ses contractions et de ses hésitations.

— Ce n'est pas une histoire pour les enfants, se contente-t-il de répondre, taciturne.

— Je pense être en droit d'avoir des réponses.

Sous ma remarque, je le sens m'observer de côté. Jugeant certainement le ton véhément que j'emploie subitement. Persuadée qu'il va une fois de plus me rembarrer et sans doute s'échapper, je retiens ma respiration.

— J'ai tué mon père à l'âge de dix ans, lâche-t-il soudainement comme si c'était la chose la plus rationnelle qu'il ait faite de sa vie. Il avait l'habitude de battre ma mère, parfois jusqu'à ce qu'elle s'évanouisse dans son propre sang. Au début, c'était de simples gifles données pour une raison quelconque. Ça pouvait tout aussi bien être, car le repas n'avait pas été préparé, que pour une chemise mal repassée. À chaque fois qu'il l'avait battu, le lendemain il revenait avec des cadeaux pour moi. C'était sa façon à lui de s'excuser auprès de son fils, de devoir assister à l'état pitoyable de sa mère. «Tu comprendras quand tu seras grand» —me disait-il constamment alors qu'il m'offrait un sachet de bonbons dégueulasse accompagné d'un jouet ou d'une autre connerie du genre.

À côté de moi, je sens son corps trembler à chaque souvenir. L'encourageant à continuer pour se vider de tout ce poids, je glisse ma main dans la sienne. Instinctivement, il la serre en s'y accrochant pour ne pas sombrer.

— L'année de mes dix ans, les coups ont empiré. Des gifles, on est passé au coup de poing. Parfois, il attrapait la première chose qu'il avait sous la main et la frappait avec jusqu'à entendre un craquement. Ou bien jusqu'à ce qu'elle perde conscience. Il lui arrivait de la pousser d'un coup de pied dans l'escalier pour qu'elle se dépêche le matin. Elle était toujours trop lente à son goût, déclare-t-il les yeux fermés en tentant de contrôler les soubresauts de sa voix. Alors qu'elle tentait simplement de trouver la force d'avancer malgré toutes les séquelles qui recouvraient son corps.

— Elle n'a jamais été porter plainte ? n'arrivé-je pas à me retenir de l'interroger, horrifiée par les visions que son récit m'impose.

Ma question lui arrache un ricanement amer et froid.

— Trois jours avant qu'il ne la tue, on était au poste de police. Elle a voulu porter plainte et le connard de flic qui a pris sa déposition lui a tout bonnement ri au nez. Elle était terrifiée à l'idée de rentrer, ce soir-là. Je me suis demandé plusieurs fois pourquoi elle ne le quittait pas. Et quand je lui posais la question, elle m'affirmait naïvement que mon père était malade et qu'il nous chérissait plus que tout. Quel genre de connard frappe la femme qu'il aime ? me questionne James, sans vraiment attendre de réponse

181

de ma part. Le soir de Noël, alors que j'étais remonté dans ma chambre après le repas. J'ai été réveillé par les cris de supplications de ma mère. Pourtant, je les entendais presque chaque nuit. Mais ce soir-là, sans savoir comment, je savais que je ne les entendrais plus jamais. Alors je me suis levé, j'ai traversé le couloir qui me séparait du salon. Quand je suis arrivé, ma mère était au sol. Couverte de sang. Son visage était complètement défiguré par les entailles du couteau qu'il tenait dans sa main. La seule chose que j'ai vue en relevant les yeux vers mon père, c'était ses putains de sucre d'orge accroché sur le sapin, semblable à ceux qu'il m'offrait parfois après l'avoir frappé. Ils étaient couverts de taches de sang. Le clignotement des lumières du sapin me donnait l'impression d'être dans une scène de film d'horreur, comme si tout n'était qu'un mauvais rêve. Que ce n'était pas réel. Mon père m'a dit de retourner me coucher, que maman était fatiguée et qu'elle devait se reposer. Comme le bon garçon que j'étais, j'ai fait ce qu'il m'a dit. Toute la nuit, j'avais ces bonbons en forme de cane et ces loupiotes tâchées de sang qui me hantaient. Avant l'aube, je me suis relevé et je suis retourné dans le salon. Il n'avait même pas pris la peine de bouger le corps inerte de ma mère, ni même de jeter le couteau qu'il avait utilisé pour la tuer. Alors je l'ai ramassé, je suis monté dans sa chambre. Et je l'ai poignardé à la gorge de toutes mes forces. Jusqu'à ce que plus aucun son, ni une goutte de sang ne s'échappent des blessures que je lui faisais. Aucune émotion, aucune affliction, aucune tristesse. Ni même aucune joie, je n'ai absolument rien ressenti après avoir tué ce fils de pute ! Je n'en avais rien à foutre de ce que je venais de faire, je regrettais simplement de ne pas l'avoir fait plus tôt, conclut-il en se renfermant légèrement dans ce silence lourd qui plane autour de nous.

Il n'y a pas pire sentiment que la haine qu'on se porte à soi-même. Attendant désespérément qu'une âme quelconque nous apporte le pardon qu'on cherche en vain. Il n'aura pas trop de sa vie entière pour se punir de lui-même sans que le monde extérieur ait à le faire pour lui.

    Je ne me suis jamais concrètement posé la question de savoir si les meurtriers méritaient le pardon. Pour moi, tout était clair, limpide.

    Tout était blanc ou noir, il n'y avait pas de demi-mesure.

    À force d'être confrontée aux pires horreurs, la seule chose que je voyais c'était les martyres d'un côté, les assassins de l'autre. À présent, lorsque je regarde James...

    Je me demande qui est la réelle victime dans cette histoire.

    Serait-il devenu celui qu'il est aujourd'hui s'il n'avait pas eu à venger la mort de sa mère ? S'il avait grandi dans une maison remplie d'amour et de rien d'autre, comme j'ai moi-même pu l'être.

    L'homme me serre davantage entre ses bras avant d'embrasser le haut de mon crâne. Et alors que j'ai l'impression qu'il ne me lâchera plus jamais, il fait tout le contraire.

    — Si tu souhaites partir, mes clés sont dans la poche de ma veste. Tu trouveras assez d'argent dans le coffre de la voiture pour toi aller où tu veux. Je ne te retiendrais pas Angela, entreprend-il de me dire en retenant la boule d'amertume qui se loge au fond de sa gorge. Mais s'ils apprennent que tu es toujours en vie... Un autre viendra finir le travail que je n'ai pas fait, souffle-t-il l'âme déchirée en me libérant finalement de sa poigne.

    Avec énormément de difficulté, je m'assois sur le rebord du lit en tentant de faire abstraction de la douleur qui me compresse la poitrine. Péniblement, je me retiens de me tourner vers le criminel alors que je sens le regard brûlant de celui-ci sur moi.

    L'espace d'un instant, je me demande si j'ai vraiment le désir de partir loin de cette maison. À l'écart de lui. À quel moment mon attachement envers lui a-t-il pris autant de place ? À quel moment sa présence a-t-elle pris autant d'importance ? À quel moment sa nature est-elle devenue si transparente et insignifiante... Sans un mot, je me dirige vers la porte. Non par manque d'envie de lui dire au revoir. Mais purement et simplement, car le plus sobre des adieux détruirait le peu de raison qui me pousse à prendre la fuite.

Arrivée dans le salon, j'attrape la veste de James que je passe sur mes épaules, —désireuse de conserver son odeur entêtante un peu plus longtemps contre moi. Alors que mes pas résonnent sur le gravier devant la bâtisse, je ne peux m'empêcher de me retourner vers la façade.

Debout derrière la fenêtre de sa chambre, James me fixe, immobile. Et brusquement, ce n'est pas la beauté de ses traits qui me saute aux yeux. Mais la force qu'il a de tenir debout malgré tous ses démons.

Soudain, je saisis que ce n'est pas le criminel que je quitte dans un déchirement douloureux. Mais l'homme caché derrière cette façade mal construite, effritée et abîmée. Qui n'attends qu'une chose : sa propre rédemption.

Difficilement, je m'éloigne de ce lieu. Accompagnée, en tout et pour tout de mes pensées qui se rejouent inlassablement les écrits d'Emily Brontë. Car pour la première fois, je comprends le sens cruel et poignant de ces paroles.

Aussi ne saura-t-il jamais comme je l'aime et cela, non parce qu'il est beau. Mais parce qu'il est davantage moi-même que je ne le suis. De quoique soient faites nos âmes, la sienne et la mienne sont pareilles.

CHAPITRE . 18

Les lumières de New York ne m'ont jamais semblé aussi rayonnantes et froides en même temps. À mesure que je me rapproche du centre-ville, les guirlandes érigées pour Noël se rassemblent par centaine à travers les rues. Complètement désabusée, je n'avais même pas remarqué le fin tapis blanc qui commence à recouvrir les trottoirs tout autour de moi. En arrivant devant mon immeuble, je me rends seulement compte que je n'ai même plus les clés de mon propre appartement. Dans ce genre de situation, la première chose que j'aurais faite ; c'est de me rendre chez Cindy.
Ce qui est désormais impossible.
N'ayant pas d'autre solution pour la nuit, je fais demi-tour dans l'allée avant de partir en direction de l'appartement de Tyler. Priant intérieurement pour qu'il soit seul chez lui. La notion du temps m'échappe totalement et je ne saurais dire depuis combien de temps j'étais retenue. Si c'est bien ce que j'étais. Intérieurement, je suis déjà prête à me faire remonter les bretelles par mon ex-petit ami. Qui me maudira par tous les noms de ne pas avoir tenté de contacter la brigade pour m'aider.

Après une dizaine de minutes, j'éteins enfin le moteur de la voiture. En tentant de rassembler mon courage, je me laisse aller contre le cuir du volant. Chaque inspiration est difficile, d'autant plus que l'odeur de criminel est ancrée partout dans l'habitacle de la mustang. Un instant, je dois me résonner et me forcer à sortir de l'engin pour ne pas faire demi-tour et retourner jusqu'à cette demeure éloignée dans les bois. Un regard vers le tableau de bord m'indique qu'il est plus de trois heures du matin. Sans plus attendre, je verrouille le véhicule et me dirige, tremblante, vers la porte d'entrée. De derrière, j'entends la sonnerie retentir à l'intérieur alors que mes doigts appuient sur la sonnette.

Plusieurs minutes s'écoulent avant que le gond de la porte ne s'abaisse. À moitié endormi, Tyler ne réagit pas tout de suite à ma vue. Il lui faut un certain temps avant de comprendre qui se trouve face à lui. Mais une fois fait, il m'attrape par le col de mon t-shirt et me tire à l'intérieur sans ménagement. Il ne me laisse pas le temps d'en placer une alors que la porte d'entrée se referme violemment à côté de nous.

— Bordel, Angela ! Qu'est-ce que tu fous là ?! Toute la police de New York est à tes trousses ! Tu te rends compte de la merde dans laquelle tu t'es mise en t'enfuyant ? hurle l'homme en me poussant malgré lui un peu trop fort contre le mur.

Devant mon silence, celui-ci tente de se calmer légèrement. Il allume la lampe du couloir avant de se tourner à nouveau vers moi. Ses yeux sont braqués sur mes vêtements, il me dévisage sans aucune retenue et alors que je m'attends à une nouvelle salve de colère... Il vient s'attraper les cheveux avec ses mains pour tenter de reprendre le contrôle de ses émotions.

— Tu es couverte de sang... Qu'est-ce qui t'est arrivé ? me demande-t-il en portant la manche de son pyjama à haute de ma joue pour m'essuyer.

— Ce n'est rien, je ne suis pas blessée ne t'inquiète pas, trouvé-je finalement le courage de dire. J'ai été quelque peu kidnappée. Je ne suis pas partie de mon plein gré, Tyler.

— Par qui ? Par ce mec, Candyman ?

— Si on veut, mais ce n'est pas le plus important. Tyler, je pense savoir qui a ordonné la mort de Cindy. Il y a ce mec, Georgio, il aurait ordonné de nous faire disparaître, car elle fouinait dans leurs affaires, expliqué-je au brun alors qu'il pose un regard gêné sur moi. Tu dois m'aider, je t'en prie !

Face à mon obstination, Tyle baisse les bras. En proie à un flot de contradiction, il se demande sans doute ce qu'il doit faire. Me dénoncer… Ou bien tenter de m'aider à me dépêtrer de toute cette folie. À sa place, je serais probablement en proie aux mêmes questions. Impossible de le blâmer.

Après plus d'une demi-heure à parler. Tyler m'apporte des vêtements de rechange et de quoi dormir dans le canapé. Le temps de trouver une autre solution demain. D'un signe de tête gênée, je le remercie avant qu'il ne remonte dans sa chambre pour finir sa nuit. Une fois seule, je me change et me laisse tomber sur le moelleux du fauteuil. Incapable de lâcher le t-shirt de James des mains, je le serre contre mon cœur en tentant de m'endormir. Je ne peux m'empêcher de me demander ce qu'il fait. S'il a trouvé le sommeil. S'il a soigné les entailles qui recouvraient sa main. Ou bien même s'il n'est pas en train de fumer chacune des clopes de son paquet de cigarettes. Chose qu'il fait uniquement quand il est semble stressé ou trop énervé que pour redescendre de lui-même.

Je secoue la tête pour chasser ces pensées de mon esprit. Pour chasser le visage du criminel de ma tête. S'il y a une chose dont j'ai besoin, c'est de dormir. Oublier toute cette histoire, prouver mon innocence et retrouver mon travail.

C'est finalement cette insupportable odeur de café noir qui me sort de mon sommeil. J'ai l'impression que ça fait une éternité que je ne me suis pas fait réveiller par autre chose que des bousculades, des verres d'eau froide ou des piques désagréables. En papillonnant légèrement des paupières pour chasser le mal de tête qui me guette, je remarque Tyler assis sur la table basse face à moi. Il me tend une tasse fumante, que j'accepte une fois m'être redressée sur le canapé.

— Café au lait et supplément crème, me murmure-t-il. Je me rappelle à quel point tu détestes le café noir, conclut-il en portant sa propre tasse à ses lippes.

— Je te remercie. Désolée d'avoir débarqué en pleine nuit sans prévenir. Je t'avoue que je ne savais pas trop où aller d'autre, avoué-je légèrement gênée.

— Il n'y a aucun souci Angela, les amis sont là pour ça. Je t'ai sorti du beurre de cacahuète et de pain de mie sur la table de la cuisine, si tu as faim. Il est déjà tard et je dois aller au poste pour régler quelques affaires. Normalement je serais rentré pour seize heures, ça ira jusque là ? me questionne-t-il en posant sa main sur la mienne.

D'un signe de tête, je le rassure et le remercie pour ses petites intentions. Une fois parti, j'en profite pour rejoindre la cuisine et me jeter sur la pâte à tartiner. Sans prendre la peine d'avaler autre chose que ça, je ne peux m'empêcher d'examiner la pièce. J'ai l'impression que rien n'a changé ici depuis toutes ces années. Les mêmes cadres sont toujours accrochés un peu partout. Et le mécanisme du bac à glaçon du frigo fait toujours un bruit infernal. Sur la porte de celui-ci, un petit bout de papier attire mon attention. L'écriture dessus est la mienne, à n'en pas douter. Du bout des doigts, je l'attrape et un sourire vient se dessiner sur mes lèvres. Je me souviens du jour où je l'avais accroché.

C'était avant l'un de mes déplacements pour un stage, persuadée que Tyler ne ferait pas attention aux instructions de cuisson du plat préparé que je lui avais acheté. J'avais noté sur ce petit papier la température et la durée de cuisson qu'il devait respecter. Qu'il l'ait gardé après tout ce temps me trouble plus que je ne le voudrais. A-t-il réellement réussi à faire un trait sur notre passé ? Ou suis-je égoïste au point de ne pas me rendre compte que je lui cause du mal à chercher son aide ? Abandonnant la cuisine, je me rends dans la salle de bain pour prendre une douche bouillante. Dans l'optique de me réveiller et de me donner un peu de courage pour cette journée.

Une serviette autour de la taille, je me dirige vers la chambre de Tyler pour lui voler un training. En ce moment, j'ai l'impression de ne porter rien d'autre que des vêtements d'hommes. Ce qui n'est pas forcément pour me déplaire, c'est d'un confort sans nom. Une fois habillée, je redescends au rez-de-chaussée et enfile mes chaussures. L'idée que James ait pu laisser les affaires qu'il m'avait confisquées dans sa voiture remue depuis une heure dans ma tête. Et même si je sais qu'il n'est pas prudent de sortir, traverser la rue ne devrait pas être trop dangereux.

En fouillant dans sa veste, je récupère les clés et sors de la maison en tâchant de bloquer la fermeture de la porte à l'aide d'un journal. Pour ne pas me retrouver enfermée dehors jusqu'au retour de Tyler, qui ne se privera pas de me sermonner d'avoir désobéis.

Mis à part le sac effectivement rempli de liasse de billets comme la mentionné le criminel, il n'y a rien à l'arrière. Préférant ne pas me poser de question sur la provenance de tout cet argent, je ferme rapidement le coffre pour me mettre à fouiller l'intérieur. Rien sous les sièges ni dans les pare-soleils. Mon dernier espoir est la boite à gants.

Au moment où je l'ouvre, un carnet noir et argent en tombe. L'espace d'un instant, je suis figée face au petit journal. L'envie d'y jeter un coup d'œil est beaucoup trop tentante. Mais la peur de découvrir des informations compromettantes que je ne pourrais m'empêcher d'utiliser contre lui est d'autant plus forte. Après plusieurs minutes de bataille interne, j'attrape l'objet dans mes mains et ouvre l'un des pages au hasard. Mes yeux parcourent curieusement les lignes encrées sur le papier blanc. Une boule grossit dans ma gorge à mesure que je tourne les pages pour les lire. Nerveusement, je passe plusieurs dizaines de pages et m'arrête sur l'esquisse d'un dessin. Ou plutôt d'un portrait, mon portrait. Mes traits sont gracieusement reportés sur le grain. Il n'y a pas de doute que ce soit moi sur le dessin. Pourtant, à travers les yeux de James, j'ai l'impression d'être différente de celle que je vois à chaque fois dans le miroir. J'ai l'impression d'être plus rayonnante, plus vivante, plus souriante.

Est-ce ainsi qu'il me voit depuis tout ce temps ? Combien de nuits a-t-il passées à me suivre sans que je ne le remarque ? À m'observer, caché dans la pénombre tel un fantôme.

Complètement perdue et anéantie par cette découverte, je tourne les pages jusqu'à la dernière. Une feuille pliée en quatre tombes soudainement du journal, je la ramasse soigneusement et la déplie en retenant mon souffle.

Le papier est légèrement gondolé et quelques traces d'eau séchées restes visibles par-ci et là. Me provoquant le doute que ces lignes lui ont fait verser des larmes. Chose qui me semble si dérisoire et improbable venant de cet homme d'apparence si forte.

Hésitante, je finis par lire ses pensées qui noircissent durement la lettre…

« *Je te le promets, Angela.*

Un jour, tu te réveilleras. Le ciel au-dessus des nuages te semblera moins gris malgré la pluie. Ce café amer, que tu avais l'habitude de te servir chaque matin, aura soudainement un goût plus sucré. L'eau qui coulera sur ta peau emmènera peu à peu avec lui le goût acescent de ta vie.

La monotonie de tes journées te donnera l'impression de vivre de nouvelles choses chaque jour, chaque instant. La colère que tu ressentais depuis toujours arrêtera finalement de t'écraser sous le poids de la peur. Car c'est cette témérité sous-jacente qui t'aidera à survivre, à grandir, à anéantir chacun de ses cauchemars qui hante ta vie. À ne pas abandonner le jour où tu devras te battre pour conserver cette éclatante lueur de bonté.

    Je te le promets, Angela.
    Je trouverais le courage de te libérer de la bête que je suis.

    Un jour, au fil d'une conversation pleine de platitudes et de banalité, tu t'en rendras compte. Tu te demanderas à quoi ressemblaient les traits de mon visage, la couleur de mes yeux, la longueur de mes cils ou bien de mes cheveux. Tu oublieras la chaleur de la paume de mes mains contre tes reins. La douceur de mes lèvres contre ta peau ou encore la caresse de mon souffle, contre ta bouche. Et pour finir, tu te rendras compte que tu as arrêté de penser à moi. À nous. Tout comme je tenterais d'arrêter de penser à toi. À cette connexion qui s'est instaurée dans ce fossé creusé entre nos deux âmes ; cette connexion inenvisageable, froide et pourtant si brûlante. Électrisante et incroyablement reposante.
    Car comme une noyade en plein ciel, il n'y aura plus rien d'aussi impossible que de ne plus penser, rêver, imaginer, désirer ou réclamer notre proximité. Revendiquer cette manière si détestable que nous avions de nous supportée.
    Je me le promets, je trouverais un jour le courage de te laisser partir. De me libérer de ton visage, de ta présence et de l'ombre de ton sourire. Je trouverais le courage de ne pas t'emmener de force dans mes ténèbres ou dans mes propres cauchemars. De ne pas anéantir toute trace de lumière que tu projettes autour de toi. De ne plus jamais être la cause de tes larmes ou de la froideur de ton regard. Ô' combien ai-je été égoïste de te faire prisonnière de ma propre dépendance. De ma propre incapacité à te tenir éloigné de moi,

à te souhaiter entièrement, purement et simplement. Pour quelle raison faut-il que la bête tombe toujours éperdument éprise de la belle ?

Combien de siècles cela prendrait-il pour qu'un jour tu puisses fermer les yeux sur toutes les horreurs que j'ai commises ? Combien de siècles cela me prendrait-il pour me pardonner de toute cette souffrance que je t'ai causée ? Combien de jour cela me prendra-t-il de trouver la force de me sevrer de ton existence ?

Jamais, je n'avais de ma vie détesté ou souhaité autant la mort d'une personne. Jamais je n'avais de ma vie eu autant de difficulté à laisser partir une personne.

Jamais, je n'ai de ma vie désiré ou aimé autant une personne.

Jamais, je te le promets. »

Le temps est comme suspendu autour de moi. L'air à l'intérieur de l'habitacle me fait suffoquer. La peau de mon visage brûle sous les assauts des larmes qui ne cessent de dévaler sur mes joues, sans que je ne m'en rende compte. Il n'y a personne que je n'ai jamais autant détesté que cet homme. Son arrogance, son assurance et la façon si agaçante qu'il a de me faire comprendre que je ne suis qu'une chose insignifiante. La froideur de ses mots et la chaleur de ses regards. Incapable d'ordonner mes pensées, il n'y a qu'une chose dont je suis certaine : il faut que je retourne là-bas.

Le rendez-vous du criminel me revient soudainement en tête. Terrifiée de ce qu'il pourrait lui arriver s'il y va seul, je ne peux me résoudre à l'abandonner. Sans perdre plus de temps, alors que Tyler risque de revenir d'un instant à l'autre, je fonce à l'intérieur récupérer mes affaires. Je laisse un mot sur la table basse pour m'excuser auprès de lui, attrape une de ses casquettes qui traîne dans l'entrée et démarre en trombe avec la voiture. Si cette nuit le trajet me paraissait calme. En pleine journée, il me rend carrément paranoïaque. À chaque feu rouge, j'ai peur de me faire reconnaître ou bien de tomber en plein dans un contrôle de police. Étant bel et bien recherchée pour meurtre dans tout le pays, j'ai intérêt à me faire aussi discrète que possible.

La densité du trafic en pleine après-midi rallonge de moitié mon trajet. Intérieurement, je remercie le GPS de bord d'avoir l'adresse de James enregistré. Dans le cas inverse, je ne suis pas certaine que j'aurais retrouvé le chemin exact jusqu'à cette maison perdue dans la densité de la forêt. Tout du long, l'anxiété me ronge les os. Qu'est-ce que je vais bien pouvoir trouver à lui dire ? A-t-il seulement encore envie de me revoir après que je sois partie sans un mot, à peine m'en a-t-il donné l'occasion ?

Les musiques défilent sur la station de la radio.

Depuis tout à l'heure, je n'entends rien d'autre que ces satanées musiques de Noël. Si je déteste ces fêtes, c'est d'autant plus, car je les passais la plupart du temps seul après ma rupture. Et que toutes ces pubs à l'approche des fêtes ne faisaient que de me confronter à cette solitude. Qui, finalement, ne me convenait peut-être pas tant que ça. Trop bornée et fière pour l'admettre, je préférais me jeter corps et âme dans le travail. Tout ça me paraît soudainement bien stupide face aux centaines de raisons que James a d'être aigris et en colère en cette période. Chaque flocon, chaque luminaire, guirlande ou chant de Noël ne fait qu'une chose : le replonger dans ses cauchemars. Lui faire vivre encore et encore cette nuit qui lui a arraché son innocence d'enfant.

Et malgré moi, je n'ai qu'une envie : être la barrière entre lui et ses ténèbres. Ce n'est pas de force qu'il m'y emmènera et j'espère secrètement qu'il n'est pas trop tard.

En arrivant finalement face à l'allée parsemée de gravier, le courage me quitte peu à peu. Devant le garage se trouve la voiture de Dave et intérieurement le fait qu'il ne soit pas seul me gêne plus que je ne le voudrais. Le médecin a beau avoir fait preuve de gentillesse à mon égard, il n'a pas l'air de me porter dans son cœur. Ce dont je ne peux pas vraiment le blâmer après les conversations que j'ai surprises entre lui et le criminel.

    Les doigts posés sur la sonnette, la sonnerie retentit de l'autre côté de la porte. Résonnant à travers mes muscles jusqu'à atteindre mon cœur sur le point d'exploser.

CANDYMAN
CHAPITRE . 19

Étrangement, j'ai l'impression qu'il me suffirait de sortir du bureau pour la croiser dans la pièce d'à côté.

Partout où je mets les pieds, son odeur est là. Débordante et entêtante. Sa voix, parfois insupportable, n'a pas résonné dans la maison depuis hier soir. Celle de Dave ne fait que pâle figure à mes oreilles comparées aux notes aiguës de la sienne. Je pensais être vacciné de la perte depuis le temps. Il m'a été arraché tellement de fois, que ce palpitant me semblait mort depuis longtemps.

Mais je n'ai jamais été étreint par pire torture que celle de la voir monter dans ma voiture et disparaître à travers les arbres.

Perdu, j'observe le verre ambré que je laisse rouler sur mon bureau depuis une demi-heure. Même ce liquide me fait penser à elle. Et à la vague destructrice qui l'a étreint le soir où elle en a bu, —j'éloigne le verre de moi.

Après notre partie de chasse, elle avait l'occasion de partir. Je lui ai offert la victoire sur un plateau d'argent. Dans l'unique but d'avoir le cœur net sur ce qu'elle tentait de se cacher à elle-même.

Mes doigts se portent d'eux-mêmes à mes lèvres au souvenir de la caresse des siennes.

Est-ce l'histoire de mon premier meurtre qui lui a fait

comprendre quel monstre j'étais réellement ? Probablement. Et malgré que je me sois ouvert à elle, je n'arrive pas à lui en vouloir d'avoir pris ses jambes à son cou. Moi-même je ne pourrais que lui conseiller de me fuir, aussi loin qu'il lui en est possible. En m'intéressant à elle, j'ai creusé sa propre tombe dans ce cimetière de souffrance et de peur.

Irrité, je rattrape mon verre de rhum et le vide d'une traite alors que Dave m'observe étrangement. Une lueur de gêne et d'inquiétude dans le fond de ses iris. Avant même qu'il ne me dise quelque chose, je l'arrête.

— Je vais bien. C'est moi qui lui ai dit de partir, déclaré-je sans laisser paraître mon trouble.

Ni le fait que j'essaie moi-même de me convaincre de mes propres paroles. Mon meilleur ami met plusieurs minutes avant de me répondre. Pesant probablement le pour et le contre de tenter de me faire entendre raison. Je le vois abandonner cette idée au relâchement soudain de la pression invisible sur ses épaules.

— Qu'est-ce que tu comptes faire pour ce soir ? Tu ne peux pas y aller seul, Georgio ne laissera pas passer.

— Tu as toujours le numéro de Mindy ?

Un froncement de sourcil vient barrer son expression inquiète. L'air dégoûté par la simple idée de contacter cette nymphomane.

— Tu veux vraiment t'infliger sa présence ?

— Je préfère que ce soit elle qui crève si Georgio s'énerve plutôt que Angela, tranché-je sans lui laisser l'occasion d'ajouter autre chose. Dis-lui de nous rejoindre ici pour dix-huit heures. Avec un peu de chance, Camilla pourra la rendre un peu présentable. Que je n'ai pas totalement l'impression d'avoir une chienne sans cervelle à mes côtés.

Me resservant un nouveau verre, j'ignore les blessures de mes poignets qui me brûlent. Je n'ai pas défait les pansements que la brunette m'a faits hier. Espérant conserver de façon aussi subtile qu'imaginaire, l'odeur de sa peau contre la mienne.

Les pas de Dave qui s'éloigne vers le couloir me font relever la tête. J'expire un bon coup pour redonner un peu de contenance à cette carapace trouée tout autour de moi. D'une main, j'attrape le paquet de cigarettes dans la poche arrière de mon jeans. Maugréant intérieurement en apercevant qu'elles sont toutes un peu écrasées.

Putain de journée de merde.

— Je sais que je me répète, résonne à nouveau la voix de Dave que je pensais parti. Mais est-ce qu'elle en vaut vraiment la peine ?

Sans bouger, ni même me tourner vers lui, je prends le temps de réfléchir à sa question. Plus sérieux que je ne l'ai sans doute jamais été, je lui réponds au bout de ce qui me semble être une petite éternité.

— Est-ce que Camilla en valait la peine ?

Aucune réponse ne franchit la barrière de ses lèvres. Car il connait la réponse.

Il connait ma réponse.

La tête plongée dans les dossiers que mon meilleur ami m'a déposés, j'analyse les correspondances avec ceux de mon ordinateur. Il n'a pas réussi à mettre la main sur tout ce que je lui avais demandé, mais une bonne partie est là. Relevés de comptes, copie de mail, liste de numéro de téléphone. Transaction ou encore ordre d'exécution. Ces documents mettent en lumière plus d'une centaine de personnes mêlée à la Outfit. Sans parler des petits dealers qui ne sont que des larbins et des maillons quasi inexistants de la chaîne qu'est cette organisation.

Sans que je lui demande, il a également réussi à réunir plusieurs preuves contre des agents de la police de New York qui bossent secrètement pour nous.

Pour eux.

J'ai plus d'une dizaine de photos devant moi et pourtant aucune de ces personnes ne semble resplendir comme Angela l'était sur sa photo d'agent.

Elle, elle était fière d'être photographiée dans son uniforme.

Eux ne sont que des numéros de plus dans la fourmilière qu'est la police.

Du bout des doigts, j'ouvre le tiroir dans lequel repose son dossier. Une bonne vingtaine de clichés sont rangés dedans. Les étalent devant moi sur le bureau, je ne peux m'empêcher d'essayer d'ancré dans ma mémoire chacune de ses expressions, chacun des détails de sa peau, de son attitude.

— C'est donc à ça qu'elle ressemble sans tes vêtements dix fois trop grands ? me questionne Camilla en se plaçant derrière moi.

Trop concentré sur les clichés, je ne l'ai pas entendu arriver. Mes réflexes sont engourdis et ce simple constat me tend nerveusement.

— L'autre chieuse est déjà là ?

— Elle s'extasie sur la poussée de muscle de Dave. Et j'ai beau t'aimer comme si tu étais mon frère, je t'assure que je vais te tuer si tu ne l'éloignes pas de mon mari.

Dans un souffle, je range les dossiers et les range à leur place. Je me lève de ma chaise sous le regard calculateur de Camilla et il me faut un certain self-control pour ne pas perdre davantage mon sang-froid. La façon dont elle et Dave me regardent me met hors de moi. La pitié qui suinte de leurs yeux me donne envie de hurler et de péter tout ce qui se trouve autour de moi.

Alors que la sonnette retentit dans toute la maison et que Mindy se dirige vers la porte, —je profite de son absence pour mettre les choses au clair avec mes deux amis.

— Le prochain qui ose évoquer Angela devant moi, je lui explose le crâne. Je ne veux plus la voir ni entendre parler d'elle.

D'un signe de tête entendu, il détourne le regard sous mon aura menaçante. Sans doute devrais-je éprouver des remords de les menacer de la sorte. Mais je n'en ai aucun. Ou du moins, ils n'arrivent pas à se faire entendre dans la tempête qui fait rage à l'intérieur de moi.

La voix insupportable de Mindy prononce mon prénom alors que je me dirige vers l'entrée. Arrivés à sa hauteur, mes muscles se crispent devant la brunette qui semble illuminer les ténèbres de la nuit derrière elle.

Comment est-ce possible de se bouffer un karma pareil, bordel ?

Ses billes vertes fixées sur la blonde à côté de moi, elle ne semble même pas me voir réellement. Sans doute trop obnubilée par le débordement de chair qui s'échappe du décolleter de Mindy. Qui se trouve être à des années-lumière de son physique à elle.

Si seulement elle pouvait ne pas avoir cette expression qui danse sur ses traits, visiblement tirés par la fatigue. Il serait d'autant plus simple pour moi de conserver mon masque de colère.

— Laisse-nous tranquilles, tonné-je d'une voix que je veux froide et tranchante.

Sans aucun doute persuadée que je m'adresse à la blonde et non à elle, Angela tente de faire un pas vers moi. D'une poigne assurée, je la retiens et la pousse vers l'extérieur.

Sans ménagement. Sans aucune douceur.

Et putain, qu'est-ce que je me déteste de la traiter ainsi.

— Non, c'est toi qui dégage.

Violemment, je referme la porte dans mon dos pour nous isoler de l'intruse. Conscient qu'il est imprudent que Mindy ne pose des questions sur elle. Cette meuf est la pire pipelette que je connaisse. N'importe quel mafieux lui ferait cracher ce qu'elle sait, simplement en sortant leur queue devant elle.

La brunette se tortille sous ma prise, durement. Comme brûlé par ses gémissements de douleur, je la relâche.

À tâtons, j'essaie de trouver mon paquet de cigarettes avant de me souvenir que je l'ai laissé dans le bureau. L'envie de hurler de rage et d'écraser mon point contre le mur est forte, mais le visage angélique de la brunette me retient de piquer une crise de nerfs maintenant.

— Écoute-moi James.

— Tu as trente secondes pour remonter dans cette putain de voiture et partir aussi loin qu'il t'est possible.

— James, me supplie-t-elle de l'écouter.

D'un mouvement rapide, je sors l'arme qui repose pour une fois dans mon holster. À peine le cran de sûreté retiré dans un cliquetis assez fort pour qu'elle ne l'entende, je la pointe sur son visage. Mon corps se bat avec ma raison qui hurle à mes muscles de ne pas faire ça. De ne pas lui faire ça. Mais je n'ai pas d'autre solution pour la mettre en sécurité. Elle doit être effrayée, elle doit me craindre.

Elle doit me détester.

Son visage se perd dans la contemplation de nos pieds. Un instant, il me semble apercevoir une larme quitter son visage pour s'écraser contre le plancher de l'entrée. Cette simple constatation finit de m'achever et mon palpitant me prive du peu d'oxygène que j'arrivais encore à utiliser pour alimenter mes membres.

Mes bras retombent le long de mon corps.

— Tu étais distrayante jusqu'à maintenant. Et c'était amusant de jouer au gentil garçon avec toi, mais c'est fini. J'en ai ras le cul de devoir faire les promenades du petit chien de la police de New York, déclaré-je espérant la briser un peu plus pour attiser la haine qu'elle éprouve envers moi.

Un rire brisé s'échappe de sa gorge. Son corps tremble légèrement en me donnant l'envie de la serrer dans mes bras pour la réchauffer. Mais je reste là. Impassible, insensible à la regarder sombrer sous la tristesse et la violence de mes paroles.

Brusquement, elle plaque un livre contre ma poitrine. En l'attrapant entre mes mains, j'ai un mouvement d'arrêt.

Dans ma tête, la petite voix de ma conscience m'insulte de tous les noms. Je baisse les yeux vers Angela alors qu'elle me regarde à peine.

— Je n'arrive pas à comprendre si tu es le plus mauvais menteur du siècle, ou bien le pire criminel que je n'ai jamais connu, souffle-t-elle lascivement me transperçant durement à l'aide de chacune de ses intonations. Mais ce que je sais, c'est que ces mots-là, dans ce carnet… Ce n'est pas l'homme en face de moi, ce soir, qui les a écrits.

Planté sur place sans réussir à bouger. Je l'observe repartir vers ma voiture, accompagnée uniquement du chant langoureux du vent et de la brise contre les arbres.

Avant même qu'elle ne démarre, je trouve le courage de faire plusieurs pas dans sa direction. La fenêtre côté conducteur se baisse et d'une voix que je ne lui aie jamais entendue, elle me dit qu'on se revoit ce soir, au club.

— Si tu viens ce soir, s'en est fini pour toi Angela. Je te tuerais, tonné-je rageusement en signe de dernier avertissement à son obsession rebelle.

— Dans ce cas… Je tâcherais d'être à l'heure pour mon rendez-vous avec la mort, me répond-elle finalement avant de démarrer.

Emportant son sourire dépourvu de vie et de lumière loin de moi.

Alors que l'heure du départ approche, mes paumes se contractent rageusement. Dans un dernier cri de rage qui s'échappe du tréfonds de ma trachée, mon verre éclate en morceau contre l'un des murs de mon bureau. N'arrivant pas à faire disparaître la mine abattue de la brunette de mon esprit…

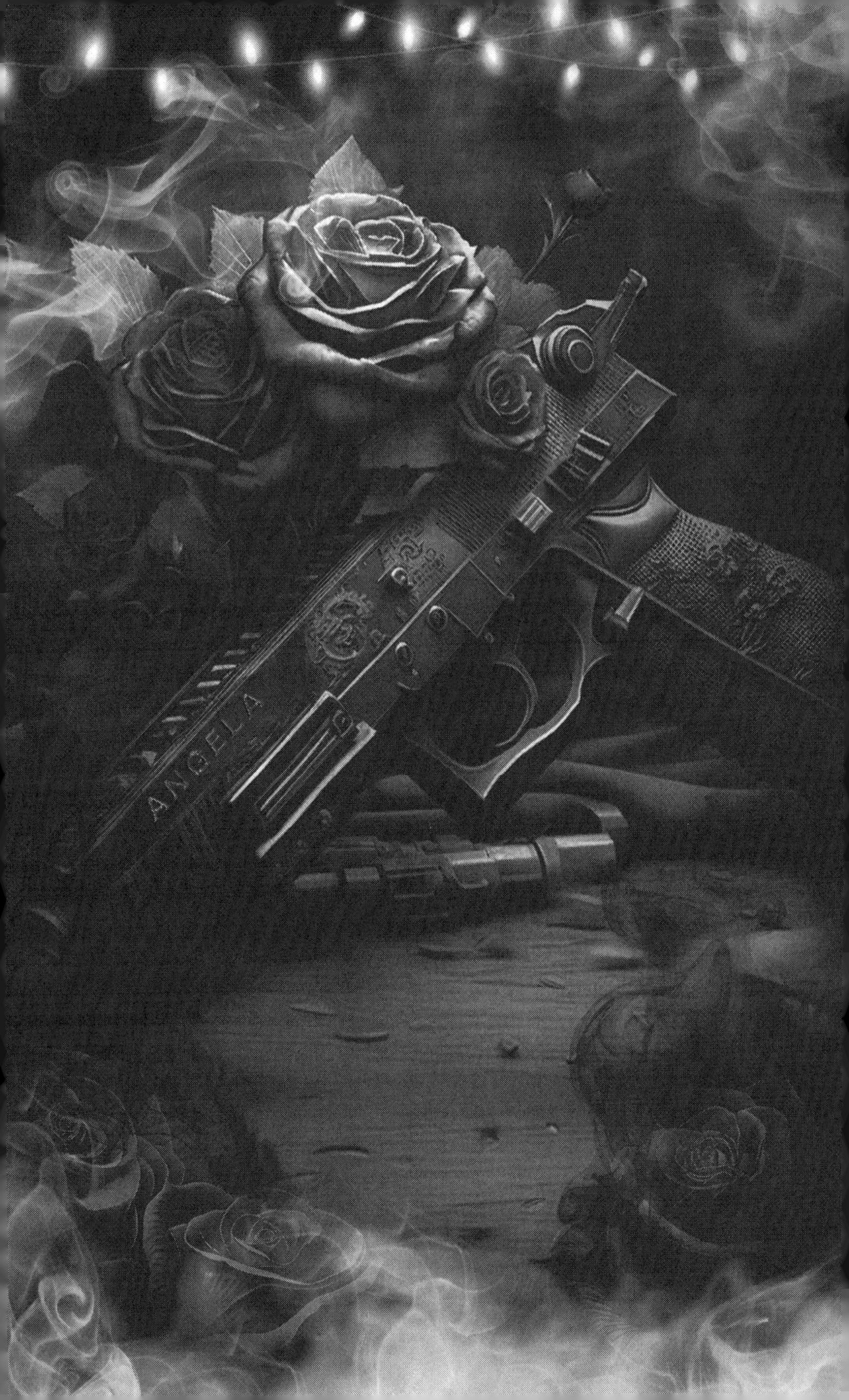
ANGELA

CANDYMAN
CHAPITRE . 20

Depuis le début de la soirée, je n'ai pas cessé de fixer l'entrée de la boite de nuit. Prêt à sauter sur la brunette à la minute même où elle posera le pied à l'intérieur. Autour de moi, les gars de la Outfit sont presque tous déjà ivres ou le nez plongé dans la coke. La blonde assise à côté me casse les oreilles avec ses histoires de merde. Et si ce n'était pas pour protéger l'autre idiote, je ne me serais pas fait endurer sa présence.

Depuis le temps qu'elle me tourne autour, elle doit probablement être sur un petit nuage. Ce genre de nana n'aime que deux choses : l'argent et le danger. C'est les seules raisons pour lesquelles elles côtoient des membres de cartel ou des criminels. Pour ces instants de frissons que ça offre à leur pitoyable existence. Elles sont aussi fades que les cocktails coupés à l'eau que la grognasse boit à côté de moi.

Les gars se mettent à siffler étrangement fort devant nous. De toute évidence attirés par une paire de jambes dénudées ou n'importe quelle meuf un peu trop légèrement habillée. La voix qui résonne jusqu'à mes oreilles me sort de ma réflexion et tend chacun des muscles de mon corps.

Comment n'ai-je pas reconnu les traits de son visage caché sous cet attirail trop provocateur ?

— Veuillez m'excuser du retard, la journée a été

chargée, s'épand Angela, dissimulée sous une perruque d'un rouge criard. Qu'est-ce qu'il fait chaud ici !

Elle n'a pas le temps de finir sa phrase, qu'un des gars accourt à côté d'elle pour la débarrasser de sa veste en cuir. Non sans laisser ses mains immondes glisser sur la peau nue de ses épaules. Ce qui a le don de légèrement m'irriter. Alors qu'elle se tourne vers moi, son regard me promet secrètement qu'elle n'a qu'un but : me faire vivre un enfer. Et tandis que je me retiens de tout commentaire, elle jette un peu plus d'huile sur le feu qui bout déjà dans mes veines.

— Mais bébé… Je pensais que tu blaguais quand tu disais que tu allais récupérer une prostituée sur le bord de la route pour t'accompagner. Je n'allais pas te poser de lapin, tu sais ? claque-t-elle entre ses dents avant d'ordonner à la blonde choquée de dégager.

Celle-ci se tourne vers moi, patientant que je dise quoique ce soit pour la défendre — ce dont je suis incapable, trop concentré à tenté d'ignorer mon flingue bien trop lourd sous mon t-shirt.

— Tu l'as entendu, non ? On a plus besoin de tes services, craché-je heureux de ne plus avoir à entendre sa voix insupportable.

Outrée, elle quitte le lounge VIP en piquant un fard. Laissant sa place à la brunette couverte de cuir. À peine s'assoit-elle que ma main vient se refermer sur sa cuisse.

— Vous êtes suicidaire ou complètement dépourvue d'intelligence ? la questionné-je en me penchant à son oreille pour me faire discret.

Un rire exagéré s'échappe de sa gorge avant qu'elle ne se tourne vers moi.

D'aussi près, je distingue à la perfection la lueur remplie de défi qui brûle au fond de ses iris. Le maquillage qu'elle porte accentue habilement la vicissitude de sa beauté. Pas insensible à cette transformation, je ne peux m'empêcher de penser que je la préfère sans tous ces artifices ; habillée uniquement d'un de mes hauts noirs. Ses doigts manucurés se posent sur ma joue au moment où ses lèvres viennent caresser la naissance de ma mâchoire.

— Il me semble que c'est ainsi que vous les aimer. Sans cervelle ni personnalité que votre égo de manipulateur ne pourrait dominer.

Sa pique glaçante de jalousie m'arrache un sourire narquois que je dissimule derrière mon verre. La simple idée qu'elle puisse être en colère de me voir aux côtés d'une autre me plaît. Au point que j'en oublierais presque le fait que je veux la tenir écartée aussi loin de cet enfer.

— Quelle délicieuse créature nous amènes-tu là, Colson ? s'exclame Georgio en arrivant dans le lounge tout en s'approchant d'Angela.

Sans perdre de son assurance face à l'individu, celle-ci se lève en négligeant le cuir qui roule de façon indécente sur la courbe de ses hanches.

Je me lève aussitôt pour abaisser cette satanée jupe et faire barrage à la vision de ses formes. La main tendue pour la saluer, la brunette l'ignore pour faire une accolade amicale au vieil homme. Embrassant par la même occasion sa joue comme s'il était une ancienne connaissance. La voix désabusement rieuse, elle se présente sous un faux nom tandis que je la tire vers la banquette pour la maintenir assise sur mes genoux.

— Je ne savais pas que James avait des collègues aussi charmants que vous, roucoule-t-elle faiblement face à l'homme hypnotisé par son jeu d'actrice parfait.

Enjoué, il hurle à une des serveuses d'apporter plus de bouteilles. Souriante, Angela fait abstraction de mes mains un peu trop agrippées à son bassin. Le visage tourné vers moi, j'en profite pour plonger mon regard dans le sien. Priant intérieurement qu'elle capte toute cette putain de haine qu'elle me procure. Si elle veut jouer, elle peut être certaine qu'elle a trouvé son adversaire.

De nouveau à côté de moi sur la banquette, elle enchaîne les verres tout en étant en grande conversation avec l'un de mes « supérieurs ». La petite lieutenante ne cesse de passer nerveusement sa main autour de sa gorge. Brûlée par les effluves de l'alcool ou bien gagnée peu à peu par l'ivresse qui lui fait perdre son calme. Cachée derrière son dos, ma main vient caresser le bas de sa nuque. Lui arrachant quelques frissons au passage. Jouant, de temps en temps, distraitement avec l'attache de son soutien-gorge, — que seule la compagnie autour de nous me retient de lui retirer. Un coup d'œil vers son visage me permet de discerner la rougeur qui a envahi ses joues et son regard.

Il faut l'avouer, cette petite fouineuse tient bien l'alcool. Profitant de sa concentration sur les barres de pôle dance un peu plus loin, où plusieurs filles se donnent ridiculement en spectacle. Je ne peux m'empêcher de venir mordiller son oreille.

— Je devrais peut-être en installer une dans ma cave, commencé-je attirant soudainement son attention sur moi, gênée.

Me redressant sur la banquette rembourrée, j'achève sa lueur échauffée.

— Mindy serait trop bandante suspendue dessus.

La colère peint ses traits alors qu'elle dégage violemment ma main de sa peau. Si un regard avait le pouvoir de tuer, je ne doute pas que le sien serait aussi mortel que son agilité avec un pistolet. Fier de moi, je vide le verre qu'elle tenait entre les mains avant de le laisser claquer contre la table en verre devant nous. Au bout de quelques minutes, la petite furie se lève d'un bond et roule des hanches jusqu'au groupe de filles près des barres. Celles-ci l'accueillent joyeusement dans des acclamations d'ivresse et de folie. M'appuyant davantage sur mes coudes, je la fixe avec intérêt. Accompagnée de son plus beau sourire, elle me tend son majeur telle une enfant capricieuse. La minute d'après, elle se laisse entraîner dans un semblant de danse coordonnée par une des strip-teaseuses. Danse qui tient plus de la provocation que de l'artistique. Je me retiens difficilement de la ramener par les pieds à sa place alors que les mecs la reluquent sans vergogne. Osant même, pour certains, la siffler en l'encourageant à se dévêtir. Davantage qu'elle ne l'est déjà à mon goût dans cette putain de tenue.

— C'est un sacré numéro cette nana, tonne Georgio en prenant place à côté de moi. Combien pour que tu me laisses m'amuser avec, finit-il par me demander sans cacher l'excitation perverse et dérangée qui le secoue à mesure que Angela se tortille autour de la barre.

Glissant mes yeux vers le mafieux, je m'empêche de lui répondre. Conscient que rien qui ne sortirait de ma bouche, là tout de suite, ne sonnerait autrement que comme un aveu de culpabilité. Je ne suis pas du genre à protéger une meuf, il le sait. Je m'amuse avec celles qui sont consentantes de servir de jouet et je les jette aussitôt l'emballage défait.

L'un de ses hommes s'approche un peu trop du groupe de la brunette. Et alors qu'il lui met une main au cul, Angela lui décroche une droite en pleine figure. Alerte, je bouscule Georgio et rejoins la piste. Avant même qu'il ne lève la main pour la frapper, mon corps fait barrage entre lui et elle. L'arme pointée sur son crâne, je lui ordonne de s'éloigner. Le nez en sang, il ne se retient pas d'être virulent.

— Retiens ta pute d'allumer les mecs si elle a du mal à écarter les cuisses !

— La pute elle t'emmerde, pauvre con ! hurle la furie colérique et décidément trop courageuse grâce à l'alcool.

Retenue par la taille, elle se débat en insultant l'homme de tous les noms.

— Écoutez, on va y aller, tenté-je de la calmer. Arrêtez de le provoquer.

— Je ne vais pas me laisser faire par ce trou du cul, grimace-t-elle haineuse en tentant de se défaire une fois de plus de mon emprise. Lâche-moi et retourne fantasmer sur ta Mindy, je refuse que tu me touches.

— La jalousie te va mal au teint, Trésor.

Face à sa moue ivre et effarouchée, j'en viendrais presque à oublier où nous sommes. La voix de mon mentor nous sort de la bulle sous tension dans laquelle nous étions enfermés. Celui-ci tape dans ses mains en s'approchant dangereusement de nous. La bosse à sa ceinture laisse entr'apercevoir l'arme qu'il porte constamment avec lui. Dans l'attente où il daignera la sortir, je le guette telle une proie.

— Et si on retournait tous se poser calmement ? Prust va donc te débarbouiller et laisse mes invités tranquille. C'est une soirée festif, pas une de vos vulgaires sorties de débauche, tonne l'homme avant de tendre sa main habillée de plusieurs bagues à Angela.

Hésitante, elle accepte sa paume sans même m'accorder un regard en passant devant moi. Mon flingue toujours dans la main, je le range finalement à l'arrière de ma ceinture après avoir enclenché à nouveau le cran de sûreté. Cette gonzesse n'a pas idée qu'elle n'est qu'un agneau égaré dans une taverne de loups affamés. Et je suis le premier à crever d'envie de la dévorer.

La tension dans mes muscles ne faiblit pas depuis plusieurs heures. La musique est devenue insupportable et je suis plus distrait par l'aura de haine que le larbin lance depuis son siège à la brunette, que par la conversation qui se déroule à côté de moi. Au moment où elle se lève pour aller aux toilettes, je n'ai qu'une envie : la suivre et la traîner de force hors d'ici.

— James ! Il faut qu'on parle toi et moi, s'exclame mon supérieur en se rapprochant de moi sur la banquette. Je dois t'avouer que je suis plutôt fière de ce que tu as fait avec les deux petites gonzesses.

Une grimace nerveuse tend mes traits.

— Faire en sorte que la police de New York mette le meurtre sur le dos de cette femme, c'était du pur génie. Je t'avoue que ça nous soulage qu'une autre enquête sur l'un de nos hommes ne soit pas en cours. C'est mauvais pour les affaires, tu le sais bien, explique le vieil homme en caressant sa barbe de trois jours. Alors, dis-moi. Comment t'y es-tu pris pour la buter cette salope ?

Face à sa question digne du porc qu'il est vraiment, ma tête cogite. Cherchant une quelconque histoire à inventer, peu certaine qu'il soit compréhensif à l'idée que cette « salope » vive actuellement sa meilleure gueule de bois sur son compte. Même si ce n'est pas quelques verres qui risquent de le ruiner.

— Comme je m'y prends toujours. Plus je les entends crier et supplier, plus je prends mon pied, déblatéré-je faussement fier de mes propos.

Une ombre au-dessous de nous attire mon attention. Angela se tient légèrement derrière moi, immobile. Ses émotions, qui défilent à une vitesse folle sur son visage rougi par l'alcool, me frappent de plein fouet. Inutile de me demander ce qu'elle a entendu ou non, ses yeux parlent d'eux-mêmes. Et ce, même en étant parcourus du reflet des spots et autres lumières dans le club. Alors que je m'attends à tout moment à ce qu'elle pique un fard, ses épaules s'abaissent sous le poids de la déception.

— Je suis navrée, Georgio. Je vais devoir vous abandonner, une urgence m'attend. Ça a été un réel plaisir de vous rencontrer et j'espère qu'on se reverra bientôt, chantonne la brunette dissimulée sous son attirail de sirène.

Incapable de faire le moindre mouvement vers elle par peur de nous trahir, je la regarde s'éloigner de quelques pas. L'envie de la rattraper pour lui dire de ne pas tenir compte de ce qu'elle a entendu est trop forte.

Au moment où je trouve le courage de me lever, je me fais bousculer par Prust qui attrape violemment Angela par la masse de cheveux rouges qui pend dans son dos. Un silence plane quelques secondes alors qu'elle se retourne, le visage encadré par ses mèches brunes grossièrement tombées en cascade. Il ne me faut qu'une fraction de seconde pour réagir et fondre sur elle. D'un claquement de doigts, les hommes de Georgio tentent de l'attraper. Le premier qui s'approche se fait violemment rembarrer par mon pied qui se fracasse en plein dans son abdomen. Pour la plupart éméchés, ils ne sont pas assez rapides. Dans mon dos, je sens la main de Angela se faufiler sous mon haut d'où elle en sort mon arme à feu. Sur le moment, je ne peux m'empêcher de me questionner sur la pleine maîtrise de ses capacités, vu son état d'ébriété. Pourtant, à peine en main, une déflagration retentit à travers les murs du lounge. La balle atteint la jambe d'un mec à ma droite que je n'avais pas vue jusqu'à maintenant. Ses cris de douleur sont la seule chose qui résonne désormais alors que plus aucun des mafieux n'ose esquisser le moindre mouvement.

— Le prochain qui bouge, je le descends, tonne la voix tremblante de la brunette derrière moi.

Son état de stress se répercute à travers mes veines tandis que son souffle saccadé parvient faiblement jusqu'à mes oreilles.

— Quand on te paie pour éliminer des personnes, ce n'est pas pour que tu en fasses un animal de compagnie, James ! hurle mon chef en se levant brusquement de la banquette. Cette pute devrait être six pieds sous terre ! Au même titre que l'autre chienne qui lui servait de collègue !

À côté de moi, Angela bout d'une colère incontrôlable. L'entendre parler ainsi de son amie la met dans tous ses états. Je devrais être étonné lorsqu'un second coup de feu retentit et qu'une balle se loge dans l'épaule de l'homme. Mais je ne le suis pas vraiment. Blessé, il ordonne à ses subalternes de se bouger le cul, mais aucun n'esquisse le moindre mouvement vers la jeune femme. Conscient que personne ne l'aidera, il se tourne vers moi.

— Colson, tue cette salope et je te pardonnerais ta petite trahison enfantine.

Ma main vient se poser sur celle d'Angela qui sursaute à mon contact. Un regard suffit pour que les palpitations de son cœur ne diminuent partiellement.

— On y va Trésor, murmuré-je à son intention persuadée que seule une faible lueur de lucidité ne la retient encore de le tuer.

Acte qu'elle ne se pardonnerait sans doute jamais. Car il n'est pas si simple d'ôter la vie d'un homme. Même si celui-ci est la pire des ordures et qu'il le mérite plus que quiconque.

— C'est sa faute si Cindy est morte, souffle-t-elle au bord des larmes.

Sa voix anéantie est à mille lieues de sa lumière habituelle. Je me retiens, durement, de lui dire que c'est moi et non lui qui l'ai tué. Mais je sais que dans sa tête, il n'est que l'un des principaux acteurs de son malheur. Un mouvement m'interpelle derrière nous. Je n'ai pas le temps de me retourner que Georgio attrape maladroitement son arme et vise la femme à mes côtés. Sans aucune hésitation, j'arrache le pistolet qu'Angela tient entre ses mains et tire.

Un silence de mort pèse sur nous plusieurs secondes. Le corps tendu de mon ancien chef finit par s'écrouler sous son poids, inerte. Un point rouge lui barre le front alors que ses yeux deviennent livides et inanimés. La gravité de mon acte me ramène à la réalité. Par le bras, j'attrape rapidement la brune et la tire derrière moi en nous frayant un chemin à travers la foule mouvante de la boite de nuit. Avec beaucoup de mal, nous arrivons enfin dehors. Balançant ma tête de droite à gauche, je tente de déterminer vers quel côté partir. Persuadé que le parking principal sera le premier endroit où ils nous chercheront.

— Où avez-vous garé la voiture ?

— À l'angle de la rue principale, répond la jeune femme, haletante, derrière moi.

Sa paume dans la mienne est brûlante et froide en même temps. Prise en étau entre les horreurs de cette soirée et le choc de l'action, elle est complètement perdue. Cette fille n'a décidément rien à foutre dans ce monde et je me demande comment elle a fait pour tenir toutes ces années dans la police de New York. Trop sensible, trop gentille.

Trop pure et rayonnante pour ce monde gouverné par les péchés des hommes.

Sans plus attendre, on se dirige au pas de course jusqu'à la mustang. Au moment où on arrive à sa hauteur, je fais signe à Angela de me donner les clés. Et comme si la situation n'était pas déjà assez merdique. L'univers y met également son grain de sel.

— Elles étaient dans ma veste, souffle-t-elle penaude en fouillant désespérément les poches de sa jupe. Pensant probablement qu'elles finiront par apparaître comme par magie.

Nerveusement, et pour garder mon calme, je passe la main dans mes cheveux. Du bout des doigts, j'enlève mon t-shirt et enserre ma main droite dans le tissu. Au moment où je lui ordonne de reculer, elle comprend ce que je m'apprête à faire et se met à paniquer.

— Arrêtez, vous allez vous casser la main !

Elle n'a pas le temps de finir sa phrase que la vitre arrière vole en éclats. Faisant abstraction du pincement qui me comprime la peau, j'ouvre la portière passagère et lui intime de monter rapidement dans la voiture — avant de la rejoindre derrière le volant.

Le silence dans l'habitacle est perturbé par la respiration forte de la brunette. Si je n'étais pas trop occupé à zigzaguer à travers les rues de Brooklyn, il est fort probable que je n'aurais pas hésité un instant à m'arrêter sur le bas-côté. Dans l'unique but de la prendre dans mes bras jusqu'à ce qu'elle se calme. Lui murmurant que tout va bien se passer. Qu'elle n'a rien à craindre, aussi longtemps que je serais auprès d'elle. Le seul geste que je trouve le courage d'esquisser ; est de poser ma main sur sa cuisse. Ce qui lui provoque un sursaut incontrôlé qui m'arrache un autre pincement. Si elle n'avait pas peur de moi jusqu'à maintenant, désormais cela doit être le cas.

De nouveau les deux mains sur le volant, je me concentre sur le trajet. Dans le rétroviseur, les lumières dansantes de la ville s'éloignent un peu plus à mesure que la voiture file à travers les arbres. Laissant place à la tranquillité et la noirceur de la forêt bordant Van Cortlandt Park. C'est probablement un des seuls endroits où la voûte céleste se laisse observer dans cette ville, toujours trop polluée par l'empreinte humaine. Ce n'est pas pour rien que je me suis installé ici, à l'écart du monde.

En arrivant dans l'allée, de la maison, la tension dans l'habitacle se calme légèrement. Impérieux, je retiens la brunette qui s'échappe déjà par la portière.

— Allez vous changer, prenez des affaires à moi s'il le faut. Vous trouverez un sac à dos sous mon lit. Prenez-le et rejoignez-moi dans le garage. On décolle dans dix minutes. C'est le premier endroit où ils viendront nous chercher et croyez-moi, il vaut mieux qu'on soit partis avant leurs arrivés, ajouté-je avant qu'elle n'ait l'idée de me poser des questions inutiles.

Silencieuse, elle grimpe rapidement les marches de l'escalier dans l'entrée. Je n'attends pas qu'elle disparaisse de mon champ de vision pour me rendre au sous-sol. Une fois dans l'armurerie, j'attrape un sac de sport dans le bas de l'armoire et y fourre plusieurs armes, chargeurs et paquets de minutions. Par mesure de sécurité, mais également, car je sais que la traque n'aura rien d'une partie de cache-cache. Le flingue d'Angela n'a pas bougé du rebord du stand de tir depuis la dernière fois. Elle voue un attachement sentimental à cette arme pour une raison que j'ignore. Incapable de la laisser là, je la range dans le harnais que j'enfile par-dessus mon t-shirt légèrement tâché de sang.

Une fois fait, je remonte au rez-de-chaussée, pénètre dans mon bureau et ouvre le tiroir toujours fermé. Avec un peu de jugeote, la brunette aurait sans aucun problème pu trouver la clé qui était simplement cachée sous le siège face à la table. J'attrape les dossiers à l'intérieur ainsi que les liasses de billets et les glisse dans le sac avec les armes. Des bruits de pas résonnent dans le couloir alors que la tête d'Angela apparaît dans l'embrasure de la porte. Son regard est happé par le tiroir désormais vide. Son contenu l'intéresse et elle se retient de me questionner dessus, consciente que ce n'est clairement pas le moment pour jouer les détectives. Ce n'est pas pour rien que cette femme est lieutenante, elle aime mettre son nez partout où il ne faut pas.

— Prête ? la questionné-je en la rejoignant dans le couloir tandis qu'elle me répond d'un signe de tête.

Arrivé dans le garage, j'active l'ouverture du volet mécanique. Retire la bâche qui recouvre ma moto et tends l'un des casques accrochés au mur à la brunette. Elle le porte directement à sa tête sans aucun commentaire. Ce qui pourrait sembler totalement anodin, mais qui n'est en fait que la preuve de son anxiété, quand on sait qu'elle ne peut s'empêcher de tout commenter à chaque instant.

Une fois le mien enfilé, j'attrape la veste en cuir qui pend au porte-manteau et lui enfile avant de refermer la tirette jusque sous sa gorge, — et fini en attachant les scratchs pour la protéger du froid de la nuit.

— Vous devriez la garder pour vous, vous allez mourir de froid, tente-t-elle de négocier de sa petite voix étouffée sous la visière fumée du casque.

— Ça vous donnera une bonne excuse pour me réchauffer, ce soir, lorsque nous serons arrivés à bon port.

Face à ma taquinerie, elle m'envoie faiblement son poing dans l'épaule.

Déjà tourné vers la moto pour allumer le contact, je l'entends murmurer un simple « crétin », qui m'arrache un sourire franc. Assise derrière moi sur l'engin, je n'arrive pas à m'empêcher de la tirer davantage contre mon dos. Des mains, j'attrape les siennes que je glisse sous mon t-shirt pour qu'elle me tienne fermement et que le vent ne vienne pas lui brûler la peau. Ainsi collée à moi, la chaleur qui émane d'elle me donne des frissons.

— Quoi qu'il arrive, ne me lâchez pas.

Sans attendre de réponse, je mets les gaz et file à travers l'allée boisée.

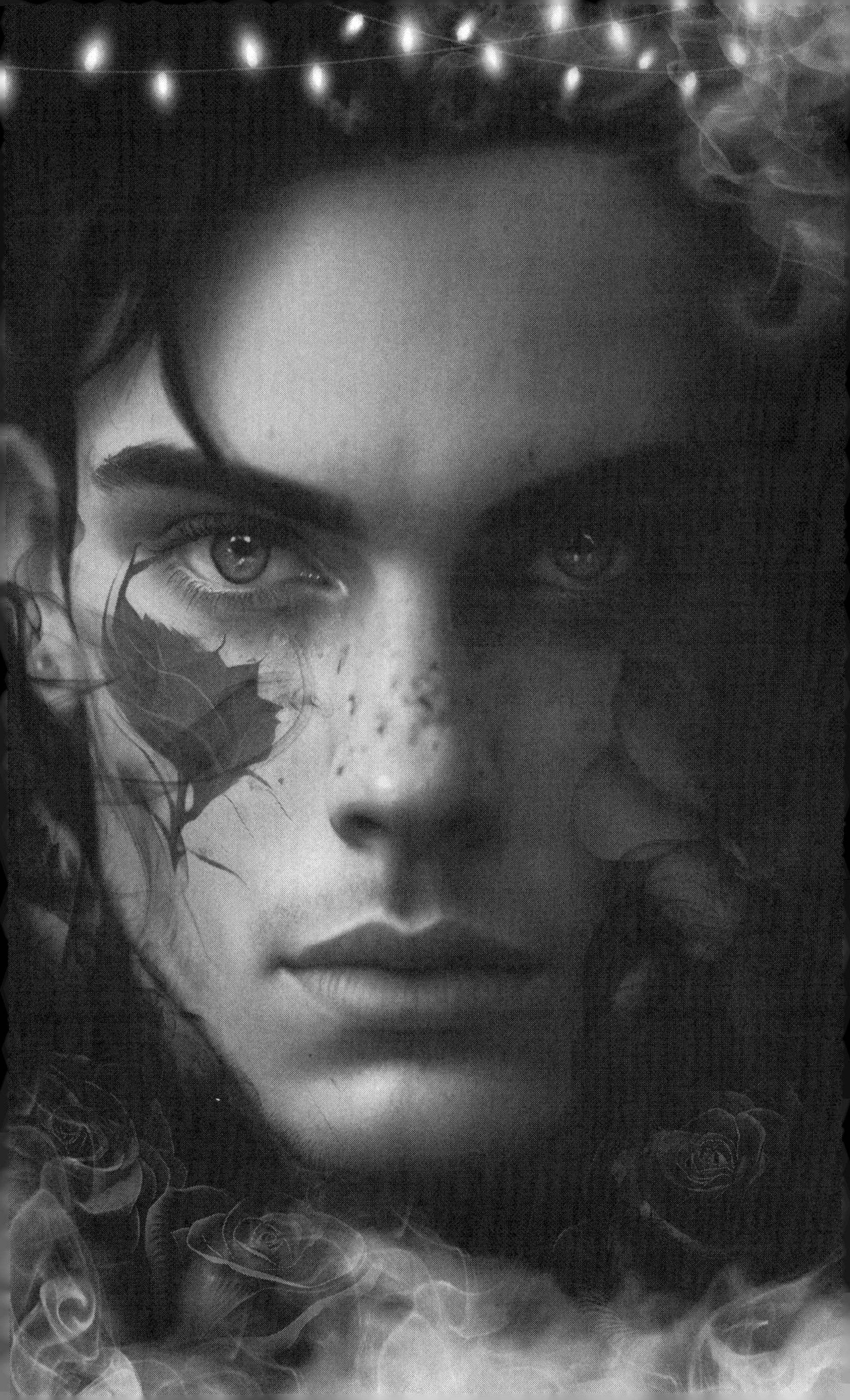

CHAPITRE . 21

La ruelle dans laquelle nous nous faufilons avec la moto est des plus angoissante. Du genre de celles qu'on voit systématiquement dans les films d'horreur, juste avant qu'une ou plusieurs personnes ne s'y fassent égorger. Et au vu de notre soirée, je me dis qu'il doit y avoir un bon nombre de mafieux prêt à jouer du couteau avec nous. James me fait signe de descendre, ce que je fais sans attendre alors qu'il dissimule l'engin sous une bâche traînant au sol. Nerveusement, je réajuste les lanières du sac à dos sur mes épaules avant que l'homme ne m'attrape par la main. Il me tire à sa suite, à travers un dédale d'escaliers qui nous mène jusqu'au sommet de l'immeuble. Là où se situe le dernier appartement.

Celui-ci n'a rien à voir avec la maison de James. Il ressemble d'autant plus à une planque désaffectée qu'à une véritable habitation. Le papier peint beige des murs est arraché à quelques endroits et des fissures se dessinent autour du châssis de la seule fenêtre dans la pièce. Offrant une dimension oppressante au lieu.

— On reste ici cette nuit le temps que je trouve une solution pour nous dépêtrer de ce merdier, déclare l'homme en jetant son sac sur la table basse au centre du salon.

Épuisée et l'esprit encore légèrement embrumé par l'alcool, je me retrouve statique face à lui. Consciente que mon caprice et mon égo sont les seuls responsables de cette situation. Et comme si ça pouvait tout résoudre et nous ramener en arrière, —je ne peux m'empêcher de m'excuser.

— Je suis désolée.

Le criminel plonge son regard froid dans le mien. Mille émotions traversent les traits de son visage. Une fois de plus, il doit se demander s'il n'aurait pas mieux fait de me tuer plutôt que de me sauver.

— Le problème avec les gens comme toi, Angela... C'est que vous pensez pouvoir tout résoudre en disant « désolé » ! rugit James alors que je ne suis plus certaine que le sujet principal est cette soirée au club.

Et non la nuit dernière, où je l'ai lâchement abandonné.

— Pourquoi m'avez-vous dit de partir si ce n'est pas ce que vous vouliez ?!

— Pour la simple et bonne raison que je suis un monstre, Angela ! Et tu es une idiote si tu arrives à imaginer le contraire !

Sous la colère, il m'accule contre le mur derrière moi. Me dominant de sa taille et de son aura noircis par les ténèbres qui hante sa vie. Telle une petite souris prise dans un piège qu'elle ne peut esquiver, je me retrouve bloquée par sa carrure. Ses poings tapent violemment contre le mur de chaque côté de ma tête. Son souffle ressemble davantage à celui d'un animal enragé, que celui d'un homme sain d'esprit. La dangerosité émane de chaque pore de sa peau, il me fait sentir plus minuscule que jamais.

Bordel !

Où a bien pu se cacher ma combativité ?

— La seule raison pour laquelle je ne t'ai pas tué ce jour-là à l'entrepôt, c'est parce que tu me rendais fou depuis des semaines. Tu n'images pas le nombre de fois où j'ai campé devant chez toi. En me demandant pourquoi j'étais incapable de penser à autre chose qu'à ta putain de voix insupportable ! À cette stupide habitude que tu as de glisser tes cheveux sur le côté de ta nuque. Et ce, chaque fois que tu es nerveuse. Tout chez toi me rebute et m'attire, Angela, souffle-t-il de sa voix aussi tranchante que des lames de rasoir. À commencer par cette pureté d'âme que tu traînes fièrement derrière toi.

Léthargique, je baisse les yeux pour qu'il ne sonde pas les émotions qui chamboulent ma tête. Et mon cœur, par la même occasion. Sans vouloir comprendre pourquoi la dureté de ses paroles m'atteint autant. Ses doigts se referment sur mon menton qu'il soulève pour soutenir à nouveau mon regard. Le souffle court de sa respiration est toujours imprégné de l'odeur de whisky qu'il a bu un peu plus tôt. Les effluves alcoolisés viennent chatouiller mes narines. Me plongeant un peu plus dans le fond des abymes qui nous entourent.

— Tu n'imagines pas comme c'est dur de me retenir de t'embrasser. Ou de t'arracher ces putains de gémissements qui me font perdre la tête, chaque fois qu'ils s'échappent d'entre tes lèvres, murmure-t-il la tête enfouie contre le creux de ma nuque.

— Qu'est-ce qui vous en empêchait ? Vous n'avez pas attendu mon accord pour me kidnapper.

Un rire amer s'échappe de sa trachée.

— Il me semble t'avoir déjà dit que je ne fais pas dans le viol ou les agressions sexuelles, s'impatiente-t-il en me regardant exaspérer de devoir se défendre face à mon incapacité à dissocier les deux facettes de sa vie.

— Vous m'avez bien dit que vous n'aviez pas tué plus de quatre personnes. Ça aussi c'était un mensonge, pas vrai ?

Face à ma question, qui résonne d'autant plus comme une accusation. Il se retrouve l'espace d'un instant désarmé. Je ne peux en vouloir qu'à moi-même d'avoir aussi bêtement donné du crédit aux paroles d'un criminel.

D'une âme perdue et torturée.

— Je n'ai pas entièrement menti. Il y a bel et bien

quatre personnes, dont je regrette la mort, commence-t-il en se débattant contre la nervosité qui parcourt ses veines. Pour les autres, je ne saurais même pas te dire combien ils sont au total. Ni même si je les ai fait souffrir ou si leur meurtre a été aussi rapide qu'un battement de cils. Ou si au contraire, la lenteur de leur agonie m'a rempli d'extase sur le moment. Je ne m'excuserais pas pour mon passé ou pour les crimes que j'ai commis, Angela. C'est un assassin que tu as devant toi. Aussi répugnant que cela peut être pour tes frêles épaules, j'ai pris plaisir à poignarder chacune de mes victimes, tonne-t-il en s'éloignant de moi tout en fouillant ses poches à la recherche de son paquet de cigarettes.

Je ne peux pas croire à ses dernières paroles.

— Vous vous mentez à vous même.

Il hausse sur moi un regard interrogateur tandis que le cliquetis de son briquet embrasant le tabac au contact de sa cigarette m'hypnotise.

— Vous comptez me faire croire que vous êtes ce monstre après avoir été aussi prévenant et doux avec moi ? le questionné-je pour moi comprendre ce fossé qui sépare l'homme que je connais de ce prétendu Candyman.

D'où je suis, je le vois esquisser un sourire avant qu'il ne secoue brièvement la tête.

— Je vais finir par croire que tu aurais préféré être maltraitée et torturée dans ma cave, pouffe-t-il froidement en reportant son attention sur la fenêtre de l'autre côté de la pièce.

Personne dans ce monde n'est impardonnable, c'est ce dont j'essaie de me convaincre face à cet homme.

De tous ceux présents sur terre, il fallait que ce soit l'un des pires anges déchus qui s'écrase au milieu de ma vie. Emportant dans son sillage toutes mes convictions, mes combats et même ma raison.

Doucement, je m'approche de lui. Entourée d'un faible nuage de fumée, son âme me semble plus effritée que jamais. Il a mis sa vie en danger pour moi. À plusieurs reprise, sans jamais rien réclamer de ma personne. Si ce n'est cette compagnie déconcertante que je n'arrivais pas moi-même à quitter. La main portée à son avant-bras appuyé sur le dossier du canapé, je le vois tenter de reprendre son calme. Il pose sur moi un regard impénétrable, vitulin. La lueur de la cendre enflammée de sa cigarette brille jusqu'à l'océan de ses pupilles. L'espace d'un instant, je me sens complètement et entièrement happée par celles-ci.

— Embrassez-moi, murmuré-je bien trop faiblement pour qu'il ne l'entende parfaitement.

Il hausse un sourcil alors qu'il me sonde en se demandant probablement si son esprit ne lui joue pas des tours. Du bout des doigts, j'attrape la clope qu'il s'apprête à porter de nouveau entre ses lèvres et l'écrase sous mon pied contre le carrelage délavé.

Il reste suspendu face à mon geste, dans l'attente que le moindre mot ne s'échappe, une fois de plus, de ma bouche.

— Embrasse-moi James, lui ordonné-je, plus déterminée que jamais.

Plusieurs secondes s'écoulent pendant lesquelles j'ai cette horrible impression que je pourrais mourir de honte s'il ne réagit pas rapidement.

Au moment où je m'apprête à m'éloigner, trop embarrassée de mon élan d'intrépidité, —il me rattrape par le bras et me ramène rapidement à lui avant de plaquer ses lèvres contre les miennes.

À aucun moment il ne desserre son étreinte, l'accentuant davantage à mesure que nos lippes et nos souffles se caressent. Légèrement surprise lorsque ma longue réclame la sienne, je le sens se détendre contre moi alors que j'amplifie notre baiser. L'impression que mon cœur est sur le point d'exploser me comprime la poitrine. Avec beaucoup de mal, je fais abstraction des frissons qui parcourent mon ventre jusqu'à l'intérieur de mes cuisses. Les mains agrippées à ses cheveux, je lui arrache quelques grognements à peine audibles.

Tendrement, je mordille sa lèvre entre mes dents, envieuse d'entendre ce son rauque sortir encore et encore de sa trachée. Ses doigts viennent se cramponner sous mes fesses au moment où il m'attrape et me soulève du sol en me serrant contre lui. Mes jambes se resserrent d'elle-même contre sa taille, incapable de me défaire de sa poigne. Et surtout par refus qu'il s'éloigne, ne serait-ce qu'une seconde, de notre étreinte. Maladroitement, il nous amène jusqu'à la pièce d'à côté avant de me faire basculer sur le lit au centre de la pièce.

Sa bouche quitte brièvement la mienne pour venir se glisser sur le haut de mes clavicules. Ses mains s'infiltrent sous mon haut qu'il retire sans que la chaleur de ses lèvres n'ait le temps de se tarir.

— J'ai envie de toi, soufflé-je avant même que je ne me rende compte des mots que je viens de prononcer.

Mon corps entier frémit et mon cœur rate un battement. Je le sens sourire contre ma peau et il se colle davantage à moi.

J'essaie de me convaincre que ce que nous sommes en train de faire est mal. Qu'on fait n'importe quoi à cause de l'alcool et de l'adrénaline. Mais impossible. La douce mélodie de nos palpitants, battant à l'unisson, mêlée aux halètements du criminel, ne fait que me plonger davantage dans cette transe. Un gémissement m'échappe alors que sa langue s'empare de la pointe durcie de mon sein. Son bassin se presse contre mon aine, ne laissant aucun doute quant à son excitation dévorante. Son toucher m'électrise, me consume jusqu'au tréfonds de l'âme. Alors je fais la seule chose qui me semble aussi vitale que de respirer, j'emprisonne à nouveau ses lèvres contre les miennes.

Sans se défaire de notre baiser, il vient se débarrasser de mon jeans alors qu'un râle de frustration de ma part accentue le sourire malicieux qui plane sur son visage. Se relevant malgré mes protestations, il se déshabille dans une lenteur perverse qui me met le rouge aux joues. Le feu enflamme mon bas ventre alors que seul son caleçon me cache encore sa nudité complète. Alors que je tends les doigts vers l'élastique du vêtement, James me pousse doucement contre le moelleux du matelas.

— Doucement petite sauvageonne, me sermonne-t-il en se glissant de nouveau entre mes jambes nues.

Ainsi dévoilée devant lui, je me sens vulnérable. Sans me quitter des yeux, il parsème l'intérieur de ma cuisse de baiser aussi chaud et brûlant qu'une centaine de volcans.

Je le veux, là.
Maintenant.

Ses dents viennent titiller le bouton enflé de mon clitoris à travers la dentelle de mon sous-vêtement. Son souffle chaud et humide sur le tissu n'est rien d'autre qu'une douce torture qui me donne envie de le supplier d'arrêter de me faire languir. Du bout des doigts, il vient caresser l'entrée de mon sexe. Lentement.

— James, soufflé-je dans un râle d'excitation alors qu'il me pénètre d'un de ses doigts.

Mes mains s'accrochent à ses boucles noires alors qu'il fait fit de mon vêtement en le décalant sur le côté. De sa langue, il dessine des cercles sur mon clitoris. Sur le point de totalement me laisser aller contre sa bouche, je trouve la force de me retenir et d'attirer le criminel de nouveau à ma hauteur. Sa bouche encore brillante de mes flux, j'y fais abstraction et l'embrasse à pleine bouche en étouffant un début d'orgasme jusque là bloqué dans ma gorge. Ma paume s'enroule autour de son membre que je sors de sous son boxer. Mes doigts glissent de haut en bas sur son sexe rigide. Au-dessus de moi, je sens les muscles de son corps se contracter sous l'excitation. À aucun moment il ne quitte mon regard alors que j'accélère le rythme des mouvements.

— Angela, dis-moi que tu n'en as pas envie, je t'en supplie, m'implore-t-il, semblant mener la même bataille que moi contre sa conscience.

Conscience que j'ai complètement arrêté d'écouter

depuis que sa langue a dévoré mon sexe avec avidité et passion.

— Il va falloir que je te l'ordonne pour que tu te décides à céder ? susurré-je à son oreille en refermant davantage ma prise sur son membre.

Un rire animal s'échappe de sa gorge.

Sans plus de ménagement, il attrape mes poignets et les bloque au-dessus de ma tête. De sa main libre, il se débarrasse de ma dentelle en l'arrachant un peu trop facilement. Il ne prend pas le temps de faire de même de son vêtement et, d'un coup, s'enfonce en moi.

L'air se bloque un instant dans mes poumons sous le choc. Sous ma paume, je sentais qu'il était dur, mais je ne m'attendais pas à ce qu'il le soit autant. Il me faut quelques secondes pour reprendre mon souffle.

Au-dessus de moi, James me questionne du regard s'il peut continuer. Et rien que cette insignifiante attention, gonfle mon corps de plaisir. Mes jambes s'enroulent autour de sa taille et il vient s'avachir un peu plus contre ma poitrine alors que ses va-et-vient reprennent.

D'abord lentement.

Trop lentement à mon goût.

Consciente qu'il n'attend qu'une chose : que je le supplie d'accélérer.

— Quelque chose à m'ordonner, Angela ? glisse-t-il contre mes lèvres en souriant.

Mes ongles s'enfoncent un peu plus dans la chair de son dos alors que je gémis contre lui en remuant mes hanches.

— James...

— Dis le Trésor.

— Vas-y plus fort, essayé-je d'articuler entre deux halètements.

L'homme se redressa légèrement, l'air victorieux. Il remonte légèrement mes jambes en les passant au-dessus de ses bras avant de me servir l'un de ses nombreux sourires assassins. Un regard impatient sur son visage, j'aperçois à peine le clin d'œil pervers qu'il me lance avant de se laisser aller. Ses coups de rein énergique m'arrachent un florilège de gémissements que je n'arrive plus à retenir.

Ardemment, il me montre qu'il me désire depuis aussi longtemps qu'il me déteste.

L'aura de l'homme autour de moi ne fait que galvaniser davantage ce plaisir criminel auquel nous succombons tous les deux. Et alors que ses mains viennent se refermer fiévreusement sur ma gorge, sans pour autant me faire mal. Il accélère encore la cadence. Plus aucune pensée n'arrive à faire son chemin jusqu'à mon esprit. Et vivement, je me fais emporter par l'orgasme qu'il arrache à mon corps cambré autant qu'il n'est possible de l'être. La seconde d'après, son souffle rauque vient accompagner ma petite mort, résonnant dans tout mon être de la plus divine des façons.

Depuis plus d'une heure, j'ai l'impression d'être sur un nuage. Même si je suis consciente que ce moment de bonheur ne peut être que de courte durée. Que tôt ou tard, la réalité viendra nous arracher à cette chambre dans laquelle : il n'est pas le criminel Candyman et moi, je ne suis pas la Lieutenante Felton. Aucun de nous n'a prononcé quoique ce soit depuis que nous nous sommes délecté de l'orgasme de l'autre.

Allongée en silence dans les bras de James, ma peau est couverte des frissons que laissent ses caresses silencieuses sur mon dos. Le nez enfui contre son torse, j'ose à peine respirer normalement. De peur que le moindre bruit, un tant soit peu fort, ne brise la bulle autour de nous. Le rythme des battements de son cœur est lent, détendu, telle une berceuse. Je refrène un bâillement audible alors que l'homme contre moi semble finalement s'extirper de ses pensées.

— Essayez de vous reposer un peu, on partira avant la fin de l'après-midi.

Le ton qu'il emploie pour me parler me tend les

muscles. Ou peut-être est-ce son vouvoiement, alors que nous sommes toujours nus l'un contre l'autre. Légèrement ennuyée, je me retourne pour mettre un peu de distance entre nous. Ma gorge me brûle et la sensation désagréable dans ma poitrine me déstabilise plus que ça ne devrait. Je ne sais pas s'il sent ma crispation, mais ses bras me ramènent d'un coup sec contre lui. Me serrant davantage entre ses muscles.

— Tu en as déjà marre d'être près de moi, me susurre-t-il au creux de l'oreille. Désolée, c'est par habitude que je te vouvoie.

— Le seul moment où tu as le droit de me vouvoyer au lit, c'est quand je te le demande, grogné-je malgré moi, contrariée.

Son rire résonne derrière moi, alors que sa main vient se glisser entre mes jambes, à la lisière de mon pubis.

— Cela veut dire que tu envisages de te retrouver à nouveau avec moi au lit pour me l'ordonner ? me questionne-t-il en descendant oisivement ses doigts déjà trop bas.

De nouveau haletante, je tourne la tête vers lui. Ses cheveux sont ébouriffés, son visage légèrement rougi et moite n'enlève rien au fait qu'il est diablement beau. L'univers est d'une telle injustice, je n'arrête pas de me le répéter : mais mon Dieu que c'est vrai ! Et cet homme le sait pertinemment, son assurance déborde de chacun des pores de sa peau.

— Dors un peu. Je veille sur toi, Trésor, finit-il en m'embrassant furtivement avant de se laisser retomber un peu plus dans le moelleux du lit.

La voix légèrement plus tendue qu'à l'accoutumée de James me sort de mon sommeil. Il ne me faut que quelques instants pour émerger et me rendre compte d'où nous nous trouvons. La caresse du coton de la couverture sur ma peau nue me ramène violemment à nos ébats d'hier. Difficilement, je tente de faire abstraction de l'échauffement qui me monte aux joues.

On a couché ensemble. Lui et moi. James et moi.

Je n'ai pas le loisir de trop penser à cette vérité. Ni même de la remettre en question ou bien d'analyser la situation. Son agitation à côté de moi me contracte le moindre muscle et je comprends vite qu'il y a un problème.

— Habille-toi. Il faut qu'on parte le plus vite possible, me presse James sans pour autant me brusquer alors qu'il enfile un pull noir qu'il sort de mon sac à dos.

M'habillant en silence, je me retiens de lui demander pour quelle raison il semble aussi nerveux. Mon regard sur lui semble apparemment suffisant, car de lui-même il me fournit plus d'explications.

— Ils nous ont retrouvés, commence-t-il en provoquant ma panique que j'enfouis au fond de moi alors qu'il poursuit. Une voiture est en stationnement devant l'immeuble depuis plus d'une heure. Une deuxième vient de la rejoindre, ce sont celles de la Outfit. Aucun doute là-dessus.

Calmement, il attrape sa veste et m'aide à l'enfiler avant d'attraper nos sacs et de me tirer à sa suite. La main sur la poignet de la porte, je le vois esquiver un mouvement d'hésitation. Tournée vers moi, une lueur combat contre je ne sais quel sentiment, au tréfonds de son âme. Au bout de ce qui me semble être une éternité, il glisse sa paume à l'arrière de son jeans. Duquel il ressort une arme qu'il me tend dans un message silencieux.

Mon arme.

Un silence de plomb règne dans la cage d'escalier que nous descendons à pas de loup. Le calme est si lourd, que je me demande un instant si cet immeuble est bel et bien habité. Ou s'il n'y a pas âme qui vive en ces lieux. Une dizaine de pensées superflue virevoltent tel un tourbillon à l'intérieur de ma tête. Pourtant, il m'est impossible de faire abstraction des frissons que me cause l'adrénaline. Après autant d'années à la police de New York, on pourrait croire que la peur n'existe plus. Alors que c'est tout l'inverse. Je ne connais aucun collègue qui n'est pas hanté par la crainte de ne pas revoir les proches qu'ils quittent chaque matin. Aucun qui ne crains pas farouchement la mort. De ce côté de la barrière, nous sommes d'autant plus confrontés à la douce mélodie mortuaire de la vie...

    Discrètement, James ouvre la porte qui donne sur la ruelle dans laquelle nous avons garé la moto. Un coup d'œil de chaque côté pour s'assurer que la voie est libre et nous atterrissons au milieu de l'allée déserte. L'ambiance est un peu moins lugubre que cette nuit lorsque nous sommes arrivés. Pour autant, les odeurs nauséabondes s'accentuent et s'accrochent un peu plus aux pavés avec la chaleur des reflets du soleil. J'utilise tout mon self-contrôle pour me retenir de tousser dans cet entonnoir rempli d'immondices.

    Alors que je m'approche de la bécane, James me rattrape et me tire vers la rue principale en longeant le mur. Celle-ci est légèrement animée, ce qui me rassure légèrement. Il y a peu de chance que l'on se fasse repérer par les criminels qui nous poursuivent. Les membres de gang n'ont pas bougé de leurs voitures depuis que nous sommes sortis, ce qui signifie qu'ils nous pensent probablement toujours à l'intérieur.

    — Pourquoi on ne reprend pas la moto ? Ce serait plus simple pour se faufiler à travers la circulation, murmuré-je à l'homme alors qu'il s'active à forcer la portière d'une citadine à proximité de l'entrée de la ruelle.

    — À votre avis, comment nous on-t-il retrouvé ? peste-t-il en essayant de garder son calme. C'est l'un de leurs véhicules. La moto est probablement équipée d'un traceur GPS. Et moi, je suis le pire crétin pour n'y avoir pas pensé.

    Je me retiens de lui dire que nous avons fait dans l'urgence. Consciente que ça ne lui fera pas changer d'opinion. Et que là, tout de suite, c'est loin d'être indispensable de trouver un coupable.

    Le cliquetis du mécanisme se fait enfin entendre. Au même moment, une déflagration retentit en ricochant durement à travers les façades qui nous entourent. Je vérifie la provenance du tir avant d'entendre James siffler entre ses dents. Un regard vers lui et la peur mêlée à l'inquiétude me broie les entrailles. Sa peau se couvre d'un voile de sueur alors que le trou dans son épaule s'entoure peu à peu de carmin.

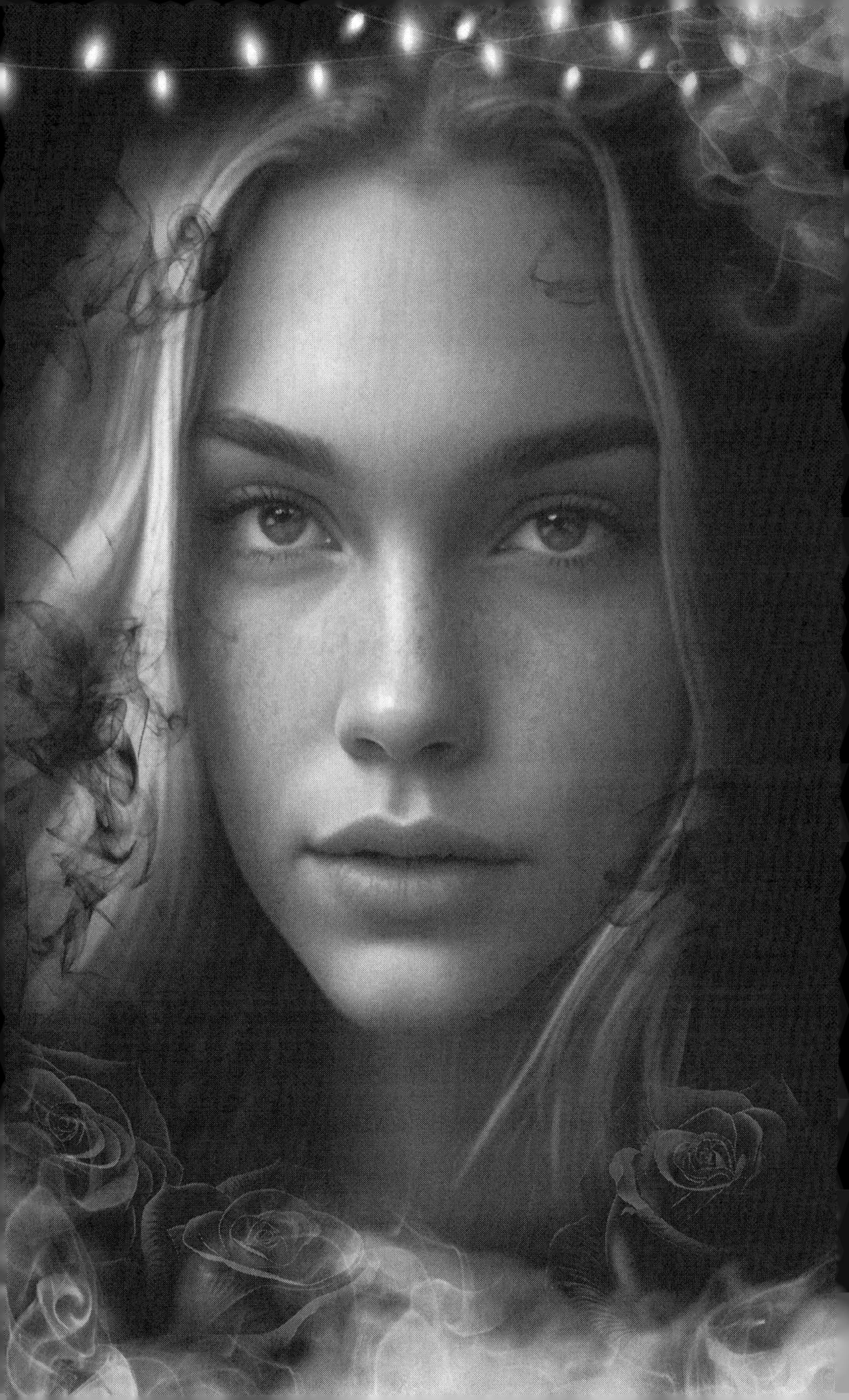

CHAPITRE . 22

L'un des grands privilèges de l'esprit, c'est de pouvoir pivoter à peu près tout ce que l'on veut. Dans à peu près toutes nos analyses, on peut prendre en compte l'amour, la haine, la pitié... mais jamais la peur. Car la peur ne construit rien. Elle détruit tout, profondément, jusqu'à ne plus rien laisser à la surface.

Le sifflement de James m'extirpe de cette descente aux enfers alors que je ne vois rien d'autre que le trou ensanglanté dans son épaule. Un regard vers lui et la peur mêlée à la colère me broie les entrailles. De justesse, je le rattrape alors qu'il manque de s'effondrer sur la carrosserie de la vieille citadine. Des bruits de pas lointain résonnent jusqu'à nous, — sans attendre, je dégaine mon arme et tire en direction des deux criminels. Si je ne les atteins pas, ma réplique m'offre au moins le temps de pousser James à l'intérieur de la voiture. Non sans me faire incendier par celui-ci qui m'ordonne de partir sans lui.

— Hors de question que je te laisse là ! Si quelqu'un doit te tuer, ce sera moi ! Compris ?! ne puis-je m'empêcher de beugler en tirant une dernière rafale de balles.

Derrière nous, la vitre de la voiture explose dans un vacarme assourdissant. Je m'évertue à tenter de faire démarrer le véhicule à l'aide des câbles, mais je suis forcée de constater que ça n'a rien de facile. D'autant plus que mes mains tremblent sans que je n'arrive à les contrôler.

— Angela, calme-toi ça va aller, souffle James en posant maladroitement sa paume sur ma cuisse.

Son geste a le don de brièvement apaiser ma frénésie cardiaque. Je respire profondément et refais une tentative. Il me faut toute la retenue du monde pour me retenir de danser sur mon siège au moment où le moteur se met à ronronner scrupuleusement. Un énième coup de feu et nous filons à toute vitesse.

Doit-on remercier ma conduite ou bien la stupidité de ces mafieux ? Je n'en ai pas la moindre idée. Mais au bout d'une dizaine de minutes à virevolter à travers les quartiers nord, nous semons enfin les berlines noires. Pour autant, je ne ralentis pas.

Depuis plusieurs minutes, James n'a pas prononcé la moindre parole. Sa respiration est saccadée et sans aucun doute douloureuse. Les nerfs à vif, je réfléchis à une solution pour nous sortir de cette merde. Le premier impératif étant de soigner l'épaule de James et de trouver un endroit sécurisé. Ni une ni deux, je change rapidement de sens de circulation sous la mélodie de klaxon des autres usagés.

Arrivée dans un parking sous-terrain non loin de notre destination, je gare la voiture au plus près de la sortie. Le moteur éteint, je me permets enfin d'inspecter l'état de l'homme à mes côtés. Il ne m'a jamais semblé aussi affaibli et pour cause ; il est complètement abattu par la douleur et la perte de sang. Après avoir fait le tour de la voiture, je l'aide difficilement à se redresser contre son siège. Il échappe un juron au moment où son dos touche le dossier et je ne peux m'empêcher de rigoler à gorge déployée.

— Heureux que mon état te rende si joyeuse, crache-t-il en me couvrant de ses billes glaciales.

— Je suis désolée, c'est nerveux ! tenté-je de me justifier en réprimant mon hilarité. Mais il faut avouer que c'est quand même un peu drôle. Il y a deux semaines, j'aurais donné mon âme pour être celle qui te collerait une balle. Et là, je me retrouve au bord de la crise de panique, car je dois sauver ton cul de tes anciens collègues mafieux ! continué-je en rigolant de plus belle.

La noirceur qui vient cajoler les traits de James devrait être suffisante pour me faire comprendre que même blessé, cet homme n'en reste pas moins une sale bête capricieuse et colérique. Sans crier gare, sa main se referme violemment sur le derrière de mon crâne, —tirant subtilement sur mes mèches châtain. Suffisamment pour me faire sursauter et m'arracher un gémissement de douleur.

Rappel à moi-même : même aux portes de la mort, je ne dois pas me moquer de cette tête de mule.

Écrasée par l'aura menaçante de James, je n'esquive aucun mouvement. Pendant plusieurs minutes, on reste ainsi immobile. À s'observer dans le blanc des yeux.

Et alors que j'ai l'impression qu'il s'apprête à me lâcher. Il m'attire vers lui et capture mes lèvres entre les siennes. Son baiser est brutal, explosif. Le souffle me manque rapidement et je sens que je pourrais m'étouffer si l'on ne se sépare pas très rapidement l'un de l'autre.

— Ça va ? Ton fou rire est passé ? me demande-t-il de sa voix incisive et pourtant si brûlante que je peine à calmer le feu qu'il a allumé en quelques secondes.

Incapable de faire sortir ma voix, je secoue mécaniquement la tête de haut en bas en signe d'affirmation.

Pour constater les dégâts de sa blessure, je tire doucement sur le col de son pull en tentant de ne pas lui faire trop de mal ; le sang ne coule plus aussi fort qu'au début.

— À première vue, aucune artère ne semble touchée. La balle n'a pas pénétré très profondément. Il faut se dépêcher d'aller à l'hôpital.

— Non, tranche James sans me laisser finir ma phrase.

— Ça pourrait s'infecter et te tuer ! Il faut que tu te

fasses opérer.

— Il me faut simplement un kit de premier secours et je me débrouillerais.

Sans me prêter plus d'attention, il fouille son sac duquel il retire son paquet de tabac. Alors qu'il porte une des cigarettes à sa bouche, je lui arrache d'entre ses lèvres et la déchire en deux devant son regard désabusé.

— Putain, Angela !

— Si tu tiens tant que ça à crever, dis-le-moi. Je t'achève de mes propres mains avec grand plaisir.

Ses doigts viennent tirer négligemment ses mèches noires avant qu'il ne reporte finalement ses iris sur moi.

— On t'a déjà dit que tu étais chiante ?

— Oui, toi. Tout le temps, soufflé-je agacée en refermant sa portière et en reprenant place derrière le volant.

— Et je le maintiens, tu es chiante.

— Tu n'avais qu'à kidnapper une autre flic si je te fais aussi chier.

J'entends à peine ce qu'il marmonne en guise de réponse, trop concentrée à chercher une solution. Même s'il a repris un peu de ses esprits, il a besoin d'être soigné. Et ce, rapidement. À force de réfléchir à un autre plan, je me décide finalement que nous n'avons pas de meilleure option. Du bout des doigts, j'attrape les files et cette fois, le moteur démarre du premier coup.

Il va falloir que je profite des dix minutes de trajet pour trouver une bonne excuse. Assez solide pour que Tyler accepte de nous venir en aide.

— Où vas-tu ? Je te rappelle que tu es recherchée pour meurtre, Trésor, commence James en m'observant prendre la direction du centre de Brooklyn. Il faut qu'on trouve une planque et rapidement.

— Je nous conduis chez... un ami, hésité-je en choisissant bien mes mots. Il nous aidera et on pourra s'occuper de ton épaule.

— Angela, siffle-t-il d'une voix virulente qui m'intime de lui dire immédiatement ce que j'ai en tête.

Sans quitter la route des yeux, je resserre un peu plus fort mes mains autour du volant. Bien consciente que j'en attends trop de mon ex-petit ami. M'héberger en cachant ma présence à la brigade est une chose. Sauver l'un des plus grands criminels de New York, c'en est une autre. En m'arrêtant à une rue de chez Tyler, j'essaie de faire abstraction de la boule de nerf qui grandit dans mon ventre. Je n'ai pas le temps de dire quoique ce soit au criminel à côté de moi, que celui-ci prend les devants.

— Dites-moi que je rêve, bordel. Tu ne t'es pas dit qu'aller chez un Lieutenant-chef c'était une idée à la con ? me sermonne-t-il de façon trop haineuse.

— Il nous aidera ! C'est un ami en qui j'ai confiance.

— Ce n'est pas parce que tu sautes quelqu'un que tu peux lui faire confiance, putain ! tonne-t-il en me coupant une nouvelle fois la parole.

— Je tâcherais de m'en souvenir, répliqué-je amèrement à sa remarque déplacée.

— Ce n'est pas ce que je voulais dire, Trésor.

— On s'en fout, si tu n'as pas confiance en lui. Essaie au moins d'avoir confiance en moi l'espace d'une journée. Et ce, même si tu m'as sauté, sifflé-je en appuyant exprès le dernier mot de ma phrase.

Sans attendre une quelconque réponse de sa part, je sors du véhicule. En cette saison, les rayons du soleil s'amoindrissent très tôt dans la fin d'après-midi. De ce fait, les lampadaires ainsi que les luminaires de Noël s'éclairent déjà dans le dédale des rues. Sans compter les décorations que revêt chaque façade, pour certaines : frôlant le mauvais goût.

Toutes ces décorations me donnent le tournis. Derrière moi, la porte-passager claque rageusement. Un instant, j'ai envie de le laisser crever sur la banquette et se démerder

seul. Mais j'en suis incapable, je ne suis pas comme ça.
Et il le sait pertinemment.
— Au moindre regard de travers je le descends, ton petit ami. Compris ?
— C'est plus mon petit ami, piaillé-je alors que James m'attrape par le bras et me tire sur le trottoir en direction de chez Tyler.

Il serait intelligent de lui demander comment il sait la direction à prendre. Mais je suppose n'avoir pas été la seule sur qui il a mené ses petites enquêtes. À mesure qu'on se rapproche du n°41, l'angoisse grandit. L'attitude de l'homme à mes côtés n'arrange absolument rien à mon état.

— James essaie d'être sympa, OK ? Il faut qu'on te soigne...
— Je suis un véritable agneau, Trésor. Tu devrais le savoir, peste-t-il sarcastiquement.

D'un mouvement de tête, je balaie sa remarque loin de nous. Je n'arrive pas à déterminer si le fait qu'il soit si possessif me plaît, ni même si c'est très sain comme comportement.

— Tu es puéril quand tu es jaloux...

Brusquement, James s'arrête en plein milieu des marches qui mènent à la porte de Tyler. Sa paume tenant la mienne, je sens sa poigne se resserrer davantage. Et alors que je crains de l'avoir énervé, il se tourne vers moi, un sourire ravageur sur le visage.

— Je n'ai aucune raison d'être jaloux. Tu es à moi, Angela.
— Tu es sûr de ça ? pouffé-je malgré moi en tentant de paraître désinvolte.

Je n'ai pas le temps de rajouter quoique ce soit, qu'il me plaque contre la porte derrière lui.

Malgré sa blessure, il n'a rien perdu de sa force ou de sa rapidité. S'il n'était pas aussi insupportable depuis une heure, je serais probablement admirative devant sa ténacité et sa force d'esprit.

Son corps contre le mien, il me maintient davantage debout que ne le font mes propres jambes. Son souffle s'écrase sur mon visage alors que la lueur sauvage dans ses yeux danse plus farouchement que jamais. Conscient de l'état dans lequel sa proximité me met, il en joue. Attise la flamme ou, plutôt, l'incendie qu'il n'a fait qu'entretenir depuis des jours et des jours. Incendie qui n'a pas été totalement calmé après cette unique nuit passée dans ses bras.

Ses mains me caressent subtilement, mais suffisant que pour me remémorer le tracé qu'elles faisaient alors que sa bouche me dévorait. Malgré moi, j'échappe un léger gémissement alors qu'il se penche un peu plus contre moi.

— Peu importe ce qui sort de tes jolies lèvres. Ton corps me veut autant que moi je te veux, Trésor, me susurre-t-il en glissant le bout de ses doigts sous la ceinture de mon jeans.

— James, s'il te plait, le supplié-je difficilement de me lâcher.

— Tu mériterais que je te baise contre cette porte.

Sa réplique finit de jeter la dose d'huile sur le brasier que je suis. Et avant même que je n'aie le temps de dire ou faire quoique ce soit, il appuie sur la sonnette qui retentit dans mon dos. Je n'ai pas besoin d'avoir de miroir pour savoir que mes joues sont enflammées ou que mes lèvres sont gonflées par l'envie. Dans d'autres mots, que je transpire la perversion et l'ébullition sexuelle.

— Tu es vraiment le pire des connards, pesté-je en époussetant les plis imaginaires de mon jeans.

— C'est ce qui t'a fait craquer pour moi.

— Je n'ai pas…

D'un simple geste, il me penche la tête et s'empare de mes lèvres. Pour une fois son baiser n'est pas débordant de luxure ou d'une passion dévorante. Il est presque trop chaste, trop amoureux et trop doux. Il me coupe la respiration et mue ma voix au fond de ma trachée.

La porte s'ouvre dans un léger grincement alors que

les lèvres de James sont toujours solidement plaquées contre les miennes. Détournant les yeux du visage de l'homme à mes côtés, je tombe sur le visage froid de Tyler. Comme si cela pouvait effacer l'image qui s'est imposée à lui, je pousse James pour qu'il reprenne une distance raisonnable.

Il l'a fait exprès. Il l'a entendu de l'autre côté de la porte.

CHAPITRE . 23

Concentrée sur le moindre geste de Tyler depuis qu'il tente de retirer, à l'aide d'une pince chirurgicale, la douille dans l'épaule de James, — je ne peux m'empêcher de penser à quel point cette situation est improbable. Et complètement folle.

À chaque tressaillement de l'homme, sa main se resserre douloureusement sur le dossier du canapé. Mon ex-compagnon ne se montre pas particulièrement patient ou doux. Mais d'un côté, je peux comprendre qu'il n'est pas envie de prendre de pincette avec lui. Sans même m'en rendre compte, mes mains se sont cramponnées depuis le début sur le genou de James. Je sens la brûlure de son regard sur moi, au même titre que les coups d'œil mauvais que Tyler nous jette entre deux manipulations.

Au bout de ce qui me semble être une éternité, le tintement de la douille qui atterrit dans l'assiette remplie d'alcool et de sang me sort de cet état de transe. L'air revient enfin remplir mes poumons, — et ce, même si la blessure n'est pas finie d'être soignée.

— Je te remercie de nous aider Ty', ne puis-je me retenir plus longtemps alors qu'il se frotte les mains à l'aide d'une lingette.

— Rectification, je t'aide toi. Pas ce meurtrier, assène-t-il rageusement sans prêter plus d'attention à l'homme assis devant lui.

Nul doute que si un regard pouvait tuer, mon ex-fiancé serait étendu sur le sol du salon.

— Tu te charges de le recoudre ou tu préfères que je ne le fasse ? me questionne-t-il en posant sa main sur ma cuisse avant de se relever pour attraper la trousse médicale derrière nous.

Son geste anodin n'a rien d'innocent, j'en ai bien conscience. Les deux hommes n'ont pas cessé de se livrer à un combat de coqs silencieux depuis plus d'une demi-heure. Espérant sans doute rafler la couronne du plus impressionnant et intimidant.

Ils sont véritablement puérils et débiles.

— Elle s'en charge, tranche James sans me laisser ajouter quoique ce soit.

D'un regard, il me dissuade de le contredire au risque qu'il ne s'énerve pour de bon. Pourtant, ce n'est pas moi qui perds le plus patience, mais Tyler, juste derrière moi.

— Ce n'est pas à toi que je me suis adressé.

— Je n'en ai rien à foutre, réplique le criminel nerveusement en me tirant par le bras pour que je m'approche de lui.

Face à son geste, Tyler se redresse de toute sa hauteur. Même s'il est grand et que les années d'entraînement se laissent deviner aisément sous ses vêtements. James le dépasse d'une bonne demi-tête lorsque lui aussi se relève pour le fusiller du regard et l'engloutir de son aura menaçante.

— Pose encore une main sur elle et je te fout dehors à coup de pied au cul, pauvre con, siffle Ty' alors qu'il ne fait que provoquer un rire sardonique chez son rivale.

— Crois-moi, y a pas que mes mains que je prends plaisir à poser sur elle.

Énervée par la situation et leur joute verbale, je tente d'y mettre un terme. Avant même que l'un des deux ne réplique, je me place entre eux, les mains tendues pour les écarter l'un de l'autre. Je me sens minuscule sous toute cette pression invisible, mais je ne me débine pas.

— Continuez de vous disputer comme des ménagères et c'est moi qui me barre. Compris ?! grogné-je, malgré moi, perdant un peu plus du calme que j'avais réussi à conserver jusqu'ici. James, s'il n'avait pas accepté qu'on vienne ici, tu serais probablement en train de te vider de ton sang quelque part. (Je me tourne vers l'autre homme) Et toi, Tyler, je suis assez grande pour me défendre seule ou non. Je suis venue ici, car je sais que je peux avoir confiance en toi. Si sa présence te dérange, on s'en va tous les deux dès maintenant. Je n'ai pas envie de supporter vos problèmes d'égo ou de trop-plein de testostérone !

Face à ma tirade, les deux hommes se jaugent un moment avant de se tourner chacun de leurs côtés. James se rassoit sur le canapé, alors que Tyler me tend le kit de suture et prend place sur un des sièges derrière moi.

D'un signe de tête, j'attends l'accord de James pour commencer à recoudre sa blessure. Il avale une gorgée du verre d'eau que je lui aie servi un peu plus tôt, —et je ne peux m'empêcher de penser que c'est de l'alcool qu'il lui faudrait. Pour au moins supporter les dix prochaines minutes plus facilement.

La main tremblante, j'essaie de m'appliquer pour ne pas lui faire trop de mal. Mon stress semble l'atteindre plus que la douleur en elle-même. Une de ses mains vient se poser sur ma cuisse tandis que son regard cherche le mien.

— Ça va aller, Angela, me souffle-t-il plus bas pour conserver un brin d'intimité dans le salon.

— Je suis désolée, tenté-je d'articuler malgré la boule de nerfs coincés en travers de ma gorge.

— Angela, insiste-t-il un peu plus fort pour que je le regarde à nouveau. Ne t'inquiète pas, tout va bien. Il faut plus que quelques coups d'aiguille ou une balle pour venir à bout de moi.

Sans m'en rendre compte, une larme dévale ma joue avant de finir sa course sur l'avant-bras de James. Face à moi, je le vois observer l'homme derrière nous avant de se mordre la lèvre inférieure. Nul doute qu'il se retient de m'embrasser. Et même si j'ai conscience qu'il se moque royalement d'irriter Tyler, c'est davantage par respect pour moi qu'il ne franchit pas cette barrière invisible.

Reprise d'un peu plus d'assurance, je coupe pour la dernière fois le fil de mes sutures. Soucieuse, j'inspecte mon travail. Une moue un peu plus sévère collée sur le visage. Ce n'est pas digne d'une infirmière, ni même d'un chirurgien. Mais ça devrait faire l'affaire.

— Tu garderas probablement une cicatrice, je ne suis pas des plus douées.

— Ça me laissera un souvenir de notre première nuit, me taquine-t-il d'un clin d'œil complice qui ne fait qu'attiser le feu qui avait passablement quitté mes joues.

Un râle d'exaspération s'élève derrière moi. Tyler se lève d'un bond et part en direction de l'escalier. Sa marche lourde, ne fais que me confirmer qu'il est au bord d'une colère noire.

Je ne le connais que trop bien.

— Attends-moi ici et reste sage. Je vais lui parler, dis-je en me relevant à mon tour légèrement endolori.

— Hors de question que tu montes seule avec lui. Ce mec n'est pas net, tranche durement James en me couvant de son œillade glaciale.

Sa main m'enserre l'avant-bras. Si ce geste m'a, à plusieurs reprises, causé de la douleur. Cette fois, il est d'une douceur qui résonne d'une empreinte pleine de jalousie et de haine. Alors sans le laisser ajouter quoique ce soit, je me penche vers lui et l'embrasse.

Mes lèvres frôlent à peine les siennes, pourtant, une tornade de papillons s'empare de mon estomac. Alors aussi rapidement qu'elles se sont posées contre les siennes, j'éloigne mes lèvres de James qui arbore une moue figée.

— Je vais juste m'assurer qu'il va bien et qu'on ne soit pas mis dehors dans l'heure qui va suivre. Arrête d'être jaloux, ajouté-je alors que je me dirige à mon tour vers l'escalier.

Sciemment, j'ignore l'homme qui rage dans mon dos en marmonnant qu'il n'est pas jaloux. Si ça lui fait plaisir de le croire, grand bien lui fasse. Pour le moment, la seule chose qui m'intéresse est de calmer les tensions avec Tyler.

En arrivant à la porte de sa chambre, qui est entrouverte, je laisse ma main cogner légèrement contre le bois. L'homme fait les cent pas à travers la pièce. Ses traits sont tirés et il semble fatigué.

En pleine conversation téléphonique, il me fixe intensément. Ses pupilles me scrutent de haut en bas, ce qui accentue un peu la gêne que je ressens. Au bout de quelques minutes, il salue son interlocuteur et se tourne complètement vers moi.

— Qu'est-ce qui a ? me questionne-t-il plus sèchement qu'il ne le souhaitait au vu de la façon qu'il se passe la main dans ses cheveux.

— Je venais juste voir si tu allais bien, Ty'…

— Ne t'inquiète pas, je n'ai pas prévenu la brigade pour ton petit ami.

— Ce n'est pas…

La fin de ma phrase meurt à la lisière de mes lèvres. L'air dans mes poumons se relâche et des poids invisibles se fraient un chemin jusqu'à mes épaules. Est-ce que je dois considérer que James est mon « petit ami » ? Même en pensée, ce terme pour qualifier le criminel sonne trop bizarrement. Cette situation me paraît trop absurde et infantile.

J'ai un mouvement de recul alors que mon ex-fiancé exulte face à moi.

— Putain, Angela. Tu peux avoir qui tu veux, pourquoi faut-il que tu craques pour ce psychopathe ? C'est un meurtrier, bordel ! s'époumone-t-il en se retenant vraisemblablement de me mettre une gifle pour me réveiller.

— Tyler, je…

— Surtout, ne me dis pas que tu es « désolée ». Quand je suis rentré hier, j'étais mort de peur à l'idée qu'il te soit arrivé quelque chose ! Putain ! vociféra-t-il en balançant son pied dans un sac au pied de son lit. Au final, tu étais en train de prendre du bon temps avec ce connard.

— C'est faux ! crié-je hors de moi. Je n'ai pas besoin que tu me dises que je fais de la merde, Ty' ! Je le sais, bordel ! En moins de quarante-huit heures, j'ai signé la mort d'un homme et ça me dégoûte de moi-même. Pourtant, c'était une des ordures qui a ordonné l'exécution de Cindy !

— Et tu sauves celui qui a appuyé sur la détente.

La boule coincée dans ma gorge grossit un peu plus. Mon corps tremble, je n'arrive plus à le contrôler. Ma conscience me hurle d'écouter cet homme avec qui j'ai partagé plus qu'une nuit torride.

Pourtant, je n'y arrive pas.

— Au même titre qu'il m'a sauvé la vie… La seule raison pour laquelle il m'a kidnappé, c'est parce que je devais finir comme Cindy. Morte, six-pieds sous terre, une balle dans le crâne, finis-je de dire dans un souffle douloureux.

Malgré moi, les larmes dévalent une fois de plus la peau de mes joues. Qu'est-ce que je déteste paraître aussi faible. Mais je suis fatiguée.

Épuisée.

Exténuée et énervée.

Sans crier gare, Tyler m'emprisonne entre ses bras. Donnant libre cours à toute cette putain de tristesse que je n'arrivais pas à expulser depuis des semaines. Sa présence ici et maintenant m'est rassurante. J'ai l'impression que ma vie a fait un plongeon dans les abysses et que tous mes repères se sont fait la malle. Et même si je suis consciente qu'il n'accepte pas la situation. Je sais au moins qu'il n'est pas totalement contre l'idée de me venir en aide.

— Je ne sais pas ce que je ferais sans toi Tyler, reniflé-je négligemment contre le tissu qui recouvre son torse.

— C'est simple, rigole-t-il faiblement. Tu serais en

prison.

— J'aurais plus à payer d'impôt au moins, tenté-je de plaisanter en essuyant mes joues à l'aide d'un de mes manches.

— Ouais. Mais ils n'ont pas de beurre de cacahuète là-bas. Et jamais je ne t'en apporterais, siffle-t-il en m'ébouriffant les cheveux.

— Tu es vraiment cruel.

L'ambiance dans la salle à manger est lourde. Beaucoup trop lourde.

Assise en bout de table, James à ma droite et Tyler à ma gauche. J'ai la forte impression d'être prise en étau entre deux boules incandescentes et nerveuses. Ils ont à peine touché à leur assiette et n'ont pas prononcé un seul mot de tout le restant de la journée. Si j'ai passé la première dizaine de minutes à tenter de faire la conversation. Désormais, j'ai complètement lâché l'affaire. À peine mon plat fini, je débarrasse ma place sans rompre ce silence pesant et dérangeant.

Ma vaisselle nettoyée, j'attrape un linge qui pend à l'une des portes de la cuisine pour l'essuyer. La sensation d'être observé me déstabilise légèrement alors que James a ses billes bleus plantées sur le moindre de mes gestes. L'ignorant partiellement, j'ouvre l'armoire près du frigo pour ranger les ustensiles. Ses sourcils se froncent, les traits de son visage se tirent et se pare de leurs plus belles lueurs glaciales.

Autrement dit, le criminel est de sortie.

Un vrombissement attire mon attention alors que Tyler délaisse son assiette dans le levier. Il s'excuse auprès de moi avant de me souhaiter une bonne nuit, non sans lancer une œillade meurtrière à l'intrus dans sa cuisine.

— Merci, passe une bonne nuit Ty', lui glissé-je dans un sourire amical avant qu'il ne disparaisse à l'étage.

Les bras croisés sur son torse, James est avachi dans sa chaise. L'air plus menaçant que jamais. Plus en colère. *Plus bestial.*

— Quoi ?

— « Bonne nuit, Ty' », m'imite-t-il une voix moqueuse et dégoulinante de miel. Tu préfères peut-être aller dormir avec lui ?

Mes yeux se ferment un instant. Je tente de maîtriser ma respiration ainsi que le sourire qui menace de venir colorer mes lèvres. Presque trop naturellement, je m'approche de lui et viens prendre place sur ses genoux alors qu'il me lorgne froidement. Mes bras s'enroulent autour de son cou et son souffle qui vient s'écraser sur mon visage me donne un léger tournis.

— On ne t'a jamais dit que c'était nul d'être jaloux ?

— Pour la troisième fois. Je ne suis pas jaloux, arrête de prendre tes rêves pour la réalité, conclut-il en me repoussant pour se lever et prendre un peu de distance.

Vexée, j'adopte la même posture fermée que lui. J'arque un sourcil et l'observe débarrasser le reste de la table dans le plus grand des silences.

Qu'est-ce qu'il peut être chiant parfois !

— Tu as raison, je vais aller dormir là-haut, tranché-je froidement alors qu'il se retourne promptement à ma remarque.

Du coin de l'œil, je le vois en plein combat mental avec lui-même. Non décidé à s'excuser, je m'engage vers l'escalier. C'est du bluff, purement et simplement. Je n'ai aucune envie de monter les marches de cet escalier, ni même de me disputer avec lui ce soir.

Mon cœur rate un battement au moment où il m'attrape par le bras et me tire violemment vers lui. Ses lèvres s'emparent des miennes dans un baiser assoiffé et brûlant. Me laissant légèrement pantelante contre son torse tandis que je me raccroche à ses épaules en oubliant la blessure sous le tissu.

— Monte une seule de ces putains de marches et je te jure que je lui brise la nuque à mains nues, Trésor.

Il ne me laisse pas le temps de répondre qu'il plaque à nouveau ses lèvres chaudes contre les miennes. La pointe de ses canines vient titiller leurs pulpes alors qu'il me tire vers le canapé. Une partie de moi est gênée de me laisser emporter dans cette vague d'érotisme alors que mon ex-fiancé est allongé un étage au-dessus. Mais l'autre… À tout bonnement envie de retrouver le confort, le bonheur, le feu d'artifice de cette dernière nuit.

James se laisse tomber sur le moelleux des coussins avant de me tirer à califourchon au-dessus de lui. Ses mains ne me quittent pas à un seul moment. Venant parcourir le moindre centimètre de ma peau qui se couvre de frissons à son contact.

— Je ne suis pas jaloux, vient-il affirmer une fois de plus alors que le bout de sa langue vient glisser sur le haut de mes clavicules.

— Et moi, je n'ai pas terriblement envie de toi, James.

Si ma phrase, sortie toute seule, ne le fait pas de suite réagir. Elle lui procure tout de même un léger sourire qu'il tente de dissimuler à l'aide des ténèbres de la nuit. Même si j'aimerais que ses caresses ne s'arrêtent jamais, il y met un terme au moment où il s'allonge plus confortablement dans le canapé. Me tirant entre ses bras pour m'aider à me coucher tout contre lui. Éperdument accrochée à ses bras.

Dans un dernier baiser, il laisse la chaleur de notre étreinte venir s'atténuer.

— Nous sommes deux très mauvais menteurs, alors.

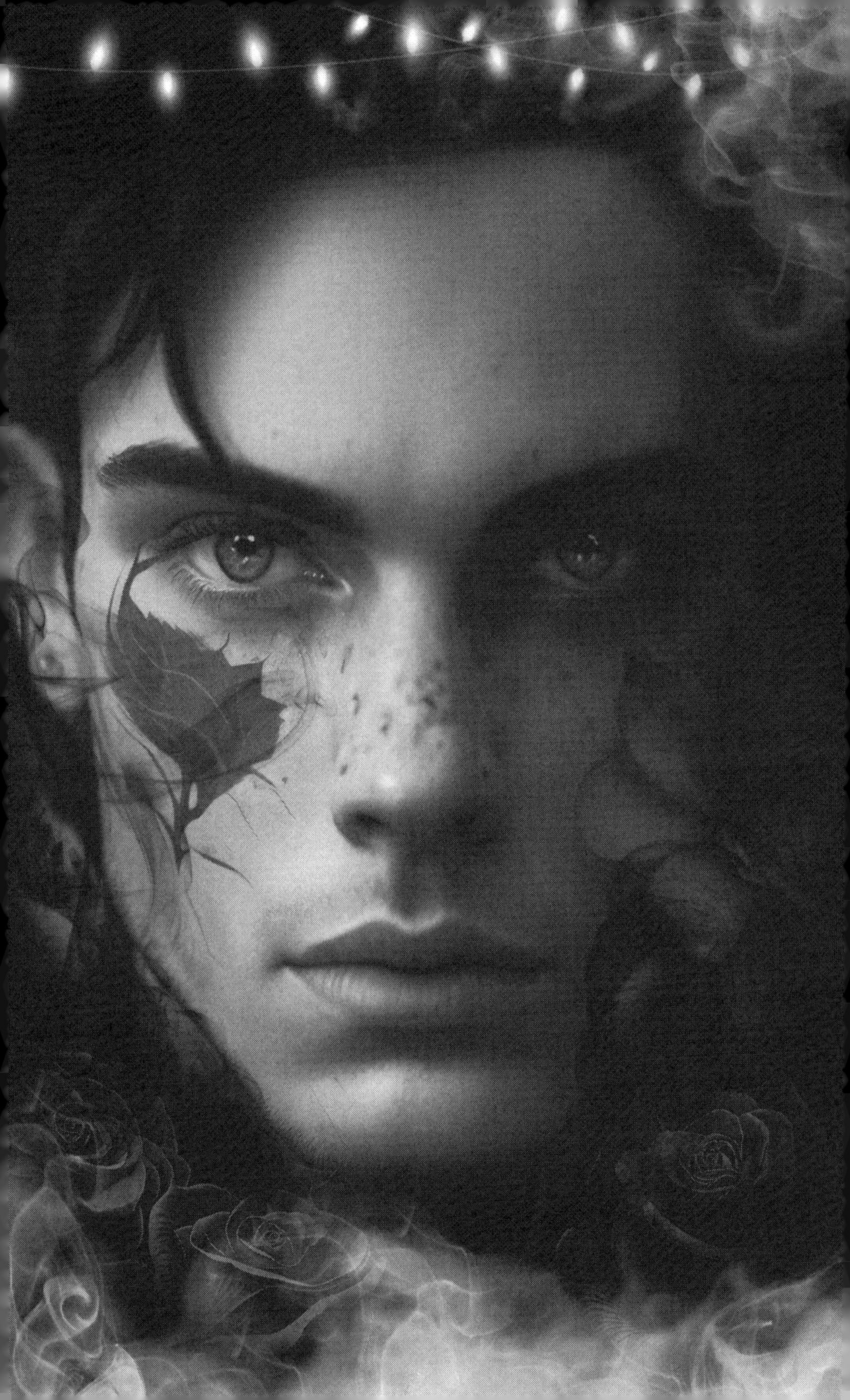

CHAPITRE . 24

La nuit que j'ai passée ici me fait presque regretter la cave de James. Ligoté sur cette chaise en bois, mon corps entier est endolori. La peau de mes poignets est irritée, presque à sang, par les cordages qui me maintiennent immobile.

Le pourcentage de chance pour se faire kidnapper une fois dans sa vie est déjà faible. Alors deux fois en l'espace d'un mois… Autant dire que j'ai dû mettre l'univers dans une colère noire, sans le savoir, pour mériter ça. Et je n'ai aucun doute sur le fait que cette fois, je ne serais pas aussi bien traité qu'avec notre cher Candyman.

Bordel.

Du peu que mes liens me le permettent, j'observe la pièce tout autour de moi. Les murs sont recouverts d'un carrelage blanc légèrement délavé et cassé à certains endroits. Le sol quant à lui est revêt d'un béton ciré, lui également tâché ci-est-là. Une odeur désagréable de javel plane dans l'air, —ce qui ne fait que confirmer mes craintes.

Je ne sortirais jamais d'ici indemne.

Ma tête me donne l'impression d'être sur le point d'exploser. Péniblement j'essaie de me souvenir de ce qu'il s'est passé exactement. Mais un trou noir vient perturber ma mémoire. Je me souviens parfaitement m'être endormie un moment dans les bras de James. Pour finalement me réveiller en pleine nuit à cause d'une envie pressante. Mais ensuite... Plus rien.

Ce n'est qu'une heure après mon réveil que le ciel semble me tomber sur la tête, alors qu'une personne rentre dans la salle. Sans un bruit. Sans un regard. Dites-moi que je rêve... Ce n'est pas possible !

Ça ne peut pas être possible.

La première chose qu'on apprend en venant au monde, c'est comment respirer. Pourtant, la première fois que l'on emplit nos poumons est tellement douloureuse, que cette expérience nous arrache des cris insoutenables. Mais on continue, car notre corps ne peut s'en passer. Et finalement, la douleur disparaît.

Aussi rapidement qu'elle est apparue.

Alors, pourquoi, ce mécanisme me fait aussi mal en ce moment même ? Pourquoi ai-je cette désagréable sensation que mes poumons sont sur le point d'exploser et que mon cœur est percé de toute part ? Je pensais tout connaitre de lui. Du moins, sa personnalité n'avait plus de secrets pour moi. La preuve est face à moi : je me suis royalement fait avoir.

Je ne suis qu'une idiote.

Un homme grassouillet donne une tape dans le dos de Tyler alors que celui-ci fuit de nouveau mon regard. S'il n'ose poser ses yeux sur moi en présence de cet individu, ce n'est certainement pas pour rien. Il se rend bien compte des pensées qui m'assaillent face à sa trahison.

Toujours attachée sur cette foutue chaise, je tire rageusement sur mes liens qui se détendent péniblement. Ma haine est muée par l'énorme bout de papier collant plaqué contre mes lèvres.

— Eh bien, eh bien. Voici donc la salope qui m'a privé de deux de mes hommes.

Face à moi, l'homme me jauge de haut en bas. Ses iris traînant sur moi me dégoûtent plus que de raison. Sans que j'aie le temps de le voir venir, sa main claque contre ma joue. Le tintement de la gifle résonne à travers les murs alors que ma tête me fait mal. Un goût métallique s'immisce sur ma langue tandis que j'entends l'homme ricaner.

C'est finalement la voix de Tyler qui me tire légèrement de mon malaise.

— Je vous laisse vous amuser, Boss. Je vais aller rejoindre les gars, tente-t-il de fuir lamentablement le spectacle qu'on lui offre et auquel il m'a lui-même offerte.

Boss ? Vraiment ?

— Un instant, commence l'homme en lui jetant un téléphone, qu'il attrape au vol.

— Envoie-lui une petite photo souvenir.

Une photo ? Devant mon air interrogateur, le flash de l'appareil m'aveugle un instant. Alors que je comprends ce qu'ils ont en tête, j'aimerais les supplier de ne rien faire. Mais tout ce qui sort de ma trachée est étouffé par mon bâillon. À peine quelques secondes plus tard, la sonnerie du portable retentit.

— James, tu es finalement bien en vie. On commençait à en douter vu ton absence.

Je n'entends pas la réponse du criminel alors que l'homme a repris le téléphone entre ses mains. Concentré dans sa conversation avec l'homme, il ne fait pas attention à moi. Discrètement, mes doigts jouent avec la corde qui retient mes poignets. Le fait d'avoir les mains dans le dos rend la tâche plus compliquée, mais ma détermination me donne un semblant d'aile.

Juste encore un peu de temps et je sais que je peux y arriver.

— Tu veux peut-être lui dire bonjour ?

Sans attendre de réponse, il tire violemment sur le collant. M'arrachant un juron incontrôlé alors que j'arrête mes mouvements.

Qu'est-ce que ça fait mal, bordel !

La main de l'inconnu se referme douloureusement sur

ma mâchoire alors qu'il tourne la caméra de l'appareil vers moi.

— Dis-lui à quel point tu es bien traité. À quel point tu t'amuses bien avec nous !

— Allez vous faire foutre ! craché-je en guise de réponse, juste avant que le plat de sa main n'atterrisse une nouvelle fois contre mon visage, m'étourdissant davantage.

Péniblement, je déglutis en faisant abstraction du sang qui s'écoule sur mes papilles. Des lancements m'enserrent le crâne et j'ai du mal à redresser la tête. Et ce, même si la petite voix de ma conscience me hurle de ne pas abandonner. De ne pas laisser leurs coups avoir raison de ma témérité.

Mais la fatigue des derniers jours a presque raison de moi.

— Angela, m'interpelle la voix de James à travers le portable. Je te promets que tout va bien se passer.

Le timbre déterminé qu'il emprunte me réchauffe très légèrement le cœur. Mutant peu à peu la peur qui s'insuffle inconsciemment dans mes veines. Et même si je n'ai aucune certitude sur le fait de sortir d'ici vivante. J'ai envie de croire en ses mots. J'ai envie de croire qu'il me sortira d'ici. Que mes mains se poseront à nouveau sur lui. Que les effluves poivrés de son parfum se fraieront à nouveau un chemin jusqu'à mes narines.

L'homme grassouillet attrape violemment une partie de mes cheveux dans sa poigne. Il tire dessus, sans ménagement, tandis que Tyler tient le téléphone. Droit devant lui, pour offrir une vision complète à James de ce qu'ils comptent me faire subir. Mon corps tressaille au moment où une froideur tranchante s'installe tout contre ma gorge. Il m'est inutile de baisser les yeux pour comprendre qu'une lame est posée contre ma peau. Prête à faire couler mon fluide vital.

Alors je tire, encore et encore. Aussi discrètement que cela m'est possible de le faire. Ignorant l'entaille de la lame contre ma gorge à chacun de mes mouvements.

— Et si tu te joignais à nous, James ? Si la mémoire

ne te fait pas trop défaut, tu devrais trouver sans problème le chemin jusqu'ici.

— Ose la toucher et..

— N'oublie pas où est ta place ! Tu n'es qu'un pion que nous avons bien voulu prendre sous notre aile. Je te donne une heure, si tu ne veux pas que cette salope finisse découpée et éparpillée à travers toute la ville !

Sur ces mots, l'homme fait signe à Tyler de couper court à l'appel. Ce qu'il fait au moment même où le dernier nœud de la corde cède sous mes doigts. Il me suffit d'une fraction de seconde pour attraper le couteau dans la main de l'homme et lui envoyer mon poing qui s'écrase contre sa pommette. Surpris, celui-ci titube en arrière en pestant de rage. La lame d'acier en main, mon corps prend les commandes. Avec comme seul objectif, faire mal à ce connard.

Je n'ai pas le temps de me jeter sur lui, que le bras de Tyler se referme autour de ma gorge. Bloquant ma progression et, par la même occasion, ma respiration.

— Lâche-moi ! hurlé-je hors de moi en me débattant pour me libérer de sa poigne.

— Vous allez bien boss ? questionne-t-il l'homme qui se redresse en faisant craquer les articulations de ses phalanges.

L'atmosphère autour de nous est tendue. Lourde. À tout moment, je m'apprête à voir la lame qu'il a ramassée sur le sol venir fendre ma chair dans un bruissement inaudible. Me libérant de cette prison et de ce cauchemar.

Mais il n'en fait rien. Et ce, malgré les lueurs rougeâtres qui dansent violemment dans ses iris.

— Surveille-la, commence l'homme en fixant Tyler par-dessus mon épaule. Il serait dommage que je tue cette salope avant que James ne nous ait rejoints, conclut-il froidement en refermant la porte de ma prison derrière lui.

Le silence plane plusieurs minutes, — durant lesquelles ma haine disparaît progressivement au prix d'un effort surhumain de ma part. Le souffle de Tyler s'écrase durement contre ma nuque à chacune de ses respirations. J'aimerais avoir le courage de lui demander pourquoi. Ou bien encore depuis quand... Mais je n'y arrive pas. Ma voix reste farouchement bloquée dans ma trachée, incapable de cracher le feu qui parcourt la moindre parcelle de mon âme.

— Rassis-toi, Angela. Tu risques de te blesser si tu t'évanouis.

C'en est trop, je me retourne vers lui pour lui faire face. J'explose d'un rire aussi froid que la mort.

Désespéré.

— Tu as raison, Ty' chéri. Essaie de me faire croire que tu en as quelque chose à foutre de ce qui peut bien m'arriver.

Ses pupilles me sondent une fraction de seconde avant de me fuir à nouveau. Le fait qu'il n'est pas les couilles de soutenir mon regard me met davantage en pression que le fait qu'il m'ait trahie. Ses sourcils se froncent alors qu'il semble chercher ses mots. Conscient que rien de ce qu'il pourrait dire n'arrange la situation. Mes poings se cognent rageusement contre son torse sans qu'il ne réplique.

— Comment peux-tu collaborer avec ces fumiers, bordel ?!

— Tu es mal placée pour me faire la morale alors que tu te fais sauter par le mec qui a buté ta meilleure amie, peste-t-il en ayant enfin le courage de me faire face en me repoussant légèrement de lui.

Ma main claque contre sa joue sans même que je ne vois le geste venir.

En dehors d'attiser une nouvelle fois le feu qui me comprime la poitrine. Ses paroles me donnent le tournis. Ce qui n'est pas des plus étonnant si on considère tous les coups que j'ai encaissés ces dernières heures. Pourtant, les maux de tête, l'envie de vomir ou encore mes douleurs musculaires ne sont rien à comparer à la douleur qui broie mon palpitant. De par sa trahison, mais également de par la véracité de ses mots.

Je reste plantée là, immobile. Incapable de rétorquer quoique ce soit, ni même de regretter mon geste à l'égard de cet homme que j'ai un jour, profondément aimé.

Cet homme qui, j'espérais naïvement, ne me décevrait jamais.

— Tu ne peux en vouloir qu'à toi-même. Si tu n'étais pas retourné chez lui ce soir-là, j'aurais pu tu protéger.

— Me protéger de tes nouveaux patrons ? Les mêmes qui ont mis une prime sur ma tête ?

Une nouvelle fois, son regard se fait fuyant. Il ne me répond pas alors qu'il m'oblige à m'asseoir de nouveau sur la chaise. Fatiguée, et parce que je sais pertinemment que je n'ai aucune chance de sortir d'ici seule. Je me laisse faire.

Dans mon dos, il serre un peu plus fort les cordes autour de mes poignets. Prise par les assauts du désespoir et de la résilience, je me laisse faire. Priant silencieusement que la prochaine heure s'écoule aussi rapidement que possible.

Et que ce connard reste cloîtré dans ce silence pour toujours.

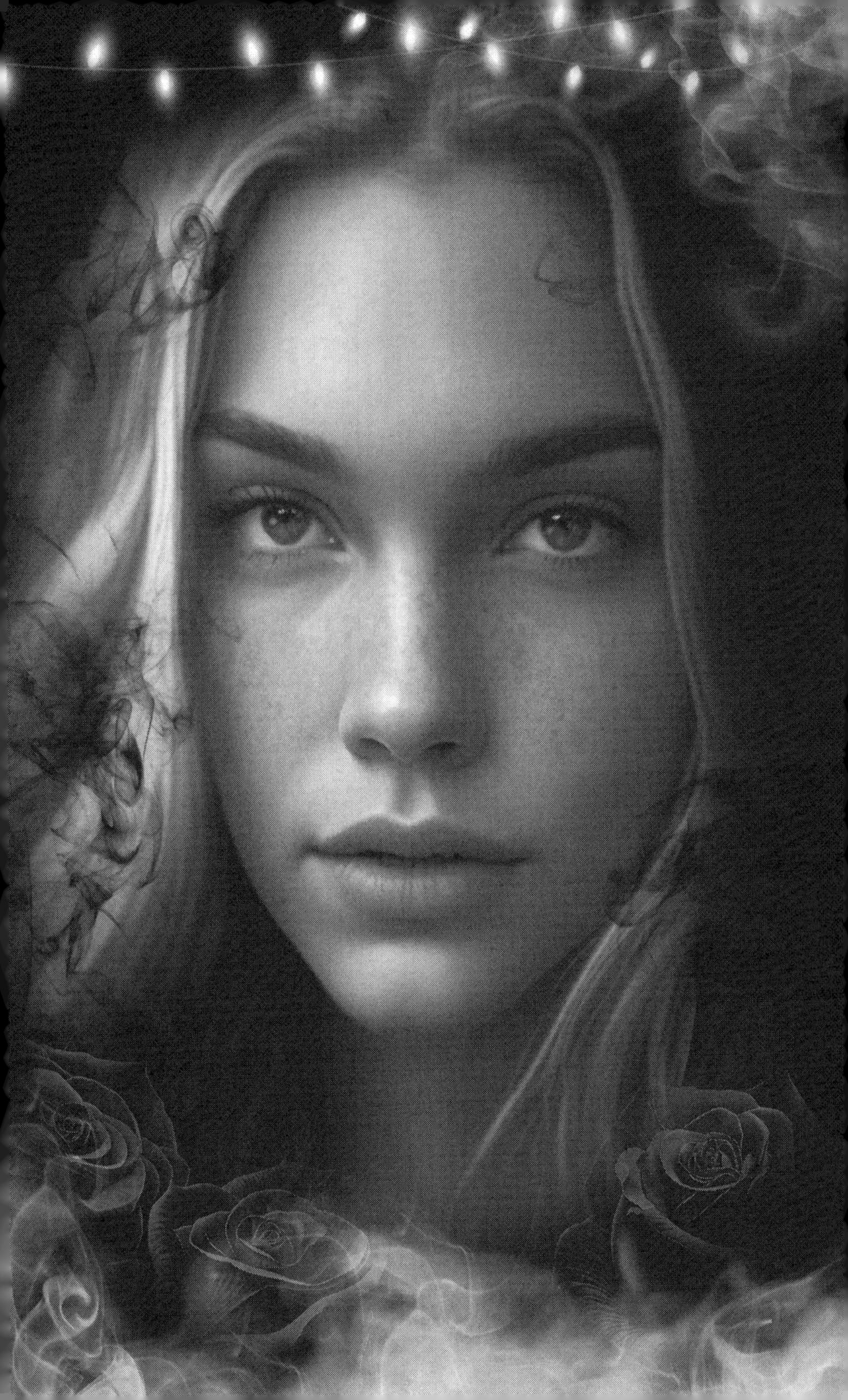

… CANDYMAN …

CHAPITRE . 25

Cette peur.
Cela faisait un moment que je ne l'avais pas ressenti avec une intensité aussi forte. Forte au point qu'elle fasse tressaillir chacun de mes muscles. Qu'elle couvre ma peau d'une chair de poule. Aussi persistante que dévorante.
Une dizaine de minutes s'est écoulée alors que je n'arrive pas à faire autre chose que fixer cette putain de montre. Fermement attachée autour de mon poignet, tout en me narguant silencieusement à chaque coup d'aiguillons. Le crissement des pneus de la voiture noire qui s'arrête devant moi me sort finalement de cette transe. Et ce, même si la colère ne me libère pas totalement de son emprise.
Au même titre que la peur.

D'un mouvement brusque, j'ouvre la portière côté passager et prends place sur le siège. Du bout des doigts, j'attrape la clope que Dave me tend. Il me faut deux, trois bouffées de nicotine avant d'avoir la force de lui parler. Ou même juste d'affronter le regard inquiet et perplexe qu'il tente vainement de cacher.
— Tu as amené ce que je t'ai demandé ?
D'un signe de tête, il m'indique la banquette arrière

alors qu'il redémarre en silence. J'attrape le sac noir qui me semble bien trop léger au moment où je le porte. Sans que je n'aie à dire quoique ce soit, Dave anticipe mes réclamations.

— Je n'ai pas eu beaucoup de temps. C'est tout ce que j'ai pu rassembler.

— Bordel, pesté-je pour moi-même. Ça ira, je me débrouillerais avec ça, je te remercie.

— Tu es certain qu'ils ne l'ont pas déjà tué ? lâche mon meilleur ami alors que ses mains se cramponnent nerveusement autour du volant.

Ma nuque me démanche sous la couture du col de mon t-shirt. La boule invisible dans ma gorge s'enfonce un peu plus à mesure que sa phrase atteint ma conscience. Connaissant cet homme, je préférerais presque qu'elle le soit, morte. Pour son propre intérêt.

— C'est de moi qu'il veut se venger, déclaré-je trop amèrement, — conscient que la brunette n'est qu'un pion lui permettant de mener à bien son objectif.

— Et comment comptes-tu mettre les explosifs en place sans te faire repérer ? C'est une véritable forteresse, tu le sais mieux que quiconque, James. Tu crois vraiment qu'ils vont te laisser pénétrer à l'intérieur librement ?

— À ton avis, pourquoi t'ai-je demandé ces petits bijoux ? le questionné-je ironiquement en agitant doucement l'une des grenades entre mes doigts.

— Ce plan est complètement malade, tranche-t-il en se concentrant à nouveau sur la route devant nous.

Malade, c'est un doux euphémisme.

Alors que Dave me dépose une rue plus loin, je lui donne mes dernières directives. De mes paroles découle un adieu fraternel trop sérieux. J'en ai tout aussi conscience que lui. Lorsqu'il aura redémarré le moteur de son mustang, il y a de grande chance que jamais plus il ne me revoie. Les épanchements d'affection, ça n'a jamais été mon truc. C'est sans aucun doute pour cette raison que tout son corps est tendu. Que ses mains sont cramponnées autour du cuir. Ou bien que sa jambe droite tressaute rapidement sur place et qu'il les ridules aux coins de ses yeux tics à chacune de mes intonations plus graves.

S'il y a peu de personnes sur cette terre pour qui mon respect s'est mué en un attachement profond... Ce con en fait bel et bien partie.

— Prends soin de toi et de la miss. Je n'aurais pas assez d'une vie pour te remercier pour tout ce que tu as fait, laissé-je glisser jusque dans l'habitacle en le gratifiant d'un sourire crispé, mais franc.

— Ferme ta gueule, bordel. Je refuse d'entendre tes niaiseries. Ça sonne trop comme des putains d'adieu et je ne veux pas de ça ! Tu vas faire exploser ces fils de putes, sauver cette chieuse qui m'insupporte. Et tu reviendras couler des jours heureux à vider mes bouteilles de rhum chaque fois que tu te prendras un râteau avec elle, compris ? D'ailleurs, tu penseras un jour à me payer toutes celles que tu as descendues sans jamais en ramener une seule, finit-il de dire dans un souffle presque exténué alors que mes pieds me guident hors de la voiture.

Un léger rire m'échappe tandis que je secoue la tête. Je me refuse à lui faire de fausses promesses et lui dire qu'on se revoit bientôt. Et il le sait tout autant que moi, je suis incapable de lui mentir.

— Je ferais de mon mieux pour venir réapprovisionner ton stock de bouteilles alors.

— Tu as plutôt intérêt.

Sans plus attendre, j'attrape le sac que je balance sur mon dos et remonte la capuche de ma veste par-dessus ma tête. D'ici une dizaine de minutes, le détonateur que je lui ai confié sera activé. Et je n'ai pas de temps à perdre si je veux pouvoir m'infiltrer rapidement à l'intérieur du siège de la Outfit.

Entrer dans cet endroit n'est pas vraiment la chose la plus compliquée. Le plus dur étant de s'y déplacer sans se faire repérer ou bien encore d'en sortir. Après avoir passé autant d'années à bosser pour ces monstres, on pourrait croire que la sécurité de cet immeuble n'ait plus aucun secret pour moi. Pourtant, j'essaie de garder en tête que chaque couloir peut être équipé d'une nouvelle caméra. D'un piège ou bien d'un garde armé jusqu'aux dents. Cela serait étonnant de la part de Raphaël qu'il n'ait pas informé toute la sécurité de ma possible présence. Même s'il doit se douter que je ne me livrerais pas aussi simplement, j'ai encore une once d'espoir qu'il ne se doute pas une minute du plan que je mets en place.

  Petit à petit. À mesure que je progresse dans les sous-sols du siège. Les pièces du puzzle, qui n'a pour but que de libérer Angela, s'empilent.

  Des couloirs étroits s'étendent dans toutes les directions face à moi. J'ai passé tant de temps à étudier les plans de ce bâtiment fut un temps, que mes pas se dirige d'eux-même vers la droite. Furtivement, je me faufile en tentant d'ignorer l'odeur métallique qui plane sur tout l'étage. Éclairé par des ampoules pour la plupart défectueuses, une lueur faible et sinistre m'aide à me guide. Je n'ai jamais réellement compris pourquoi cet endroit était laissé dans un état pareil. Alors qu'il suffit de grimper quelques escaliers pour atterrir dans le luxe débordant et de mauvais goût.

  Au bout d'un moment, des voix étouffées provenant d'une porte entrouverte me parviennent. Discrètement, je m'approche de l'embrasure de celle-ci. La main cramponnée à mon arme. La silhouette de plusieurs hommes se dessine, accompagnée de l'ex d'Angela.

  L'envie de dégainer mon flingue et de l'abattre sur place est tentante.

  Trop tentante.

  Retenant le feu qui s'insuffle à l'intérieur de mes veines, je dépasse la porte et m'enfonce un peu plus dans le couloir. Je me glisse aussi silencieusement que possible dans la première pièce sur la droite avant de constater que celle-ci est vide.

Aucune trace d'Angela.

Plusieurs autres salles m'offrent la même constatation, alors que je commence doucement à perdre patience. L'anxiété, mêlée à la colère, monte dans un cocktail trop dangereux pour une personne comme moi. Mon cœur se serre tandis que mes doigts se resserrent sur la quatrième et dernière porte du couloir. Incapable de savoir quel serait le pire scénario. Que cette pièce soit vide. Ou bien que cette foutue tête de mule y gît baignée dans son propre sang.

Une bouffée de soulagement m'enserre les entrailles alors que les perles brillantes de la brunette se relèvent sur moi, à quelques mètres à peine. Doucement, je referme la porte derrière moi et m'approche de la chaise sur laquelle elle est attachée. Sans même prendre la peine de la libérer du bâillon qui entrave ses paroles, je défais les liens autour de ses poignets.

Il ne lui faut pas plus pour se défaire de sa muselière.

— Va-t'en ! C'est un piège, ils savent que tu es là ! m'ordonne-t-elle en se tortillant sur son siège pour m'empêcher de finir le travail.

— Je ne vais pas te laisser t'amuser toute seule, Trésor.

La corde au sol, je me relève promptement avant de l'attraper entre mes bras. Et comme si mon corps avait besoin de se rendre compte qu'elle est bien là, en vie. Je la serre de toutes mes forces. Humant furtivement son parfum vanillé, m'imprégnant de sa chaleur et du contact de ses formes.

— James, ils vont rev...

Sans lui laisser finir sa phrase, j'attrape son visage entre mes paumes et l'embrasse. Une seconde à peine.

Mais une seconde qui suffit à la muer dans un silence gêné. Ses joues se poudrent de rouge alors que je n'arrive pas à retenir un léger sourire narquois. Comment peut-elle penser que je serais capable de la laisser croupir ici ?

— James !

Son cri m'alerte sans pour autant me laisser le temps

de me retourner. Une masse dure s'écrase contre mon crâne, me faisant vaciller jusqu'à en perdre l'équilibre.

Un deuxième coup s'écrase contre mon tibia, achevant de me faire tomber au sol.

— Tu pensais vraiment que ce serait aussi simple ? Il me semblait t'avoir mieux entrainé que ça, James ! ricane Raphaël alors que son chien de compagnie écrase un peu plus le plat de sa chaussure tout contre mon dos.

Ainsi bloqué, j'essaie de reprendre un semblant de raison. Ma vue légèrement brouillée, il me faut plusieurs minutes avant que je n'arrive à analyser correctement la situation.

— Reste couché ou elle meurt, tonne Raphaël en me jaugeant d'une œillade courroucée.

Face à ses menaces, la seule chose qui m'aide encore à me contenir, n'est rien d'autre que la lame brillante qu'il laisse dangereusement flirter avec la peau rosie d'Angela. Si la peur devait lui noyer les yeux, il n'en est rien. Elle ne semble même pas s'apercevoir qu'elle n'est qu'à quelques millimètres de se faire égorger vivante. Pourtant ses yeux vacillent entre les miens et ceux de ce fils de pute, debout derrière moi.

Silencieusement, je me maudis de ne pas avoir buté ce connard quand j'en avais les moyens.

— Que dirais-tu de la laisser partir pour qu'on règle ça entre hommes ? sifflé-je entre mes dents, conscient que ma remarque ne plaît pas à la brunette. À moins que tu sois trop effrayé que pour te séparer de ton petit esclave ?

Le concerné enfonce un peu plus sa semelle entre mes omoplates. Pourtant, je ne lui offre pas le plaisir de me voir tressaillir.

Devant nous, la poigne de Raphaël se desserre légèrement du corps de Angela. L'espace d'un instant, je la vois se plonger dans ses réflexions. Conscient de ce à quoi elle peut bien penser, je la couve de mon regard le plus froid. La dissuadant de tenter quoique ce soit qui pourrait la mettre en danger.

Le cliquetis léger d'un cran de sûreté que l'on enclenche retentit jusqu'à mes oreilles. La pression sur mon dos se fait moins appuyer et il ne me faut pas plus pour que je me remette sur mes pieds. Mes poings me démanchent, me brûle. Ils hurlent d'envie de s'écraser contre la face de ce putain de ripou.

— J'ai une autre proposition à te faire, s'exclame le vieil homme avant de relâcher la brunette qu'il finit par jeter à terre devant moi.

Engourdies, ses jambes ne la retiennent pas. Je n'ai pas le temps de la rattraper que ce Tyler me dissuade de bouger à l'aide du canon de son flingue.

Je vais vraiment buter ce connard !

Raphaël se fraie un chemin jusqu'à nous. À genoux face à nous trois, la brunette me donne l'impression de ressembler à un animal apeuré. Prêt à se faire dévorer par des loups qu'elle n'aurait jamais dû croiser de sa vie.

Les secondes défilent trop lentement alors que j'analyse chacun des tressautements qu'elle retient maladroitement. J'aimerais lancer un regard à ma montre, ou bien même juste lui dire que le cauchemar est bientôt terminer. Mais c'est impossible. Mon ancien boss me croit assez désespéré au point de m'être jeté au cœur de la tanière sans préparation.

Et tant que le signal n'aura pas retenti. Il est hors de question que je lui fasse comprendre qu'il a tort.

Je te le promets, Trésor. Je vais te sortir de là.

Une main vient se refermer durement sur mon épaule, me tirant partiellement de mes réflexions. L'odeur piquante du musc qui ne quitte jamais cet homme plane trop fortement autour de moi. Écrasant les notes vanillées de la femme qui hante ma vie depuis un moment.

Le tintement métallique d'un couteau qu'on retire de son étui résonne dans le vide de la pièce. Incrédule, j'observe Raphaël masqué derrière son sourire psychopathe.

— Tue-la.

Un instant, je plonge mes yeux dans ceux de Angela avant d'inspecter la lame qu'il me tend. Pas certain d'avoir réellement compris ce qu'il attend de moi.

— Tue-la et toute ta petite rébellion est oubliée. Tu as assez joué avec elle. Il est temps d'achever ses souffrances et de rentrer bien sagement à la maison, James.

Sa voix, plus tranchante, me tend davantage les muscles.

— N'essaie pas de me faire croire que tu oublieras quoique ce soit, Raph'.

La lame quitte rapidement sa main alors qu'il la fourre dans la mienne. Plus énervé que jamais que je n'obéisse pas aveuglément à sa demande.

Son ordre.

— Crois-moi bien, James. Aucune chatte ne vaut le coup de perdre ce que tu as bâti en travaillant pour nous. Elle ne t'apportera rien que je ne peux t'offrir en contribution de ta loyauté.

Tremblante, la brunette nous observe, muette. Incapable de retenir le spectre de tétanie qui l'enveloppe de son aura. Cherchant probablement à déterminer qui de lui, ou moi, prendra sa vie.

Les yeux baissés vers la lame, trop étincelante. Trop familière.

J'aimerais dire qu'à aucun moment cette part sombre de ma vie n'ait tenté de céder.

Céder à la facilité.

Durement, sous les encouragements silencieux de mon mentor, je me redresse un peu plus et m'approche de l'agneau apeuré et perdu. Le masque insensible et froid de Candyman collé à la peau, je tente d'ignorer les fourmillements excités de mes membres. Trop habitués à faire couler le sang d'innocent.

Comme coordonnée par des ficelles invisibles accrochées à sa peau. Angela se relève, pantelante.

Un pas me rapproche un peu plus de sa fragilité. De sa peur.
De ses démons.

— Règle numéro une : ne jamais faire confiance à personne.

Son corps entier se crispe contre le mien. Un sourire ancré sur les lèvres, je m'imprègne de son visage. De son expression. De sa résiliation.

Il suffirait simplement qu'on soit seul pour que j'éclate d'un rire franc. Moqueur.

Sadique.

Ma bouche contre son oreille, je laisse le bout de ma langue glisser contre son lobe. Lui arrachant un frémissement perdu entre désir et haine.

La lame du couteau contre sa joue, j'observe attentivement ses traits se maculer d'incompréhension. Les questions défilent à une vitesse folle sur son visage. Les murmures des deux hommes derrière nous m'atteignent à peine et, un instant, j'ai l'impression qu'elle pourrait s'effriter entre mes mains. Telle une feuille morte.

Décidant que ce petit jeu a assez duré, je murmure un peu plus bas pour nous préserver des deux hommes.

— Je serais prêt à réduire cette ville à feu et à sang pour qu'il ne t'arrive rien, Trésor. Et je t'interdis de l'oublier ou de penser un jour le contraire.

Mécaniquement, je me tourne vers Raphaël. Celui-ci fronce les sourcils alors qu'il attend patiemment que Candyman redevienne son petit chien de compagnie. À côté de lui, Tyler me jauge une mine dégoutée. Probablement déçu que je ne sois pas déjà mort.

Cette fois, c'est à lui que je m'adresse alors que je relâche la lame qui s'échoue sur le sol dans un tintement.

— Règle numéro deux : toujours désarmer son adversaire.

Ma phrase se meurt à peine sur mes lèvres que, déjà, ma main attrape l'arme à feu accroché à ma ceinture. Une seconde à peine me suffit pour abattre celui qui m'a fait sombrer dans ce monde sombre et sans pitié. Sous le choc, le petit larbin reste un moment paralysé par mon geste. La minute d'après, alors qu'il semble retrouver l'usage de tout son corps, il se jette sur moi.

Tout se passe vite.

Trop vite.

Le moment où son poing atterrit contre mon visage. Celui où mon flingue tombe au sol.

Celui où il semble se souvenir de sa propre arme.

Et pour finir...

Le moment où une déflagration emplit la pièce de son écho menaçant.

CHAPITRE . 26

Comment ai-je pu faire ça ?

Tout a commencé par une petite obscurité. Un voile noir qui s'abat sur mes yeux, m'empêchant de voir clairement ce qu'il se passe autour de moi. J'essaie de lutter contre cette sensation, de la repousser, de la combattre. Mais plus je me débats, plus cette obscurité grandis, s'épaissis, se rapproche de moi dans le but de me dévorer.

L'impression de sombrer dans les ténèbres s'cmpare de moi. J'ai l'impression que le sol sous mes pieds disparaît et que je tombe dans un abîme sans fond. L'obscurité est partout, me happant comme dans un tourbillon empli de noirceur. Je me sens incapable de me retenir de la chute. Tout ce que j'arrive à faire, c'est d'être paralysée par ce vertige qui m'envahit, qui m'étourdit. La pression sur ma poitrine augmente et m'étouffe presque. Chaque seconde, je sens que je m'éloigne un peu plus de la lumière, de la vie. De l'espoir.

— Angela !

La voix de James est si lointaine qu'elle met un moment à m'atteindre. C'est lorsque ses mains se posent durement sur mes épaules que la réalité traverse mes propres ténèbres.

J'ai tué Tyler...

L'arme dans ma main finit sa course sur le béton de la salle dans un tintement assourdissant pour mes oreilles.
— Qu'est-ce que j'ai fait ?
— Angela, regarde-moi ! Tout va bien se passer.
Et du fond du cœur, j'aimerais croire en ce qu'il me dit.

Son regard fuyant ne me rassure pas. Et ce, depuis que nous avons grimpé les deux étages qui nous séparaient du rez-de-chaussée. Intérieurement, je sais qu'il ne me dit pas tout. Sa main dans la mienne, la moiteur de sa peau colle légèrement à la mienne. Je le sens tendu, nerveux, comme s'il avait quelque chose à me dire, mais qu'il n'osait pas. Nous marchons dans le couloir, le pas lourd, tandis que j'essaie de comprendre ce qui se passe dans sa tête. Est-ce qu'il a quelque chose à se reprocher ? Ou bien a-t-il peur que je lui reproche ce qu'il s'est passé dans ce sous-sol ?

Je le regarde droit dans les yeux, essayant de lire ses pensées alors qu'il se tourne légèrement vers moi. Pourtant, rapidement, il détourne le regard. Une boule se forme dans mon ventre. Je n'aime pas cette situation. Je n'aime pas le voir comme ça distant. Fermé. Cela me donne l'impression d'être mise à l'écart de ses émotions. Comme si nous n'étions plus ce que nous sommes. Comme si nous étions revenus des semaines auparavant. Lui, le Candyman. Moi, la Lieutenante.

Nous atteignons enfin l'escalier central donnant sur le cœur directionnel de l'immeuble. Il s'arrête, me lâche soudainement la main et me regarde droit dans les yeux. Je sens qu'il veut me dire quelque chose, mais il reste silencieux. Finalement, je l'entends soupirer et s'adresser à moi d'une voix douce.

Beaucoup trop douce. Même pour lui, dans ses meilleurs moments de tendresse.

— Tu vois cette sortie ? me demande-t-il en indiquant une porte à ma droite. Dès que tu entends le signal, tu t'y enfonces et tu cours jusqu'à la sortie sans te retourner, Angela.

Confuse, j'analyse le sous-entendu de ses paroles. Inquiète, j'ai l'impression que tout mon corps est sur le point de craquer.

— Quel signal ? Je ne vais nulle part sans toi, James !

Mon cœur rate un battement alors qu'il encadre mon visage de ses grandes mains. Le voile de tristesse et de regret qui danse dans ses iris ne fait que conforter ma peur dans son obstination.

— Je suis désolée, dit-il en baissant la tête.

— Désoler de quoi, au juste ?

James prend une profonde inspiration alors qu'il laisse glisser les lanières de son sac pour me les passer autour des épaules. Ses lèvres viennent se plaquer contre le haut de mon crâne. Et l'espace d'un moment, plus rien n'existe dans cette cage d'escalier. Le danger qui me guette depuis ce matin n'existe plus. La mort de Tyler ne pèse plus inexorablement sur ma conscience, ni même celle de Cindy. Le passé destructeur et sanglant de l'homme en face de moi a disparu pour ne laisser que les effluves réconfortantes de son parfum ambré.

Une larme dévale ma joue alors que ma gorge se serre.

— Pourquoi j'ai l'impression que tu me fais tes adieux... soufflés-je anéantie et à bout de souffle. Promets-moi que ce n'est pas fini, James. Je t'en supplie.

Ses doigts viennent cueillir l'écume aux bords de mes yeux. Impuissante face à la situation, j'ai l'impression qu'un fossé s'est à nouveau imposée entre nous deux. À nouveau... Est-ce qu'il avait réellement existé avant aujourd'hui ? Je n'en suis plus certaine.

Je ne suis plus certaine de rien...

—Angela, regarde-moi, m'intime-t-il tendrement pour que je relève mes pupilles trempés de larmes que je retiens difficilement vers les siennes. Il me faudrait plus d'une vie entière pour que le monde en dehors de cet immeuble me pardonne toutes les horreurs que j'ai commises. Depuis longtemps, j'ai abandonné l'idée de trouver une quelconque rédemption sur cette terre. (Ses bras se referment autour de mes épaules, me serrant davantage contre son torse que j'agrippe fermement.) Jamais je ne pourrais me pardonner le tort que je t'ai causé…

— Je ne te demande pas de te faire pardonner, James…
— Promets-moi de sortir de cet immeuble sans regarder derrière toi, me coupe-t-il sans me laisser finir de déballer ce que j'ai sur le cœur. Promets-le-moi, Angela.
— Je.. Je te le promets.

Les yeux dans les yeux, les larmes au bord des cils, on se tient là.

Face à face.

Le temps autour de nous semble s'être arrêté. Nos mains entrelacées, je sens la chaleur de son corps se mélanger dans une étreinte inoubliable. Il doit partir, mais je n'en ai pas envie. Je veux qu'il reste là, avec moi, pour toujours. Mais la vie en a décidé autrement. Et depuis le début, je sais que je me voile la face. Bien avant que je ne l'accepte, je savais déjà que j'avais plongé dans ce gouffre.

Une légère brise parvient doucement autour de nous, me faisant frissonner malgré la chaleur de notre contact. Ma gorge se serre, incapable de dire les mots que j'aimerais avoir le courage de prononcer. Incapable de briser ce silence perturbé uniquement par les bruits de pas qui viennent d'atteindre les premières marches loin en dessous de nous.

Doucement, il s'écarte sans détacher sa main entrelacée à la mienne pour graver ma silhouette une dernière fois dans sa mémoire. Nos regards se croisent, se fixent, se pénètrent. Il me comprend, comme il le fait depuis le premier jour. Il sait ce que j'aimerais lui dire. Tout comme je perçois cette réponse inaudible à travers la lueur de ses billes glaciales et pourtant si brûlantes.

Il approche son visage du mien, si proche que nos lèvres se frôlent presque. Sa respiration se fait plus rapide, son cœur bat à tout rompre, —au même titre que mon propre palpitant qui tente en vain de m'apporter le peu d'oxygène qui arrive encore à me maintenir debout.

Il ne veut pas, mais il doit le faire.

Finalement, nos lèvres se joignent dans un baiser doux et tendre. Mais empli de tristesse et de déchirement. Comment fait l'univers pour créer un amour aussi fort entre deux personnes ? Alors qu'il décide de les séparer tout aussi durement qu'il les a réunis.

Lentement, James se recule en me glissant un dernier regard avant de tourner les talons et de s'en aller par là où nous sommes arrivés. Tandis que je reste là, le regard perdu dans le vide. Incapable de bouger. Et plus rien ne me semble aussi évident que le fait que ce baiser restera à jamais gravé dans mon cœur.

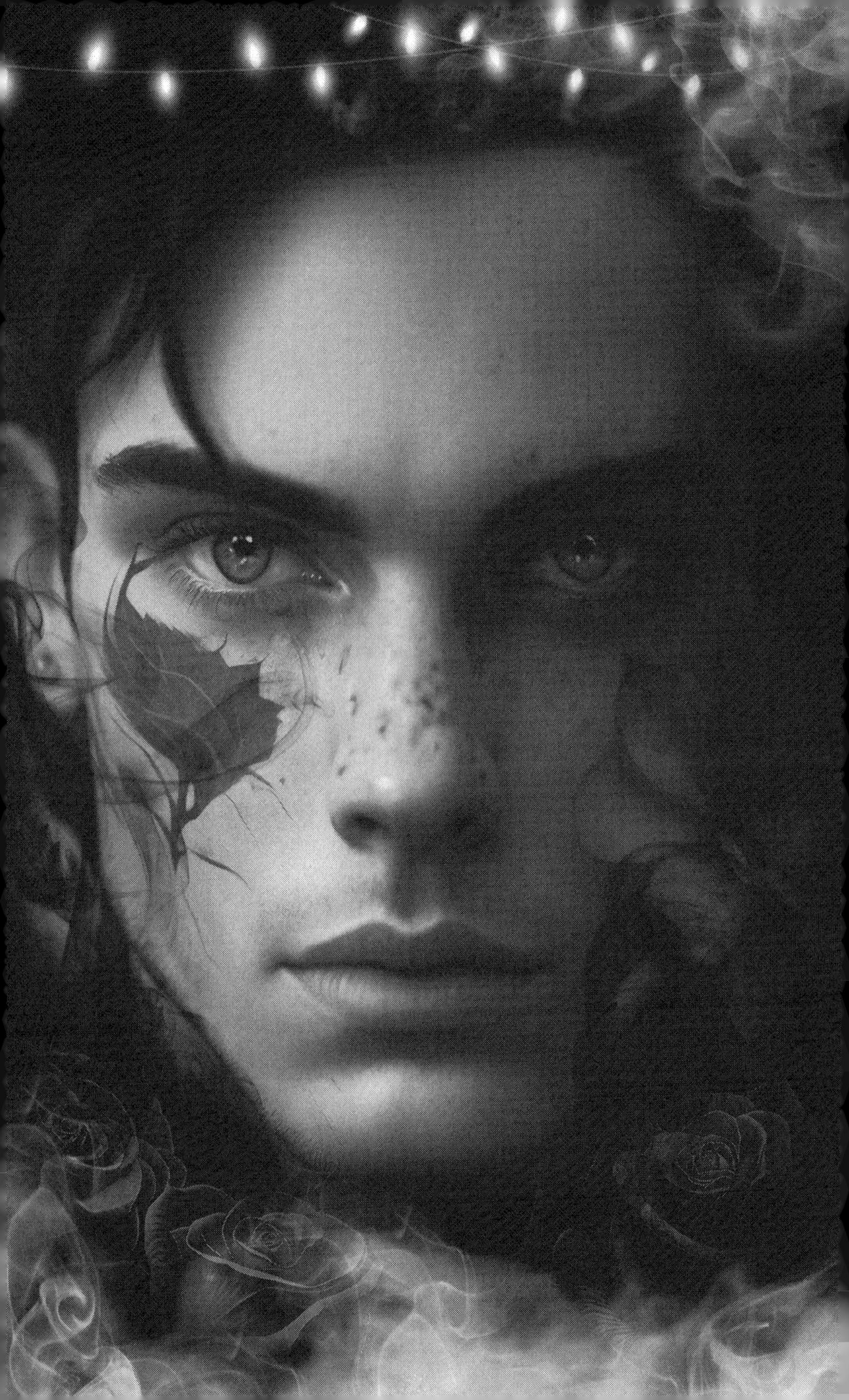

CHAPITRE . 27

Une semaine plus tard...

Je me suis perdue.
Aussi facilement qu'il est possible de perdre un avion dans un champ de blé. Aussi simplement qu'une lame peut vous réparer la blessure qu'elle vous a causé. Aussi sûrement que le goût amer de ses vieux rhums me paraissait sucré sur ses lèvres...
Aussi durement que ses caresses claquaient contre mon cœur.
Plus rien ne me semble plus immuable que ma vie ces derniers jours. Allongée dans ce lit d'hôpital avec pour seule compagnie ; la blancheur des murs et du plafond, — je tente d'ignorer l'impression d'être passé sous un bus.
Mes cheveux sont emprisonnés depuis plusieurs jours parmi la flopée de bandages qui m'entourent une partie de la tête. La peau de mes bras est couverte de bleus, d'égratignures et de coupures qui ont, depuis peu, commencé à cicatriser. Tandis que l'une de mes chevilles est fermement maintenue par un plâtre, — qui me donne le tournis chaque fois que je pose les yeux dessus. Je n'ai pas osé me regarder dans un miroir depuis que je me suis réveillée, ici.
Mes souvenirs sont flous par rapport à ce qui a causé

mon état physique pitoyable. Seul le regard perçant de James est parfaitement clair dans mon esprit... Alors même que je souhaiterais l'avoir oublié. Au même titre que l'écho de l'explosion qui a retenti peu de temps après qu'il est disparut de mon champ de vision.

James...

La boule qui m'entrave la gorge et me bloque la respiration n'a pas disparu depuis mon réveil. Ces derniers jours, j'ai l'impression de vivre en boucle.

Le sommeil ne me vient qu'au petit matin alors que j'ai du mal à tenir plus d'une heure dans les bras de Morphée. Pourtant, je fais le plus souvent semblant de ne pas être consciente chaque fois qu'une infirmière déambule dans ma chambre d'hôpital. Les yeux clos, je les écoute s'occuper de moi. Vérifier que mes constantes sont assez bonnes à leurs goûts. Lorsqu'elles sont en duo, j'écoute leurs commentaires qu'elles pensent discrets quant à ma captivité. Leur avis tranchant et vénéneux sur le criminel qui m'a retenue contre mon gré. Sur les actes ignobles qu'il a dû me faire subir.

Ma conscience se bat à chacun de leurs passages entre l'envie de les faire taire. De les empêcher de ternir la mémoire de James avec des accusations aussi belliqueuses — alors qu'il a sacrifié sa vie pour la mienne. Du plat de la main, j'essuie les larmes qui s'amoncellent aux coins de mes paupières. J'inspire une bouffée d'air pour tenter de soulager la douleur dans mes poumons, mais rien n'y fait.

La porte de la chambre s'ouvre sur la silhouette de mon Capitaine. Celui-ci est plus droit qu'à l'accoutumée. Ses traits sont plus tirés que d'ordinaire et son expression est plus emprunte d'empathie qu'il peine a dissimulé.

Mais qui me donne envie de hurler.

— Angela, vous êtes finalement réveillée.

— Bonjour Capitaine, glissé-je en guise de salutation en contrôlant durement les trémolos de ma voix. Comment allez-vous ?

Un léger rire mal à l'aise s'échappe d'entre ses lippes

alors qu'il desserre légèrement son nœud de cravate avant de s'approcher du bord de mon lit.

— Cela devrait être à moi de vous posé la question.

— Je.. vais bien, expiré-je en me demandant intérieurement si ce mensonge peut me convaincre moi-même que oui, je vais bien. Je suis en vie et hormis quelques ecchymoses et une cheville cassée, je m'en tire plutôt bien. Ce n'est pas le cas de tous ces gens présents au siège de la Outfit, finis-je en n'ayant qu'une seule et uniquement personne en tête.

Je devrais probablement avoir honte de n'avoir aucune pensée pour toutes les personnes qui ont péri dans l'explosion du bâtiment. Ainsi que pour celles qui, comme moi, sont enfermées dans des chambres similaires à la mienne.

— Je tenais à m'excuser. Au nom de toute la police de New York, commence-t-il en attirant mon attention qu'il n'avait pas totalement réussi à captiver depuis son arrivée. Nous n'avons pas été là pour vous et n'avons rien fait pour vous libérer.

— Vous n'y êtes pour rien, Capitaine. On ne peut jamais réellement faire confiance en la parole de gens que l'on connait.

D'un signe de tête, il approuve mes dires.

Plusieurs semaines sont passées depuis que j'ai quitté l'hôpital. Je n'ai pas encore remis un seul pied à la brigade hormis pour signer quelques papiers pour ma reprise de poste prochaine.

Ma télévision est restée éteinte depuis que je suis rentrée chez moi. Les scènes du bâtiment en ruine n'ont pas cessé d'être diffusées alors que les documents que James avait pris le soin de rassembler ont fini entre les mains des autorités. Plus d'une dizaine d'agents ont été arrêtés pour complicité et affiliation à des structures criminelles. Et à l'heure d'aujourd'hui, plusieurs hauts dirigeants de la Cosa Nostra sont en cavale. Ou bien déjà derrière les barreaux attendant patiemment leurs procès.

    Cindy serait heureuse d'assister à ça.

    Personne n'a parlé de la mort de Tyler. Son corps ayant probablement disparu dans les flammes, il a été considéré comme en fuite. Je suis seule à savoir ce qu'il lui est arrivé. Ce que je lui ai fait.

    Mais à chaque fois que son meurtre vient hanter mes rêves… Les traits anguleux du visage de James chassent les cauchemars.

    Parfois, au détour d'une ruelle, j'ai l'impression de le voir. Immobile, à m'observer de loin. Une mine glaciale et en même temps incroyablement chaleureuse, collée sur le visage.

    Mais tout ceci n'est qu'un douloureux mirage.

Il y avait dans ses ténèbres... un sentiment de bien-être qui ne m'a jamais paru aussi éclatant que le soleil lui-même. Aussi bien ancré dans la réalité.

Et, parfois, il me semblait apercevoir cette silhouette drapée de lumière... Subrepticement à un coin d'une rue. Au travers d'une fenêtre. Ou bien sciemment camouflée sous l'ombre d'un lampadaire.

Bien au-delà de mes rêves.

Angela

https://leroyaumedumensonge.fr/

REMERCIEMENTS

Ce projet n'aurait sans doute jamais vu le jour sans l'aide de plusieurs personnes.

Tout d'abord, un grand merci aux membres de l'École des écrivains. Vos avis sur l'intrigue de Christmas Criminal, ainsi que sur mes personnages, sont inestimables. J'apprécie les efforts de notre altesse Lys' toujours prête à donner des idées plus farfelues les unes des autres.

Merci à tous ceux qui pendant des heures durant, ont pris le soin de lire les extraits que je partageais sur notre serveur.

Ensuite, le plus important de tous : cet homme qui a souffert avec moi de mon manque de sommeil. De mes plaintes chaque fois que je me relisais. Tu m'as écouté parler un nombre incalculable de fois des doutes que j'avais sur ce livre. Des démons qui me poursuivaient alors que je perdais peu à peu confiance en ce que j'écrivais. Tu m'as soutenue pour chacune des étapes.

Tu as véritablement été la source de courage dont j'avais besoin pour mener à terme mon projet d'écriture.

Jamais je ne pourrais te dire réellement à quel point je t'aime. Ni même te montrer à quel point ma vie est comblée par ta simple présence.

Et, bien sûr, je me remercie moi.

Pour ma détermination, ma passion et mon obsession d'aller toujours au bout des choses. Pour n'avoir pas baissé les bras et avoir su rebondir.

Printed in France by Amazon
Brétigny-sur-Orge, FR